Eigentlich könnte das Leben in der Neubausiedlung am Rande Trondheims nicht angenehmer sein: Die Zeit des Nachkriegsmangels ist endgültig vorbei, die Wohnungen bieten modernen Komfort; und Tütensuppen, Staubsauger und Tiefkühltruhe erleichtern den Hausfrauen den Alltag. Doch was tun mit der neugewonnenen Freizeit? Mal sehen, was die Nachbarn treiben – schließlich muss man doch informiert sein, was unter dem eigenen Dach so vor sich geht. Putzt Frau Åsen aus dem Erdgeschoss etwa schon wieder die Teppen im ersten Stock? Muss der Sohn von Rudolfs seine Musik so laut aufdrehen? Und was treibt eigentlich die unverschämt gutaussehende Peggy-Anita Foss aus dem Dritten, wenn ihr Mann auf Geschäftsreise ist?

ANNE B. RAGDE wurde 1957 im westnorwegischen Hardanger geboren. Sie ist eine der beliebtesten und erfolgreichsten Autorinnen Norwegens und wurde mehrfach ausgezeichnet. Mit ihrer Trilogie »Das Lügenhaus«, »Einsiedlerkrebse« und »Hitzewelle« schrieb sie sich weltweit in die Herzen der Leserinnen und Leser; ihre Romane erreichen in Norwegen eine Millionenauflage. Anne B. Ragde lebt heute in Trondheim.

Anne B. Ragde
Ich werde dich so glücklich machen

Roman

*Aus dem Norwegischen
von Gabriele Haefs*

btb

Die norwegische Originalausgabe erschien 2011 unter dem
Titel *Jeg skal gjøre deg så lykkelig* bei Forlaget Oktober A S,
Oslo.

Verlagsgruppe Random House FSC® N001967
Das für dieses Buch verwendete FSC®-zertifizierte
Papier *Lux Cream* liefert Stora Enso, Finnland.

1. Auflage
Taschenbuchausgabe Januar 2015
Copyright © 2011 by Forlaget Oktober A S, Oslo
Copyright © der deutschsprachigen Ausgabe 2012 by btb Verlag
in der Verlagsgruppe Random House GmbH, München
Umschlaggestaltung: semper smile, München
Umschlagmotiv: © plainpicture / NTB scanpix
Druck und Einband: CPI – Clausen & Bosse, Leck
MP · Herstellung: sc
Printed in Germany
ISBN 978-3-442-74835-8

www.btb-verlag.de
www.facebook.com/btbverlag
Besuchen Sie auch unseren LiteraturBlog www.transatlantik.de

Teil Eins

So gutes Wasser

Sie wollte doch nur helfen. Sie machte gern sauber, machte sich gern nützlich. Sie mischte gern das Seifenpulver ins Wasser, blickte gern in den sauberen Schaum, der sich im Plastikeimer bildete. Danach empfand sie die Befriedigung, ungeheuer schmutziges Wasser auszugießen. Je schmutziger das Wasser war, umso bessere Arbeit hatte sie geleistet. Deshalb freute sie sich immer, wenn sie in den Schaum schaute, während das Wasser in den Eimer strömte und der Salmiakdunst verheißungsvoll in Nase und Augen brannte. Außerdem hatte sie noch dazu die Zeit, sich es hier in ihrem Treppenhaus behaglich zu machen, da sie und Egil keine Kinder hatten.

Sie konnte es nicht fassen, dass es als persönliche Beleidigung betrachtet wurde, wenn sie die Treppe bis zum ersten Stock hinauf putzte, obwohl sie dazu nicht verpflichtet war. Natürlich war es unten bei ihnen immer am schmutzigsten, da sie nun einmal im Erdgeschoss wohnten und alle an ihrer Tür vorbeikamen. Und wenn sie sich trotzdem die Mühe machte und weiter nach oben putzte... Wieso begriffen die nicht, dass sie das aus purer Nettigkeit tat? Das konnte sie einfach nicht verstehen. Schon als Kind hatte sie gelernt, dass zusätzliche Arbeit geschätzt wurde. Das Unerwartete daran, dass sie sich größere Mühe gab als unbedingt nötig. Für sie ging es fast ein wenig um Liebe oder jedenfalls um Fürsorge. Aber in diesem Treppenhaus konnte von Fürsorge wohl kaum die Rede sein.

Fast niemand wischte sich vor dem Betreten des Treppenhauses die Schuhe ab, egal welches Wetter draußen war, obwohl sie jeden einzelnen Tag einen sorgfältig zusammengefalteten Wischlappen gleich neben die Haustür legte. Die Kinder waren am schlimmsten. Und der Briefträger natürlich. Aber der musste ja durch so viele Treppenhäuser hier in der Siedlung und hatte bestimmt keine Zeit, der Arbeit anderer Respekt zu erweisen. Und dann waren da die schmutzigen Kinderwagenräder des jungen Paares von gegenüber, die junge Mutter stellte den Wagen immer unter den Briefkästen ab, obwohl sie ihn doch wirklich die paar Stufen zu ihrer Wohnung hätte hochziehen können. Und sie putzte nie, ganz einfach nie.

Aber vielleicht würde es eines Tages passieren, dass Frau Rudolf aus dem ersten Stock doch noch ein schlichtes »Danke« für sie übrig hatte. Man durfte die Hoffnung nicht aufgeben. Dass sie sich eines Tages darüber freuen und nicht mehr glauben würde, die Nachbarin putze die Treppen, um ihr eins auszuwischen.

Und sie war fast beim Treppenabsatz des ersten Stocks angekommen, als Frau Rudolfs Wohnungstür geöffnet wurde und der Geruch von gekochtem Kohl herausströmte, der sogar stärker war als der von grüner Seife mit Salmiak.

»Wie ist es möglich?«, sagte Frau Rudolf. »Schon wieder?«

»Ich hatte nur gerade so gutes Wasser«, sagte Frau Åsen ohne aufzublicken. Sie starrte einfach nur Frau Rudolfs Knöchel an, weiße Söckchen in den Pantoffeln und nackte Waden, obwohl es doch erst Mitte April war. Sie spürte ihren Puls bis ganz unten in den Handgelenken. Sie konnte jetzt die oberste Stufe nicht putzen, denn Frau Rudolf hörte sich wie immer überhaupt nicht begeistert an. Also presste sie den Wischlappen langsam mit der Hand zusammen und rutschte Stufe für Stufe rückwärts die Treppe hinunter, ehe sie nach dem Geländer griff und sich aufrichtete, den Lappen in den Putzeimer mit dem guten Wasser fallen ließ, sich umdrehte und ganz gelassen und ruhig die Treppen hinunterging, noch immer ohne Frau Rudolf anzusehen. Sie wusste ganz genau, welche Anklagen hinter ihr auf der Lauer lagen.

Frau Rudolf ließ ihre Zigarettenasche auf ihren eigenen Türvorleger fallen. Dass Frau Åsen ihren Blick nicht erwiderte, verschaffte ihr die Möglichkeit, sich dieses Walross von Frau genauer anzusehen, das mehrere Männer im Block als eine Mischung aus Amazone und Sirene bezeichneten. Als ob sie hier nicht schon genug Sirenen hätten mit Peggy-Anita Foss im dritten Stock.

Frau Åsen hatte sich die Schürze um ein blaugemustertes Kleid gebunden, das nicht entworfen oder genäht worden war, um weiblichen Formen zu huldigen, das bei Frau Åsen aber genau das tat. Die hat nie ein Kind geboren, dachte Frau Rudolf. Vielleicht war das der Grund dafür, dass ihre Hüften weiter herausragten als ihr Bauch. Ihr Kleid war außerdem an der Naht unterhalb des Reißverschlusses im Rücken geplatzt, man konnte durch lange, glänzende Nylonfäden, die fast schon zerschlissen waren, ihr Kreuz sehen.

»Es interessiert mich nicht im Geringsten, wie gut Ihr Wasser ist«, sagte Frau Rudolf. »Das hier sind *meine* Treppen, meine und Frau Larsens. Ich weiß ja, dass Sie mich für eine Schlampe halten, aber ich putze immer erst nach dem Mittagessen, und wenn ich an der Reihe bin.«

Vielleicht würde ihr so ein Kleid auch passen, so übel sah sie ja eigentlich nicht aus. Aber natürlich eins in einer viel kleineren Größe.

»Ich halte Sie doch gar nicht für eine ...«

»Aber warum müssen Sie ums Verrecken an allen möglichen anderen Orten putzen als dort, wo Sie das eben müssen?«

»Ich hatte nur gerade so gutes Wasser, ich wollte das nicht wegschütten«, sagte Frau Åsen.

Frau Rudolf musterte ihren krummen Rücken, den Abdruck des BH-Trägers, der sich ins Rückenfett bohrte.

»Sie können es doch einfach auskippen. Wasser ist Wasser. Oder vielleicht sollten Sie den Bürgersteig draußen putzen.«

»Den Bürgersteig putzen?«

»Ja. Der kann sicher auch ein bisschen gutes Wasser vertragen. Sie können zuerst putzen, und Ihr Mann kann danach mit Wasser nachspülen«, sagte Frau Rudolf und spürte die zusätzliche Irritation, die daraus entstand, dass sie ihr Gespräch mit einem wogenden Rücken führte, der die Treppe hinunter unterwegs war.

»Aber ich halte Sie wirklich nicht für eine...«

»Jetzt muss ich das Essen fertig machen. Und danach werde ich meine Treppe selber putzen«, sagte Frau Rudolf zu dem blaugemusterten Rücken, der langsam in Richtung Erdgeschoss verschwand. Es war unglaublich, mit wie viel Frechheit so manche Leute gesegnet waren. Als ob sie ihre beiden Treppen nicht selber rechtzeitig und zufriedenstellend putzen könnte.

Sie hörte Frau Åsen da unten übertrieben gründlich ihren Putzlappen ausspülen. Jetzt würde sie den Lappen fest um ihre Türmatte falten, und da würde er dann liegen und einige Stunden lang stolz und frisch gewaschen riechen, bis er Gott sei Dank wieder zu einem trockenen und ereignislosen Wischlappen würde.

Frau Rudolf sah ihren eigenen Wischlappen an, der als brauner, sandiger, verschmutzter Haufen auf der Fußmatte aus hellgrün geriffeltem Gummi lag. Sie zog wütend an ihrer Zigarette, musste husten, schnippte die Asche von der Mentholzigarette diesmal auf ihre oberste Treppenstufe, blieb stehen und lauschte auf das Echo von Frau Åsens Eingangstür, die geöffnet und geschlossen wurde, ehe sie selbst zum Mittagessen zurückkehrte. Sie wollte weiße Soße zum Kohl machen. Owe liebte Schmorkohl mit Muskat zu seinen Frikadellen, er behauptete, eigentlich gar keine Kartoffeln zu brauchen, wenn er nur Schmorkohl bekam.

Frau Åsen hob die Klobrille und goss das schmutzige Putzwasser in die Toilettenschüssel, ließ aus dem Hahn in der Badewanne einen Spritzer Wasser in den Eimer laufen und schüttelte es im Eimer so heftig herum, dass der feine Sand hochgewirbelt wurde. Dann kippte sie auch dieses Wasser in die Toilettenschüssel und zog ab. Sie holte ein wenig mehr Wasser, diesmal warm, und goss es in die Toilettenschüssel, zusammen mit einem Spritzer Chlorin und etwas Ata, und machte sich dann mit der Klobürste ans Werk. Immer im Kreis nach unten und an den Seiten der Kloschüssel nach oben, dann am Rand entlang und unter dem Rand, so weit sie mit der Bürste kam.

Das warme Wasser machte die Bürste weich und biegsam. Frau Åsen riss großzügige Mengen von rosa Klopapier ab, feuchtete es unter dem Hahn im Waschbecken an und rieb damit am Rand des Porzellans entlang, drehte es um und rubbelte sich einmal um das Klo herum. Sie holte noch mehr Papier, feuchtete es an und wischte bis zum Spülkasten und unter der Brille. Was für eine Vorstellung, so früh zu Mittag zu essen. Das taten aber alle, die Kinder hatten. Sie bückte sich und schnupperte am Nylonfell, das sie um den Klodeckel gebunden hatte. Noch roch es nicht unangenehm, sie hatte es ja erst in der vergangenen Woche gewaschen. Die Schnur auf der Unterseite, mit der es festgebunden wurde, roch nach einer Weile, weil Egil zum Pinkeln nicht immer die Brille hochklappte. Sie dachte an den Kohlgeruch aus Frau Rudolfs Wohnung, vielleicht machte die ja Kohlrouladen. Gute Idee, das würde sie auch bald kochen. Mit Preiselbeeren und weißer Soße mit Zwiebeln. Sie und Egil aßen immer zu den Fernsehnachrichten um halb acht mit den Tellern auf dem Schoß.

Im vergangenen Jahr zu Weihnachten hatte sie zwei Fernsehteller gekauft, viereckige Teller mit besonders hohem Rand und kleinen Stegen, die den Teller in drei Bereiche aufteilten: einen großen für Fleisch, Fisch oder Geflügel und zwei kleinere für Kartoffeln und Gemüse. Diese Fernsehteller waren eine phantastische Erfindung, denn damit riskierte man nicht mehr, sich die Knie zu verschmutzen, wenn die Nachrichten so umwerfend oder aufwühlend waren, dass man vergaß, die Teller gerade zu halten. Aber wenn man Kinder hatte, musste man das Mittagessen ja früh genug fertig haben, damit die kleinen Ungeheuer auch noch Abendessen in sich hineinstopfen konnten, ehe sie ins Bett mussten. Sie und Egil waren die Einzigen, die so spät aßen, oder vielleicht tat Peggy-Anita Foss das auch, auch sie hatte ja kein Kind. Aber... da Frau Foss vom Land und aus einer Bauernfamilie kam, aß sie vielleicht auch schon um zwei. Und sie kaufte ja so viel leicht zuzubereitende Kost, sogar O'Boy-Kakao hatte sie schon eingekauft, das hatte Frau Åsen im Laden gesehen.

Auch wenn ihr Mann Vertreter für Suppen und Bouillonwürfel von Toro war und so gesehen einfache Haushaltslösungen vertrat, musste es doch möglich sein, normalen Kakao zu nehmen, der noch dazu weniger kostete als O'Boy. Aber da hatte sie gestanden, die riesige Dose vor sich auf dem Tresen, total schamlos. Dieser O'Boy kostete sicher fünfmal mehr, als wenn man richtigen Kakao kochte, das hätte ihr Mann wissen sollen, wo er doch mit Frucht- und Aprikosensuppe durch das ganze Land reiste und fast nie zu Hause sein konnte. Aber das Schlimmste war, dass sie absolut jederzeit fertiges Brot kaufte. Es konnte ja immer vorkommen, dass jemand am Samstag einmal übermütig einen Hefezopf erstand. Aber Madame Foss kaufte sich mitten in der Woche Weißbrot und anderes fertig gebackenes Brot. Der arme Mann.

Niemals würde sie selbst auch nur eine einzige Tütensuppe kaufen und Frau Foss auf diese Weise unterstützen. Weder Aprikosen- noch Backpflaumen- noch Hagebuttensuppe. Die Toro-Suppen kosteten pro Tüte eine Krone und achtundfünfzig Öre. Dabei konnte man die Suppen für weniger als den halben Preis selbst kochen, für sehr viel weniger. Man musste doch nur getrocknete und zerschnittene Aprikosen oder Pflaumen über Nacht in Wasser einweichen und sie danach aufkochen und mit Kartoffelmehl binden. Bei Hagebutten war das natürlich nicht so einfach, da musste man die zottigen Kerne vorher herausholen, aber das Einfachste war, sie ganz zu kochen und dann durch ein großes Sieb zu pressen.

Ohne dieses Flittchen oben im Dritten wäre das Leben hier im Haus so unendlich viel besser. Es gab kein Mannsbild, dem nicht die Zunge aus dem Hals hing, wenn sie hüftwackelnd über den Fußweg stolzierte auf hohen Absätzen und mit Chiffonkopftüchern, die im Wind immer aufgingen und herunterrutschten, so dass sie hinterherlaufen und sie fangen und aufheben musste, während der kurze Rock alles von hier bis China zeigte. Was für ein Luder.

Dann fiel ihr glücklicherweise das Kreuzworträtsel ein, mit dem sie angefangen hatte, ja, jetzt wären eine Tasse Kaffee und das Kreuzworträtsel genau richtig. Bei dem Gedanken war sie sofort besserer Laune. Sie nahm die Schürze ab und hängte sie an den Haken hinter der Badezimmertür, holte sich von dem frisch gewaschenen Stapel einen sauberen Waschlappen und wusch sich gründlich unter den Armen und zwischen den Brüsten, am Ende dann auch unten. Sie müsste abnehmen, dachte sie, dann würde sie nach dem Treppenputzen sicher nicht so schwitzen. Sie hörte die Eingangstür, die Schritte verrieten ihr, dass es Karlsen aus dem dritten Stock war, der rannte immer die acht Treppen hoch, dachte keine Sekunde daran, welchen Krach er machte, dachte nur an sich, wie auch bei sonst allem. Ja, sie müsste abnehmen, auch wenn Egil behauptete, noch den kleinsten Teil ihres Körpers zu lieben, und es auch immer wieder bewies, ohne dass dabei ein Kind entstand. Aber daran wollte sie jetzt nicht denken. Hatte sie nicht in einer Illustrierten gelesen, dass Männer sich Frauen wünschten, die nachts dick waren, tagsüber aber schlank?

Sie nahm sich noch einen Waschlappen und ließ das kalte Wasser laufen, bis der Hahn beschlug, dann feuchtete sie den Waschlappen an und wusch sich Nacken, Hals und den Haaransatz. Dabei dachte sie an das Essen, sie wollte Fischpudding braten und dazu Rohkost mit geriebenen Möhren und Rosinen machen. Sie hatte keinen Apfelsinensaft, sie würde die halbe Zitrone, die noch übrig war, nehmen und zusätzlich zuckern müssen. Kartoffeln hatte sie noch von gestern, die könnte sie zusammen mit dem Fischpudding braten. Wenn Kartoffeln in guter Butter gebraten wurden, schmeckten sie eigentlich besser als frisch gekocht.

Sie ging in die Küche und öffnete das Küchenfenster, um den Rauch auszulüften, ehe sie sich eine ansteckte. Egil ließ seine Zigaretten einfach immer nur im Aschenbecher vor sich hin qualmen, wenn er Garn für seine Teppiche zurechtschnitt. Er knüpfte jetzt gerade einen türkisen, der auf dem Boden des Gästezimmers liegen könnte, des Zimmers, das sie nie benutzten, weil sie nie Gäste hatten. Aber es war ein schönes Zimmer, die Tür stand immer offen, falls nicht der Junge von Rudolfs in seinem Zimmer ein Stockwerk höher seine schreckliche Musik laufen ließ, dann musste sie die Tür zumachen und die Wohnung schien sozusagen zu schrumpfen.

Der Teppich, an dem er gerade arbeitete, zeigte eine große Rosette, die mit einem hellblauen Kern anfangen und ganz am Rand in einem knalligen Türkis enden sollte. Sie zog energisch an der Zigarette und musterte ihn, wie er dort mit einem Lineal saß und die Fäden nebeneinanderlegte, ehe er immer genau zehn Zentimeter abschnitt. Die kurzen Reste legte er ordentlich auf Haufen, im Moment schnitt er die Farbnuancen auf dem Weg zum Türkis zurecht. Die Garnhaufen sammelte er auf dem Deckel der Tiefkühltruhe, er hatte zum Glück daran gedacht, den bestickten Läufer wegzunehmen, der sonst dort lag, und ihn in einer Ecke des Deckels sorgfältig zusammengefaltet.

»Fertig mit dem Treppenputzen?«

»Kannst du die Zigarette nicht rauchen oder ausmachen? Die qualmt doch nur.«

»Ach. Die hatte ich vergessen«, sagte er.

»Frau Rudolf ist herausgekommen, bevor ich ganz fertig war.«

»Und sie war sauer?«

»Sie hätte sich ja wohl eher höflich bedanken können. Ich begreife das nicht. Das bin ich nicht gewöhnt.«

»Und ich begreife nicht, wie du es über dich bringst, die beiden zusätzlichen Treppen zu putzen, wo du doch weißt, dass sie das nicht will.«

»Ich hatte gerade so gutes Wasser.«

»Das sagst du immer.«

»Solange es heiß ist, ist es gut. Ich mache es immer so heiß, dass ich mich anfangs fast verbrühe, dann bleibt es viel länger so gut.«

»Alles klar.«

»Soll ich uns bald mal Kohlrouladen machen? Es ist so lange her. Igitt, da sind so viele Fussel auf dem Boden, wenn du deine Fäden schneidest.«

»Es gibt noch mehr Fussel, wenn ich den Teppich knüpfe.«

»Ja, aber dann sind sie immerhin zu etwas gut. Werden zu etwas.«

»Nicht ohne diese Garnstücke, meine Liebe.«

»Lust auf Kaffee?«

»Gern.«

»Irgendwas Spannendes heute im Fernsehen?«

»Fernsehspiel«, sagte er.

»Ja, das weiß ich doch, es ist doch Dienstag, aber was gibt es?«

»Irgendwas mit Veslemøy Haslund.«

»Aha. Darauf freust du dich ja sicher.«

»Du hast ein bisschen Ähnlichkeit mit ihr. Toralv Maurstad spielt auch mit.«

»Wie gut. Aber der hat keine Ähnlichkeit mit dir.«

Er schaute auf und lachte, sie blies ihn mit Rauch an, ging zum Herd und schob den Kaffeekessel auf die kleine Schnellkochplatte.

»Ich mach das nur schnell warm, ist dir das recht?«

»Sicher doch.«

Sie erinnerte sich gut an den Sonntag, als alle aus ihrem Treppenhaus verreist waren oder einen Ausflug machten, oder was immer die alle treiben mochten. Damals hatten sie die Hütte noch nicht, es musste also über ein Jahr her sein. Seit sie die Hütte hatten, fuhren sie ja fast jedes Wochenende mit dem Bus nach Skaun, es sei denn, es hatte zu heftig geschneit. Aber an diesem Sonntag waren sie zu Hause gewesen, und sie hatte gehört, wie einer nach dem anderen durch die Haustür verschwunden war. Da sie im Erdgeschoss wohnten, erkannte sie alle im Haus an ihren Schritten, und plötzlich war ihr aufgegangen, dass alle weg waren. Egil war an diesem Tag mit einem orangefarbenen und braunen Teppich beschäftigt gewesen, dem Teppich, der jetzt über dem Fernseher an der Wand hing. Sie hatte sofort gutes Seifenwasser gemischt, glühend heiß mit Driva-Seife und ein wenig Salmiak, und oben im dritten Stock angefangen auf der Treppe vor der Wohnung von Peggy-Anita Foss links und Karlsens gegenüber.

Drei volle Eimer gutes Wasser hatte sie gebraucht, ehe der ganze Aufgang nach frisch geputzter Treppe gerochen hatte. Sie hatte sogar bei allen die Wischlappen durchgespült und um die Fußmatten gewickelt. Wenn sie sich das richtig überlegte, war das einer der allerbefriedigendsten Tage gewesen, seit sie vor zwei Jahren in den Block gezogen waren. Natürlich hatte sich niemand bedankt, aber für den Moment hatte es keine Rolle gespielt. Vielleicht hatten sie nicht einmal bemerkt, wie sauber es war, als sie nach Hause gekommen waren. Oder sie hatten allesamt und alle für sich geglaubt, die Familie von gegenüber habe geputzt. Dann hatte Frau Rudolf geglaubt, Frau Larsen habe geputzt und umgekehrt, und keine hatte einen Grund zu irgendeiner Kritik gesehen.

Sie goss für sich und Egil Kaffee ein, suchte Haferkekse hervor und bestrich sie mit Ziegenkäse. Sie hatte das Kreuzworträtsel schon mehr als zur Hälfte gelöst, und morgen würden die neuen Illustrierten erscheinen, das war etwas, worauf sie sich freuen könnte.

Sie hörte, wie oben die Küchenstühle verschoben wurden.

Jetzt setzten sie sich an den Tisch zu ihren Kohlrouladen. Oder vielleicht hatte Frau Rudolf Schmorkohl gekocht, auch Schmorkohl schmeckte sehr gut. Und war billig, nicht zuletzt billig. Vor allem für Rudolfs, da oben fehlte es sicher nie an Kohl.

Sie knabberte einen Keks und vertiefte sich in das Kreuzworträtsel. Akzeptieren … hinnehmen. Gelebt … existiert. Knapp … wenig. Fluss … Ob oder Po. Dann ging die Haustür, sie lauschte. Deutlich hörte sie Susy, die Rudolfs gegenüber wohnte, schimpfen, aber sie hörte nicht, dass der kleine Bruder antwortete. Susys Pflichten als große Schwester bestanden jeden Nachmittag darin, den zehn Jahre alten Oliver zu suchen und ihn zum Essen nach Hause zu holen. Und der konnte wirklich sonst wo sein, das konnte sie bestätigen. Der Bengel trieb sich einfach überall herum: im einen Moment oben auf dem Klettergestell, im nächsten mit seinem Fahrrad an der Straßenkreuzung. Ein Wunder, dass die Kleine sich diese tägliche Fron gefallen ließ, aber Frau Larsen war zu bequem, um den Jungen selbst zu Tisch zu holen, das stand immerhin fest. Frau Larsen war der einzige Mensch aus England, den sie je kennengelernt hatte. Oder, na ja, kennengelernt war wohl übertrieben. Sie grüßten einander, das war wohl zutreffender, und ab und zu gab es ein wenig Geplauder, Frau Larsen in gebrochenem Norwegisch, aber in der Wohnung war sie nie gewesen. Dass Engländerinnen so faul waren, war ihr ganz neu gewesen. Sie war auch in den anderen Wohnungen noch nie gewesen, abgesehen von der gegenüber, als es dort den Wasserschaden gegeben hatte und Egil ihnen gezeigt hatte, wo der Haupthahn der Wohnung war. Sie war einfach mitgekommen in der ganzen Aufregung. Aber damals hatten noch Øverbergs dort gewohnt, ehe Herr und Frau Moe eingezogen waren, und sicher hatten sie alles neu gestrichen und tapeziert, und natürlich hatten sie ganz andere Möbel. Bei Øverbergs waren alle Küchenschranktüren hellgrün gestrichen, und sie hatten grüne Häkelbezüge über den Gardinen gehabt, das wusste sie noch, es hatte sehr hübsch ausgesehen. Von außen sah sie jetzt, dass Moes dunkelrote Vorhänge hatten, die rein gar nicht zu dem Hellgrün passten, und da hatten sie sicher auch ihre Küchenschranktüren angestrichen.

»Nimm dir doch einen Keks, Egil.«
»Ist da Butter drauf?«
»Ja, natürlich ist da Butter drauf.«
»Dann wird das Garn klebrig.«
»Du kannst doch eine kleine Pause machen.«
»Nein, ich möchte das hier jetzt fertig kriegen.«
»Möchtest du vielleicht einen mit nur Käse?«
»Ja, danke. Die Amerikaner haben heute vierzehnhundert Marinesoldaten an Land gesetzt. Das haben sie im Radio gesagt«, sagte er.

»Großer Gott«, sagte sie und schnitt zwei Scheiben Ziegenkäse ab.

»Das kann man wohl sagen, ja.«
»Möchtest du einen oder zwei Kekse?«
»Zwei.«

Jetzt würden sie in den Nachrichten unendlich viel über Vietnam bringen, und das fand sie wahnsinnig langweilig. Das sagte sie Egil natürlich nicht, der alle Nachrichten über den Vietnamkrieg verschlang und unbedingt mit ihr darüber reden wollte. Sie hatten ja sonst hier im Haus keinen Kontakt, schon gar nicht mit Leuten aus Treppenhaus C oder B, und da hatte er wohl das Bedürfnis, mit ihr darüber zu sprechen. Bei seiner Arbeit interessierten sie sich auch nicht besonders für diesen Krieg, Bankleute hatten offenbar ganz andere Dinge im Kopf als Vietnam.

»Was Herr Rudolf wohl dazu sagen würde«, sagte sie.
»Wozu denn?«

»Das mit Vietnam. Wie du gesagt hast«, sagte sie und presste die Käsescheiben mit flacher Hand auf die Kekse, damit sie daran festklebten.

»Das interessiert mich nicht. Dieser Nazi«, sagte er.

»Das kannst du doch gar nicht wissen.«

»Doch, das weiß ich. Eigentlich müsste der doch sein Obst und sein Gemüse in einem Borgward ausfahren und nicht in dem Bedford. Die Markthalle hat im Krieg mit der Wehrmacht zusammengearbeitet, das wissen doch alle.«

»Aber Herrgott, da hatte Herr Rudolf ja noch nicht mal den Führerschein, da war er doch noch ein Junge! Und vielleicht stimmt es ja auch gar nicht. Vielleicht mussten sie zusammenarbeiten. Alle brauchten doch Kartoffeln und Kohl und Möhren. Du musst endlich mit deinem Nazigerede aufhören. Du weißt es doch nicht. Es ist gefährlich, so viel zu klatschen, Egil.«

»Pah. Wenn hier jemand Klatsch liebt, dann ja wohl du.«

»Keinen gefährlichen Klatsch.«

»Und was ist mit der Verwandtschaft, die im vorigen Sommer hier war? Aus Deutschland? Wenn ich fragen darf? In diesem Jahr kommen die bestimmt wieder. Die Deutschen lieben feste Gewohnheiten. Typisch Nazi.«

»Es gibt ja wohl viele Arten von Deutschen. Bestimmt auch normale Menschen. Die keine Nazis waren.«

»Sicher, sicher. Aber ein deutscher Kriegslastwagen würde besser zu ihm passen. Ein Borgward wäre das passende Fahrzeug für einen, der...«

»Dann würde es dich noch mehr ärgern, wenn er hier gleich vor unseren Fenstern parkte.«

»Dann würde ich ihm die Reifen aufschlitzen.«

»Aber Egil!«

Sie lachte laut.

»Das ist mein Ernst«, sagte er.

»Das weiß ich doch«, sagte sie. »Aber du würdest dich niemals trauen.«

Nationalität... italienisch oder tschechisch. Kleidungsstück... Anzug. Egil könnte einen neuen brauchen. Sie hob den Blick und schaute aus den frisch geputzten Fenstern. Der junge Mann mit dem Werkzeuggürtel radelte in wildem Tempo über den Plattenweg auf einem Rad, das für ihn viel zu klein und kindlich wirkte. Sie hatte ihn in letzter Zeit mehrmals gesehen, sicher war er bei der Hausverwaltung angestellt. Und da kam Hausmeister Pettersen, der in Aufgang C im Block gegenüber wohnte, er kam über den Gehweg, hielt einen Laubrechen in der Hand und trug den seltsamen blauen Stoffhut, den er immer aufhatte. Der Hausmeister rief dem Jungen etwas hinterher, sicher eine Ermahnung, er solle auf den Gehwegen nicht so schnell fahren. Es wurde auch wirklich Zeit, dass jemand diesen Knaben zur Ordnung rief. Auf den Fußwegen sollten sich alle sicher fühlen können, dass sie nicht über den Haufen gefahren werden würden.

Er hatte jetzt sicher gute Tage, der Hausmeister – kein Schnee mehr zu schippen, noch kein Rasen zu schneiden. Eine Art Zwischenperiode, dachte sie, fast wie eine Art Nebensaison. Jetzt harkte er hier und dort und fand die seltsamsten Dinge, nun, da der Schnee geschmolzen war. Handschuhe und Skistöcke, Rodelbretter, Mützen und Türschlüssel. Da Pettersen für alle fünf Blocks zuständig war, legte er alles, was er fand, auf das überdachte Trockengestell vor dem mittleren Block, damit die Mütter in regelmäßigen Abständen dort suchen und möglicherweise etwas wiedererkennen konnten. Das Reisig, das er zusammenharkte, verbrannte er fast jeden Abend in einem großen Feuer, während die Kinder herumjohlten, bevor sie zum Abendessen ins Haus gerufen wurden. Der Mann tat ihr leid. Er hatte doch die herzkranke Tochter und wohnte ganz oben im dritten Stock. Sie lächelte immer freundlich, wenn sie ihm begegnete. An schönen Sommertagen trug er die Kleine nach unten, und dann konnte sie ein wenig auf einer Bank in der Sonne sitzen, eingehüllt in eine Decke. Sie hatte immer blaue Lippen und Nägel, würde aber erst operiert werden können, wenn sie älter wäre und ihr Herz nicht mehr wuchs.

»Der Arme«, sagte sie.
»Wer denn?«
»Der Hausmeister.«
»Ist der arm?«
»Seine Tochter.«
»Ja, die, ja. Die mit dem Herzen.«
»Alle haben ein Herz, Egil.«

Sein rechter Mittelfinger tat jetzt weh vom Schneiden, und die Muskeln in seinem Nacken brannten. Er schnitt jetzt seit fast zwei Stunden Garn, seit er von der Arbeit nach Hause gekommen war. Er wollte gern genug für drei Abende Knüpfen schneiden, denn dann würde er sich auf die abendliche Schicht mit der Knüpfnadel freuen können. Er liebte das Zierliche und Präzise an dieser Arbeit. Dem Muster folgen, sehen, wie der Teppich vor dem Hintergrund aus grobem und genau durchlöchertem Hanf entsteht. Und die Teppiche wärmten gut, wenn sie auf dem Boden lagen, die Wohnung war ja immer fußkalt, da sie im Erdgeschoss wohnten. Der Hobbyraum des Blocks lag unter ihrer Wohnung, und es stieg nur Wärme auf, wenn Herr Larsen dort unten war. Er benutzte den Raum als Einziger. Sie merkten es genau, wenn Herr Larsen abends oder am Wochenende den Heizkörper im Hobbyraum aufdrehte.

Else bestand darauf, einige Teppiche an die Wand zu hängen. Er hätte gern alle auf dem Boden gehabt, aber auch er sah ja, wie dekorativ sie waren, wenn das Muster nicht plattgetreten und die Farben vom Gebrauch matt wurden. Es wäre witzig, es mit dünnerem Garn zu versuchen, mit komplizierten Mustern die Perserteppiche nachzuahmen, bei denen das Knüpfen oft mehrere Jahre dauern konnte. Aber dann würde er einen Holzrahmen brauchen, da diese Teppiche mit straffem Kettfaden geknüpft wurden. Jeder Wollknoten wurde jeweils in einen Kettfaden geknotet, es war eine Ewigkeitsarbeit. Ein winzig kleiner Teppich würde sicher ein ganzes Jahr dauern. Und er wurde gern im Laufe von höchstens einem Monat fertig, um dann Muster und Farben wechseln zu können.

Er war immer ganz und gar von der Farbskala geprägt, in der er gerade arbeitete. Im Moment war er von Kopf bis Fuß auf Türkis eingestellt. Er bemerkte überall unterschiedliche türkise Farbtöne, bei Kleidern und Werbeplakaten, in Zeitschriften, am Himmel, an Schmuckstücken von Frauen. Peggy-Anita Foss hatte türkise Ohrringe getragen, als er ihr am Nachmittag an der Haustür begegnet war. Herrgott, was war sie attraktiv. Und sicher ausgehungert, wo ihr Mann doch fast die ganze Zeit auf Geschäftsreise war. Er konnte sich gut erinnern, wie Else ihm einmal erzählt hatte, dass Peggy-Anita Foss den freitäglichen Hausputz immer im Evaskostüm vornahm. Peggy-Anita Foss hatte es angeblich im Laden selbst gesagt. Es sei so praktisch: Sie schaltete das Radio ein und putzte splitternackt die ganze Wohnung gleich nach dem Aufstehen, schweißnass und heiß ging sie danach unter die Dusche, zog saubere Kleidung an und konnte dann ihren Morgenkaffee in einer frisch geputzten Wohnung trinken. Die Teppiche warf sie einfach vor die Wohnungstür und trug sie später am Tag zum Ausklopfen nach unten.

Seit damals phantasierte er darüber. Dass sie nackt und verschwitzt dastand, mit einem Wischlappen in der Hand über die

Bodenleisten der Küche gebückt, während das Radio muntere Morgenmusik spielte, sie dazu summte und er unbemerkt hinter sie glitt und eindrang, kurz und bündig und ohne ein Wort. Er hatte es einmal gemacht mit Else draußen im Badezimmer. Hatte einfach die Kittelschürze nach oben geschoben und ihr die Unterhose nach unten gerissen. Es war ein glühend heißer Sommertag, und ihr Körper troff geradezu vor Schweiß. Es war, nachdem sie ihm von Peggy-Anita Foss' freitäglichen Putzritualen erzählt hatte, doch Else war noch Stunden danach verlegen und seltsam gewesen und er hatte es niemals wieder gemacht. Aber er war gekommen, darüber freute er sich, und deshalb dachte er später noch oft daran. Doch sie sprachen ja niemals über diese Dinge, sie taten sie nur, im Doppelbett, im Dunkeln, zwei- oder dreimal die Woche. Vor allem hier zu Hause, fast nie in der Hütte, weil Else es so schwierig fand, sich danach richtig zu waschen. Draußen gab es nur eine Waschschüssel, und sie mussten das Wasser zuerst in einem Kessel warm machen, und nachdem sie in die neue Wohnung gezogen waren, könnte sie einfach nicht mehr leben, ohne danach zu duschen, sagte sie.

Sie könnten ja zusammen duschen, aber das hatte er nie vorgeschlagen. In der *Cocktail* gab es Bilder von Männern und Frauen, die zusammen duschten. Er hätte gern gewusst, ob andere aus dem Haus zusammen duschten. Wenn überhaupt, dann Peggy-Anita Foss, wenn ihr Suppenkaspar zu Hause war. Oder vielleicht Larsens. Engländerinnen ließen sich möglicherweise eher gehen, aber sie wirkte doch zu mager, um sich gehen zu lassen.

»Aber wir könnten ganz schön viel Geld sparen, wenn wir mit ihnen befreundet wären«, sagte sie plötzlich.

»Mit wem?«

»Mit Rudolfs natürlich. Frau Larsen bekommt immer Obst und Gemüse, wenn sie ihnen die Haare schneidet.«

»Denen schneidet sie also auch die Haare?«

»Natürlich tut sie das. Und sie legt Frau Rudolf immer ihre Dauerwelle. Sie war in England ja Friseuse.«

»Das weiß ich doch. Warum gehen wir nicht zu ihr?«

»Aber Egil. Dir schneide ich die Haare, und ich habe Naturlocken und brauche keine Dauerwelle. Wenn man Naturlocken hat, ist es auch nicht schwer, sich selbst die Haare zu schneiden. Die Locken verdecken es doch, wenn eine Stelle nicht gerade ist. Aber Frau Rudolf bezahlt mit Obst und Gemüse.«

»Aber das ist nicht ganz frisch. Das sind doch unverkaufte Waren.«

»Das spielt doch keine Rolle, ob man bei einem Blumenkohl oder einem Apfel etwas wegschneiden muss, wenn es *gratis* ist! Frau Larsen bekommt immer eine Menge Apfelsinen. Und dann kocht sie englische Marmelade, und es riecht im ganzen Treppenhaus.«

»Du sagst immer, sie ist faul, aber sie schneidet Haare und legt Dauerwellen und kocht Marmelade«, sagte er.

»Ich sehe es den Kindern an. Und ihm.«

»Ach? Jetzt bin ich mit meiner Schneiderei fertig. Gott sei Dank.«

»Du willst das doch selbst.«

»Sicher. Ich beklage mich ja auch nicht.«

»Die sind schlampig angezogen«, sagte sie.

Er zog einen Faden aus jedem Haufen und wickelte ihn darum, so wie er das bei der Arbeit mit den Geldscheinen machte. Er war fleißig gewesen, vielleicht würde es ja sogar für vier Abende reichen, und dann hätte er die Stelle direkt um den Kern der Rosette herum erreicht. Er rieb sich mit dem Daumen über den Mittelfinger, dort, wo die Schere sich eingeprägt hatte, war der Finger rot und blank.

»Ich finde, die sehen ganz normal aus«, sagte er.

»Sie bügelt nicht, Egil. Alles, was sie anhaben, ist zerknittert. Ich wette, dass sie auch Handtücher und Bettwäsche nicht bügelt.«

»Vielleicht ist das in England nicht üblich.«

»Unsinn.«

Er musterte sie zum ersten Mal an diesem Feierabend. Seine Frau. Sie hatte den Bleistift über dem Kreuzworträtsel erhoben, während ihr Blick aus dem Fenster wanderte. Er liebte sie, aber das sagte er nicht mehr. Er hoffte jedoch es ihr zu zeigen. Also, wenn sie Liebe mit Leidenschaft verband. Aber da war er sich nicht sicher. Er wusste nicht einmal, ob es ihr kam, über solche Dinge sprachen sie nicht, er las nur darüber. Er fragte sie ab und zu, ob es schön für sie sei, und dann antwortete sie immer mit Ja. Und gegen Ende stöhnte sie, also vielleicht. Es war ja so hellhörig im Haus, dass sie beide nicht wagten, nachts Geräusche zu machen. So gesehen wäre die Hütte perfekt, aber da war eben die Sache mit der Dusche. Vielleicht sollte er ihr eine Freiluftdusche bauen? Mit einer Art Wasserbehälter oben?

»Uns kann das doch egal ein«, sagte er, »ob sie ihre Handtücher bügelt oder nicht.«

»Ich denke ja nur an den armen Mann«, sagte sie.

»Und wir haben doch den ganzen Winter Äpfel und Kartoffeln unten im Keller«, sagte er. »Das hat sonst niemand.«

Sie erwiderte seinen Blick.

»Da hast du allerdings recht«, antwortete sie.

»Was gibt es heute zu essen?«

»Fischpudding und Bratkartoffeln und Rohkost. Und für den Kaffee nachher habe ich einen Marmorkuchen gebacken. Ich habe noch zwei weitere gebacken und eingefroren.«

Die Tiefkühltruhe war ihr ganzer Stolz. Sie waren die Einzigen in ihrem Treppenhaus, die eine Tiefkühltruhe besaßen. Er begriff nicht so ganz, was so toll daran sein sollte, alles in viel zu großen Mengen zu kochen und es dann einzufrieren, der Laden war doch gleich um die Ecke, aber er fragte nie danach. Der Stolz in ihrem Blick jedes Mal, wenn sie das Wort »Tiefkühltruhe« aussprach, ließ ihn nur nicken und lächeln.

»Dann kann ich draußen noch ein wenig den Gehweg abspritzen vor den Nachrichten.«

»Und danach kannst du dich ja auf Veslemøy Haslund freuen«, sagte sie.

Die hatte er ganz vergessen. Er würde dabei an sie denken können.

»Würdest du wohl nachsehen, ob er draußen geparkt hat? Dann hat es doch keinen Sinn, den Gehweg sauber zu spritzen. Ich will sein verdammtes Auto nicht waschen.«

Sie sprang auf und lief ins Gästezimmer, um aus dem Fenster zu schauen.

»Nein«, rief sie. »Er steht heute auf der Hauptstraße.«

Plötzlich empfand er ihr gegenüber eine gewaltige Dankbarkeit, eine Erleichterung, die sich beim Anblick der Stapel aus zurechtgeschnittenen Wollfäden mit Befriedigung mischte. Es war ein guter Tag, es war April, bald würde der Frühling kommen, zum Essen würde es Fischpudding geben, er liebte sämtliche Fischprodukte. Peggy-Anita Foss hatte an diesem Tag türkisfarbene Ohrringe getragen, die so schön in den Haaren ruhten, die sie sich hinter die Ohren gestrichen hatte, und ihre kreideweißen Zähne hatten speichelfeucht geglitzert, als sie ihn kurz angelächelt hatte, und Veslemøy Haslund erinnerte ihn immer an eine holde Sennerin. Überall gab es Frauen, sie hörten nicht auf ihn zu umgeben, es wimmelte geradezu von ihnen, sie hörten nicht auf. In der Bank erschienen sie als gleichmäßiger Strom vor seinem Schalter in allen Formen und Größen, er beugte sich immer vor, um ihren Atem zu riechen, sie rochen fast immer gut mit nur wenigen Ausnahmen, und das waren ältere Frauen, bei denen beugte er sich nicht vor. Und jetzt wollte er den Bürgersteig und den Weg zu Aufgang C abspritzen, schwarz und nass und sauber, wie er das regelmäßig machte. Jetzt im Frühling tauchte so viel Müll auf und Laub von den Bäumen und eine ganze Menge nicht identifizierbarer Dreck. Es tat gut, alles in den Abfluss zu spülen, es verschwinden zu sehen.

Er legte die Garnbündel auf den Beistelltisch neben seinem Fernsehsessel. Im Sessel lag der angefangene Teppich und wartete mit der dicken krummen Nadel, die im Hanfstoff befestigt war.

»Hast du den Wetterbericht gehört?«, fragte sie und hatte beide Kaffeetassen in den Händen und den Blick auf den Boden gerichtet, um nicht über den Flickenteppich aus Plastikstreifen zu stolpern. Echte Knüpfteppiche aus Wolle waren für einen Küchenboden nicht geeignet.

»Ja, es soll heute Nacht regnen«, sagte er.

»Dann wird es morgen viel Dreck auf der Treppe geben«, sagte sie und lächelte.

Sie spülte die Kaffeetassen und ließ das Wasser im Spülbecken, ohne den Stöpsel herauszuziehen. Sie holte Fischpudding, Butter und Kartoffeln hervor, dann wusch sie sofort die Schüssel aus, in der die Kartoffeln gelegen hatten. Sie wollte jetzt beides braten und in das Wärmefach unter dem Backofen stellen, das Essen wurde davon nur saftiger, und dann war es auch schon getan, es war halb sieben. Sie heizte das Wärmefach ein und stellte die größte Kochplatte auf 3. Sie liebte ihren Herd, einen Delta-Konge-Herd, das Einzige, was sie sich nach der Hochzeit gekauft hatten, zusammen mit dem Doppelbett mit dem Kopfende aus Teak. Der Herd war jetzt zwar schon acht Jahre alt, aber er war Gold wert und noch so sauber wie damals. Sie schraubte regelmäßig die Schalter ab, wusch sie und schrubbte mindestens einmal im Monat hinter ihnen, dazu benutzte sie die ausrangierten Zahnbürsten.

Der Fischpudding roch gut, sie briet ihn in Butter und nicht in Margarine, das gab so ein wunderbares Gefühl von Luxus, und die Extrakosten konnte sie an anderen Stellen im Essensbudget einsparen. Sie aß eine ganze Scheibe Pudding direkt aus der Bratpfanne und leckte sich danach die Finger ab. Die Rohkost wollte sie erst kurz vor den Fernsehnachrichten machen, die musste frisch zubereitet werden, sonst fiel sie in sich zusammen. Sie entdeckte im Kühlschrank eine halbe Zwiebel und schnitt sie in feine Streifen, gab sie zu Pudding und Kartoffeln in die Pfanne und streute ein wenig mehr Salz und Pfeffer als sonst auf die Kartoffeln. Egil war immer begeistert von ihrem Essen. Wenn etwas von dem Fischpudding übrig blieb, könnte sie ihn am nächsten Tag in Aspik einlegen, als Brotaufstrich war das köstlich.

Als alles fertig war und sie die Küche aufgeräumt hatte, spülte sie den Wischlappen in glühend heißem Wasser, wrang ihn aus, bis er fast trocken war, und ging ins Wohnzimmer.

Sie ging mehrmals am Tag hinein, um die Neuanschaffung zu bewundern, auch wenn sie das Wohnzimmer tagsüber, wenn sie allein war und Egil bei der Arbeit, eigentlich nie richtig benutzte.

Sie setzte sich auf den Puff daneben und strich vorsichtig mit der Hand über die glatten Flächen. Das Licht spiegelte sich ganz oben in dem kleinen Springbrunnen, dessen Wasser in zwei kleinen Stufen über das blanke Glas lief, ehe es sich unten in dem kleinen Becken sammelte, wo künstliche Seerosen schwammen, die jedoch ganz echt aussahen. Von hier aus wurde das Wasser zurück in den Springbrunnen gepumpt und sprudelte dann wieder heraus. Sie rückte die Topfblumen zurecht, die sie dicht neben den angeleuchteten Wasserfall gestellt hatte. Sie brachte es nicht übers Herz, tagsüber den Springbrunnen abzustellen, das machte sie erst kurz vor dem Schlafengehen. Sie wusste, dass der Springbrunnen Strom verbrauchte, aber nicht zu viel. Sie schaltete ihn dann gleich nach dem Morgenkaffee wieder ein. Egil lachte über sie, aber auf eine fröhliche Weise, nicht um sich über sie lustig zu machen, er hatte den Springbrunnen doch für sie gekauft. Sie hatte in einer Illustrierten darüber gelesen, und er war an einem ganz normalen Donnerstag damit nach Hause gekommen, sie hatte keinen Geburtstag oder so. Sie hatten den ganzen Abend gebraucht, um ihn zu montieren und den besten Stellplatz im Wohnzimmer dafür auszusuchen. Jetzt stand er beim Teakbuffet. Es war ein wenig eng geworden, das Wohnzimmer war doch nur zweiunddreißig Quadratmeter groß.

Sie legte die Hände in den Schoß und spürte die Wärme des feuchten Küchenlappens, während sie den Anblick des Springbrunnens in sich aufsaugte. Sie stellte sich vor, dass er nicht in einem Wohnzimmer stand, sondern im Paradies. Dass sie winzig klein war und nackt zwischen den Seerosen umhertrippeln konnte, zwischen den Zehen feiner Sand, und in ihrem Rücken brannte eine Sonne, die auftauchte und unterging und immer an derselben Stelle wäre, ohne dass sie etwas dafür tun müsste. Ihre Topfblumen wären dann gewaltige Bäume.

Sie sprang auf mit einem scheußlichen Gefühl im Bauch. Nun hörte sie Egil hereinkommen, das war gut. Und in der Nacht sollte es Regen geben, da würde sie morgen ihre Treppe und die Eingangspartie gleich mehrmals putzen müssen. Das Radio wurde lauter gedreht, und er stimmte ein: »*Ich bin ganz verschossen in deine Sommersprossen...*«

»Jetzt würde Veslemøy Haslund eifersüchtig werden«, sagte sie und hängte den Lappen über den Küchenhahn zum Trocknen auf.

»Ich dachte, ich könnte bei der Hütte vielleicht eine Dusche für dich einrichten, was meinst du?«

Er legte die Arme um sie, er roch gut nach kaltem Frühlingsabend und einen Tag altem Rasierwasser. Sie machte sich los, lachte ein wenig.

»Wie soll das denn gehen?«, fragte sie.

»Mit einem Wasserbehälter darüber und einem Schlauch, so dass du das Wasser selbst andrehen und abschalten kannst. Draußen.«

»Draußen? Und wenn jemand mich sieht? Herrgott!«

»Ich kann dich sehen.«

»Aber Egil. Hör auf!«

Bestimmt war er Peggy-Anita Foss über den Weg gelaufen, danach war er immer so. Sie nahm die Fernsehteller aus dem Schrank. Eine Dusche unter freiem Himmel, bei der sie selbst die Kontrolle über das Wasser hätte. In der warmen Morgensonne oder mitten in einer warmen Sommernacht, sie wagte gar nicht daran zu denken. Während Egil zusah?

Sie holte den großen Emaillebottich aus dem Schrank im Gästezimmer, hörte dabei laute Musik von oben und zog die Tür hinter sich zu. Sie hob den Bottich auf den Herd. Über Nacht wollte sie die Putzlappen kochen auf kleiner Hitze und mit ganz viel Blendax im Wasser. Wie gut, dass schon April war, sie könnte den Wäschebottich die ganze Nacht auf dem Herd stehen lassen, ohne dass die Fenster beschlagen sein würden, wenn sie aufstand. Sie warf einen Blick ins Wohnzimmer, er hatte den Teppich auf dem Schoß liegen, er sah froh aus. In der Nacht würden seine Hände kommen, das konnte sie ihm ansehen.

»Schaltest du den Fernseher ein, dann mache ich das Radio aus«, sagte sie und nahm vier große Möhren aus dem Kühlschrank und das Reibeisen aus der Schublade unter der Schneidefläche. Sie presste die halbe Zitrone über einer Tasse aus und streute Zucker hinein, während sie mit einem Teelöffel umrührte. Es dauerte eine Ewigkeit, bis der Zucker sich in der Säure auflöste.

»Möchtest du Himbeersaft oder Apfelsaft?«, rief sie.

»Heute Himbeer, glaube ich.«

Animals

Es war eigentlich total idiotisch, das Treppenputzen so lange wie möglich aufzuschieben, Frau Åsen konnte doch unmöglich hören, wann sie damit fertig war. Sie hielt fast nie Mittagsschlaf, aber an diesem Tag hatte sie nach dem Essen fast eine Stunde mit geschlossenen Augen auf dem Sofa gelegen ohne zu schlafen. Sie hatte abwechselnd an die Putzteufelin im Erdgeschoss und an Rickard gedacht, an die Putzteufelin mit heftiger Irritation, an Rickard mit Sorge.

Sie stellte die Essensteller unten ins Spülbecken, darauf kam das Besteck und oben die Gläser, sie spritzte Spülmittel dazu und füllte das Becken bis an den Rand mit kochend heißem Wasser. Die Asche der Zigarette zwischen ihren Lippen fiel auf den weißen Schaum und verbreitete sich wie kleine graue Fussel. Sie wischte sich die Hände ab und nahm die Zigarette aus dem Mund, ihr rechtes Auge brannte vom Rauch.

»Ich nehm mir die Illustrierte, Mama«, sagte Rickard.

Jeden Dienstagabend durfte er sich die Popseiten aus der Illustrierten ausschneiden, denn am nächsten Tag kam ja die neue Ausgabe.

»Morgen bringen sie was über die Rolling Stones«, sagte er, ging in sein Zimmer und schloss die Tür.

Er klebte die Popseiten in einen großen Zeichenblock, sie begriff einfach nicht, was ihm das für eine Freude machen könnte. Auch sie hörte gern Musik, aber den Lärm, den er sich anhörte, konnte man ja unmöglich als Musik bezeichnen. Sie hatte solche Angst, es war so fremd und unbegreiflich. Zu gern hätte sie daran auch nur einen einzigen versöhnlichen Zug gefunden, hätte gern einen einzigen Ton oder eine Strophe gemocht und verstanden. Aber sie sangen auf Englisch, und Englisch konnte sie nicht.

Als er eines Tages in der Schule gewesen war, hatte sie sich die Hüllen seiner Singles und Langspielplatten genau angesehen. Es war eine unbekannte Welt, diese Welt, die ihm so wichtig war und die ihn ihr so fremd machte. Jedes einzelne Bild auf den Plattenhüllen zeigte ungepflegte Typen, die wütend und unzufrieden aussahen. Und sie gaben sich so seltsame Namen: »Rollende Steine« und »Käfer« und »Tiere«. Warum wollte wohl irgendwer als Tier erscheinen? Barbara, die gleich gegenüber wohnte, war Engländerin und hatte ihr einmal erzählt, was diese Namen bedeuteten, und Animals bedeutete »Tiere«. Jim Reeves sang unter dem Namen Jim Reeves, so wie Kirsti Sparboe und Sven-Ingvars ihre Namen behielten. Niemals würden die sich »Käfer« oder »rollende Steine« nennen. Diese Vorstellung war so albern, dass sie darüber nicht einmal lachen konnte. Sie wünschte sich so sehr, die Uhr einige Jahre zurückstellen, ihn noch einmal auf den Schoß nehmen und seine warme Wange an ihrer beschnuppern zu können.

Jetzt kam es ihr vor, als seien sie plötzlich eines Morgens aufgestanden und ihr Sohn sei ein anderer gewesen, mit ausweichendem Blick, Pickeln, verschlossener Badezimmertür. Großer Gott, er war doch erst vierzehn, noch nicht einmal konfirmiert! Er hatte jetzt auch einen Kamm in der Hosentasche, und dabei musste man ihn früher noch in letzter Sekunde, ehe er zur Schule verschwunden war, mit zerzausten Haaren von der Türmatte zurückkreißen. Und neulich erst hatte er *Familie Feuerstein*, ihre Lieblingssendung, »kindisch« genannt, obwohl sie das doch immer alle drei zusammen sahen und über die Füße von Fred Feuerstein lachten, wenn die sich wie Trommelstöcke unter dem Auto bewegten. Und der Schluss, er liebte den Schluss, der immer gleich war, mit der Milchflasche, die vor die Tür gestellt wurde, und dem kleinen Dinosaurier, der nach draußen wollte, vermutlich zum Pinkeln, und Fred rannte hin und her und wurde dann selbst ausgesperrt und hämmerte gegen die Tür, so dass die ganze Stadt geweckt wurde. Das war also plötzlich »kindisch« geworden, obwohl seine beiden durchaus erwachsenen Eltern es lustig fanden.

Es machte sie auch nicht ruhiger oder klüger, wenn sie in Illustrierten über die Jugend las, zum Beispiel in den Leserbriefen in Peter Penns »Jetzt mal ehrlich«-Kolumne. Jede Mutter, die dorthin schrieb, war ebenso entsetzt wie sie selbst, und Peter Penn gab ihnen Recht darin, dass die Jugend das Leben und die Zukunft viel zu eingeschränkt sah. Eine Mutter hatte über ihre fünfzehn Jahre alte Tochter geschrieben, die behauptete, die Beatles seien das Einzige auf der Welt, das zähle! Leute, die sich »Käfer« nannten, waren also das einzig Wertvolle im Leben dieses Mädchens.

Sie tunkte die glühende Spitze der Zigarette ins Wasser und warf die Kippe in den Mülleimer unter der Spüle. Sie würde den Treppenabsatz putzen, während das schmutzige Geschirr einweichte. Im Radio lief »Ich bin so verschossen«, weiter von Rickards Musikgeschmack konnte man sich wohl kaum entfernen. Trotzdem hatte sie dieses Lied satt, sie spielten es so oft und fast jede Woche im Wunschkonzert. Sie wartete immer auf Jim Reeves, dann drehte sie das Radio lauter. Rickard sagte, sie solle sich eine Single oder Langspielplatte von ihm kaufen. Dann würde er ihr erklären, wie der Plattenspieler funktionierte, und sie könnte Jim Reeves hören, während er in der Schule war. Das war so nett von ihm, vielleicht war er für sie doch nicht ganz verloren. Aber er wollte ja niemals solche Musik hören, echte Musik.

»Owe, können wir mit dem Kaffee warten, bis ich mit der Treppe fertig bin?«

»Wenn ich nur die Nachrichten sehen kann! Vierzehnhundert amerikanische Soldaten sind heute in Vietnam gelandet. Was gibt es sonst zum Kaffee?«

»Was möchtest du?«

»Etwas Leckeres.«

»Süßes also, scheint mir.«

»Dann scheint es dir richtig. Aber hat diese Kuh aus dem Erdgeschoss dir das nicht schon abgenommen? Hast du das nicht vorhin gesagt?«

Sie freute sich, weil er sie Kuh nannte. Owe gehörte zum Glück nicht zu den Männern im Haus, die nach Frau Åsen fast ebenso lechzten wie nach Peggy-Anita Foss. Aber das konnte ja daran liegen, dass er die Nase nie weit genug aus seinen Büchern und Zeitschriften hob, um sie zu entdecken. Sie ging ins Wohnzimmer und stemmte die Hände in die Hüften.

»Was willst du also zum Kaffee?«

»Schokoladenkuchen.«

»Haben wir nicht.«

»Waffeln?«

»Soll ich etwa jetzt noch Waffeln backen? Ich hab keine Lust, mitten in der Woche das Waffeleisen herauszuschleppen.«

»Du warst total begeistert, als du es bekommen hast.«

»Ja, aber es riecht immer so stark. Ich kann Milchkuchen machen. Die Bratpfanne qualmt nicht so sehr.«

»Du mit deinen Milchkuchen. Das sind doch ganz normale Pfannkuchen.«

»Pfannkuchen sind dicker. Willst du welche? Dann kann

Rickard den Rest zum Abendbrot haben. Ich habe keine Blaubeeren, aber ich habe Erdbeermarmelade.«

»Schon gut, schon gut. Und vergiss nicht die Kiste mit den Gravensteiner Äpfeln, die in der Diele steht. Ich hab keine Lust, die wieder mit zur Arbeit zu nehmen.«

»Ich werde später Apfelkompott kochen. Was liest du da?«

»Etwas über das Erdbeben in San Francisco. Stell dir vor, das Hauptbeben hat siebenundvierzig Sekunden gedauert! Das ist lange, wenn die Erde sich bewegt. Sie haben es noch in Nevada gemerkt. Und die ganze Stadt hat gebrannt! Verdammt, die mussten ganze Blocks sprengen, damit die Flammen sich nicht weiter ausbreiteten.«

»Nicht fluchen. Wann war das denn überhaupt?«

»1906. Um diese Zeit.«

»Ich mach mich jetzt an die Treppe. Und du kannst den Aschenbecher ausleeren, bevor der noch überläuft.«

Herr Rudolf schlug den Pfeifenkopf vorsichtig am Rand des Aschenbechers aus und zog zerstreut einen Pfeifenreiniger aus der Packung, die im Zeitungsfach unter dem Tisch lag. Er las weiter *Reader's Digest* und reinigte dabei gründlich seine Pfeife. Zweihundertfünfundzwanzigtausend Menschen waren obdachlos geworden, er fragte sich, was um diese Jahreszeit in San Francisco wohl für Wetter war. Fünfhundert Straßenzüge waren verbrannt, was musste das für ein Inferno gewesen sein, als die Erde sich bewegte, während zugleich alles brannte, während sich mitten in den Straßen riesige Abgründe auftaten und ins Erdinnere hineinklafften. Aber da es am frühen Morgen passiert war, waren immerhin die Familien zusammen und hatten einander im Blick. Wenn es mitten am Tag passiert wäre, wäre das Chaos viel größer gewesen, mit Vätern bei der Arbeit und Kindern in der Schule und womöglich noch größerer Panik.

Rickard ließ in seinem Zimmer die Musik wieder viel zu laut laufen, es war nur eine Frage der Zeit, bis die Nachbarn sich beschweren würden. Rickard war der einzige Teenager im Treppenhaus und damit der perfekte Sündenbock. In der Hausordnung stand nichts über Musik, nur über »unnötigen Lärm«, aber wenn überhaupt etwas in die Kategorie »unnötiger Lärm« fiel, dann ja wohl Rickards Musik. Bohren und Hämmern gegen die Mauern wäre um einiges besser gewesen. Aber er machte sich doch nicht so große Sorgen wie Karin. Jugend war eben Jugend. Karin verdarb sich den Schlaf mit ihren Illustrierten, in denen die Mütter sich gegenseitig mit Schreckensbildern aufstachelten, als ob alle diese blöden Musikgruppen aus England ganz allein ein neues Armageddon verursachen könnten. Das war doch Wahnsinn und Weiberhysterie.

Es würde natürlich vorübergehen wie alles andere. Rickard hatte zudem auch gesunde Interessen, Briefmarken und Modellflugzeuge, auch wenn Herr Rudolf in dieser Richtung nun schon länger keine Aktivitäten mehr registriert hatte. Aber es war sicher typisch für Mütter, sich unnötig zu ängstigen, und da blieb ihm wohl nichts anderes übrig, als ihr nach dem Mund zu reden.

Am Brand waren die Gasleitungen schuld gewesen, Gas! Was für eine Vorstellung, mit Gas zu kochen, eine ganze Stadt voller Gasleitungen, das war doch der pure Irrsinn. Strom war zehntausend Mal sicherer, natürlich konnte auch Elektrizität zu einem Brand führen, wenn die Anlage alt oder falsch montiert war. Aber eine Stadt voller Gas, das war doch eine tickende Zeitbombe, Erdbeben hin oder her. Außerdem begingen Amerikaner und Engländer Selbstmord, indem sie den Kopf in den Backofen steckten. Das wäre ja noch schöner, wenn man auch hierzulande damit anfinge. Die Köpfe würden braungebraten sein, noch bevor das Leben ein Ende nähme, bei dieser Vorstellung musste er fast ein wenig lachen. Er füllte die Pfeife mit frischem Tabak, stand auf und kippte den Inhalt des Aschenbechers in den Kamin, steckte die Pfeife an und ging zu Rickard hinüber.

»Leiser«, sagte er und zeigte auf den Plattenspieler.

»Du kannst ja wohl zuerst anklopfen!«

»Anklopfen? In meinem eigenen Haus? Leiser! Gleich fangen die Nachrichten an.«

Sie gab eine Handvoll Pep in den Putzeimer und ließ die Seifenkörner sich im kochenden Wasser auflösen, ehe sie eine erträgliche Temperatur zusammenmischte. Vielleicht neutralisierte der Geruch die grüne Seife. Jawohl, sie würde beide Treppen putzen und Frau Åsens Putzwassergeruch tilgen. Außerdem waren die Treppen sicher schon wieder schmutzig. Überall auf der Welt brauchten die Leute in den obersten Etagen nur ihren eigenen Dreck wegzuputzen, das war ungerecht.

Sie war fast bei Frau Åsens Absatz angekommen, als Salvesens aus dem zweiten Stock mit ihrer kleinen schüchternen Tochter, die niemals grüßte und immer verrotzt war, zur Tür hereinkamen. Rasch wrang sie den Putzlappen aus und legte ihn vor die unterste Stufe. Wortlos, nur mit einem kleinen Lächeln und einem Nicken, brachte Frau Salvesen ihre Tochter dazu, sich die Schuhe am Lappen abzuwischen, bevor sie und ihr Mann es ihr nachtaten und dann die Treppen hochgingen. Nun hätte Frau Åsen ruhig die Nase aus der Tür stecken und sehen können, dass hier richtige Arbeit geleistet wurde. Sie wischte auch ihre eigenen Pantoffeln ab, dann warf sie den Putzlappen in den Eimer, ging die beiden Treppen hoch und legte Frau Larsens Putzlappen ins Wasser, damit der ein wenig einweichen könnte, ehe sie die beiden Türmatten aus Gummi hochkant gegen den Eimer lehnte, ihren eigenen Lappen nahm und den ganzen Absatz gründlich säuberte. Danach wusch sie die beiden Gummimatten, zuerst die Hälften, die im Wasser gestanden hatten, drehte sie dann um, stellte sie wieder in den Eimer und wusch die anderen Hälften. Sie wrang den Lappen aus und wischte das Wasser ab, legte die Gummimatten wieder vor die Tür, wrang zuerst ihren Lappen und dann den von Frau Larsen aus und legte beide Lappen stramm um die Matten.

Sie hatte soeben den Eimer mit dem schmutzigen Wasser hochgehoben, als Larsens Wohnungstür geöffnet wurde. Oliver stürzte mit einer rohen Möhre in der Hand und Stiefeln an den Füßen an ihr vorbei und rannte die Treppen hinunter. Seine Stiefel waren schmutzig, das konnte sie sehen. Frau Larsen war keine, die besonders oft die Stiefel der Kinder säuberte. Susy kam hinter ihm her und zog leise die Tür zu.

»Kann ich zu Rickard?«, fragte sie.

»Dann frag ihn mal, ob er überhaupt Besuch möchte.«

Sie leerte den Eimer mit dem schmutzigen Wasser in die Toilettenschüssel aus und hörte, dass die Nachrichten bereits angefangen hatten. Vietnam bla-bla-bla... die Amerikaner bla-bla-bla... der Ho-Tschi-Minh-Pfad bla-bla-bla... Es war zum Verrücktwerden. Jetzt war Owe sicher ungeduldig. »Ich setze den Kaffee auf!«, rief sie und schob den Eimer in den Verschlag. Sie musste auf die Milchkuchen verzichten, es würde zu lange dauern, und dann wäre er nur sauer. Sie nahm eine halbe Packung Butterkekse aus dem Schrank und arrangierte sie auf einem Teller, während der Kaffeekessel heiß wurde. Dann brach sie ein wenig Kochschokolade in Stücke.

»Du hast aber lange gebraucht«, rief er.

»Ich habe doch die ganze Treppe gemacht.«

Sie wartete nicht darauf, dass sich der Kaffee absetzte, stattdessen goss sie für Owe eine Tasse durch das Teesieb. Wenn sie ein wenig Milch hineingab, würde er keinen Unterschied merken.

Zum Glück hatte er den Aschenbecher ausgeleert. Aber sicher in den Kamin, obwohl sie den jetzt, wo es wärmer wurde, fast nicht mehr benutzten.

»Wo hast du den ausgekippt?«

»In den Kamin.«

»Den wollte ich bald mal putzen.«

»Dann musst du zuerst eine Runde mit Koks feuern«, sagte er. »Keine Milchkuchen?«

»Die mache ich dann morgen.«

»Willst du keinen Kaffee?«

»In der Küche. Ich muss spülen und die Äpfel schälen.«

»Die sind jetzt total verzweifelt, die Amerikaner. Schicken einfach immer neue Soldaten. Aber nie im Leben werden die gewinnen. Solche Schlitzaugen sind ungeheuer hart im Nehmen.«

»Die armen Mütter und Freundinnen und Kinder, die zu Hause in Amerika sitzen.«

»Ja, die sind auch hart im Nehmen. Wer hat da eben bei Rickard an die Tür geklopft? Die Kleine von gegenüber?«

»Ja, Susy.«

»Der Junge scheint ja attraktiv zu sein.«

»Hör auf. Die reden doch nur über die Illustrierten.«

»Schon gut, schon gut.«

Susy saß ganz still auf der Bettkante, hörte die Platte von den Beatles und sah zu, wie Rickard vorsichtig die Popseiten aus der Illustrierten schnitt. Er klebte sie dann immer mit Klebeband in einen großen Zeichenblock.

»Wer ist es denn diesmal?«, fragte sie.

»Animals und Twinkle und Dusty Springfield. Aber die mag ich nicht. Die singt auf so eine blöde Negerweise.«

»Hat du nichts von ihr?«

»Nein, will ich auch gar nicht.«

Sie bat nicht darum, sich die Bilder ansehen zu dürfen, denn dann würde er nur sauer werden, weil sie ihn gestört hatte. Sie wusste, sie würde die Seiten später sehen dürfen, wenn sie fragte. Aber eben erst, wenn er die neuen Bilder eingeklebt hätte. Bis dahin wollte er den Zeichenblock für sich haben.

»Die Platte gefällt mir sehr gut«, sagte sie. »Die, die du gerade laufen lässt.«

»Wenn ich nur lauter stellen dürfte. Und sie gehen ja nie zusammen weg, ich bin, verflixt noch mal, nie allein.«

»Aber ich bringe die Lieder manchmal ein bisschen durcheinander.«

»Dieses hier heißt ›Can't buy me love‹. Das bedeutet, dass man sich keine Liebste kaufen kann.«

Sie schwieg. Es war seltsam, wenn Rickard solche Wörter benutzte. »Liebste« war kein Jungenwort. Es bedeutete zudem gar nicht Liebste, sondern Liebe. Aber das sagte sie nicht. Es passte Rickard nicht, dass sie Englisch konnte.

»Bei uns hören wir nur Radio. Und Papa schreibt nur.«

»Meiner hört nicht mal Radio. Das ist schlimmer. Er liest nur. Und er sieht fern.«

»Ihr habt doch Glück, dass ihr Fernsehen habt.«

Er hob schnell und ruckartig den Kopf und sagte: »Ich darf doch nichts sehen! Das entscheiden alles meine Eltern. Und dann muss ich dasitzen und über *Familie Feuerstein* grinsen! Ich hasse sie!«

»Du hasst *Familie Feuerstein*?«

»Ja! Weil ich die mit ihnen zusammen ansehen muss!«

Er gab ihr den Rest der Illustrierten, wie er das immer machte.

»Danke«, sagte sie. Er wusste, dass sie diese Illustrierte nicht hatte, ihre Mutter kaufte eine andere. Er blätterte langsam in seinem Pop-Buch hin und her. Er tat ihr leid mit seinen Pickeln, und sie fragte sich, wann sie welche bekommen würde. Doch dann fing sie an, nach den Papierpuppenkleidern zu suchen. In dieser Nummer gab es Bademäntel und ein Handtuch und sogar ein kleines Badeentchen. Die Bademäntel für die große Schwester und den kleinen Bruder hatten Kapuzen, und ihrer war rot. In der nächsten Woche würde es Wanderkleider für die ganze Familie geben, stand dort.

Sie lief in die Küche und hörte, dass Frau Rudolf Tassen spülte. Frau Rudolf hatte wie immer eine Zigarette im Mund und eine Kaffeetasse neben sich auf der Anrichte. Die Tasse hatte Seifenschaum am Henkel, und die Fläche darunter war nass.

»Frau Rudolf?«

»Mm?«

»Darf ich die Papierpuppenkleider ausschneiden?«

Frau Rudolf packte die Zigarette mit ihren nassen Fingern vorsichtig ganz unten am Filter an.

»Was ist denn auf der Rückseite?«

»Etwas über ein weißes Auto an einem Strand, wo Leute baden, und dann die Anzeige mit Knut dem Kraftprotz und dem geheimen Stärketrunk.«

Sie legte die Zeitschrift auf die Waschmaschine und blätterte zurück.

»Dann von mir aus«, sagte Frau Rudolf und steckte die Zigarette in den Mund und die Hände ins Wasser.

Sie ging zurück in Rickards Zimmer und zog die Tür hinter sich zu, ehe sie sich wieder aufs Bett setzte. Er konnte es nicht ausstehen, wenn die Tür offen war. Er konnte auch den Anblick seiner Eltern kaum ausstehen, das war schon seltsam. Sie wollte langsam durch die ganze Illustrierte blättern, ehe sie etwas ausschnitt, denn sie freute sich so darauf. Sie las gründlich die Anzeige für Yaxa-Deodorant, die war so schön und stand auch immer in der Illustrierten, die ihre Mutter kaufte.

Vierzehn Jahre alt zu sein bedeutet, ungeküsst zu sein (fast), Shake zu tanzen, warme Würstchen mit Kartoffelpüree zu essen und Coca-Cola zu trinken. Es bedeutet, lieber Pop Weekly zu lesen als das Mathebuch. Es bedeutet, keinen engen Rock tragen zu dürfen (sagt Mama), keinen hellen Lippenstift benutzen zu dürfen (sagt Papa), keine pastellfarbenen Strümpfe mit Mustern anziehen zu dürfen (sagt die große Schwester) und keinen Nagellack benutzen zu dürfen (sagt die Lehrerin).

Vierzehn Jahre alt zu sein bedeutet, zu behaupten, dass man fünfzehn ist (ist man ja auch – bald). Es bedeutet, nur ein Lieblingspronomen zu haben: ER. ER heißt Tommie (z.B.) und kann drei Akkorde auf der elektrischen Gitarre. Wenn er singt »I should have known better«, bekommt man keine Luft mehr. Man hat entdeckt, dass man ein Herz hat (und Hüften). Man ist jung… und eines der wenigen Dinge, die sogar dann erlaubt sind (zum Glück), wenn man vierzehn ist, ist Yaxa.

Rickard fand, dass *Pop Weekly* nur etwas für Mädchen sei.

»Du hast Glück, dass du vierzehn bist«, sagte sie.

»Das ist gar nichts. Es macht mich noch verrückt, vierzehn zu sein.«

»Ich werde nicht verrückt. Ich werde nur froh sein. Dann ist Oliver auch älter und hat vielleicht die Uhr gelernt. Oder schaut wenigstens darauf.«

»Er kann die Uhr. Er ist doch schon zehn. Du darfst ihm nicht mehr jeden Tag hinterherrennen, dann schaut er vielleicht selber ab und zu mal drauf.«

»Aber Mama sagt, ich muss das tun. Sonst verhungert er. Hier steht etwas über eine Frau, die ihren Mann vergiftet hat, um an sein Geld zu kommen. ›Die schöne Giftmörderin‹, ist die Überschrift. Sie ist total altmodisch angezogen, hast du das gelesen?«

»Nein, so ein Mädchenkram. Wenn ich nur Geld hätte. Dann würde ich mir eine E-Gitarre kaufen.«

»Vielleicht kriegst du welches zur Konfirmation.«

»Wir sind doch nur zu acht. Wir feiern hier zu Hause.«

»Nur acht?«

»Die aus Deutschland kommen nicht. Sagen, die Anreise ist zu weit, wenn sie nicht auch gleich Urlaub machen können. Sie finden, es ist die falsche Jahreszeit.«

Er drehte die Platte um und setzte vorsichtig die Nadel darauf. Sein Pony hing ihm dabei ins Gesicht. Draußen taten sie so, als kannten sie einander nicht. Im nächsten Jahr würde sie auf seine Schule gehen, dann müssten sie auch auf dem Schulhof so tun. Rickard hatte das so entschieden.

»Dumm. Aber vielleicht schicken sie trotzdem Geld«, sagte sie.

»Nie im Leben. In Deutschland legen sie nicht so viel Wert auf Konfirmation und so. Mama ist deshalb sauer. Weil sie nicht kommen. Sie findet das eine Frechheit. Nach der Konfirmation fange ich an zu rauchen.«

»Wirklich?« Sie holte tief Atem und atmete langsam wieder aus und sah ihn an. »Du hast Mut.«

»Mut?«, fragte er.

»Ja, was ist, wenn du erwischt wirst?«

»Ich werde doch nicht hier zu Hause rauchen.«

»Nein, das darfst du auf keinen Fall.«

»Vielleicht unten im Keller«, sagte er.

»Und wenn da jemand kommt?«

»Du kannst Wache stehen.«

»Von mir aus«, sagte sie und lächelte ihn an.

Er sah sie nicht an, drehte den Block mit den Popseiten nach oben und blätterte ihn langsam von Anfang an durch.

»Nächste Woche kommt was über die Rolling Stones«, sagte er.

Sie wollte nichts über die Wanderkleider der Papierpuppen sagen, er würde sie dann nur kindisch finden.

Sie trocknete das Besteck fertig ab und legte es in die Schublade, trank einen letzten Schluck aus der Kaffeetasse und musste Kaffeesatz ins Ausgussbecken spucken. Dann zündete sie sich eine neue Zigarette an und schrieb »Zucker« auf die Einkaufsliste, ohne den Bleistift danach in das kleine Loch zu stecken, sicher würde ihr noch mehr einfallen. Owe hatte ihr diesen Einkaufslistenhalter zu Weihnachten geschenkt: ein großes blaues Haus, das auf eine ausgesägte Holzplatte gemalt war; das Haus hatte blühende Topfblumen in den Fenstern, und vor der Tür stand ein Schubkarren voller Rosen. Ein Schreibblock war in der Mitte des Hauses befestigt, daneben baumelte an einem Bindfaden ein Bleistift. Die Holzplatte hatte ein kleines Loch, in das der Bleistift gesteckt werden konnte. Es war wirklich an alles gedacht, sie hatte sich so über dieses Geschenk gefreut.

Bald würde sie die Listen für die Konfirmation machen müssen. Aber bei so wenigen Gästen würde das einfach werden, nur ein erweitertes Sonntagsessen, aber mit Alkohol. Bier zum Essen und Likör zum Kaffee. Den Likör musste Owe besorgen, sie hatten niemals welchen im Haus, und sie selbst hatte keine Ahnung, was passen würde. Sie hatte versucht, mit Owe über das Essen zu sprechen, aber dem war das total egal. Deshalb hatte sie sich für Blumenkohlsuppe mit Sahne, Schweinebraten mit Erbsen und Rotkohl und Kartoffeln mit Soße und für Zitronenpudding zum Nachtisch entschieden. Und zum Kaffee einen Mandelkranz und eben einen Likör.

Sie würde den Zucker, den sie im Haus hatte, für das Apfelkompott brauchen. Zum Glück reichte er gerade für eine Kiste Äpfel, beim Schälen ging ja einiges verloren. Sie hob die Kiste auf den Küchentisch und entfernte bei jedem Apfel die angefaulten Stellen, ehe sie ihn bis auf das Kerngehäuse zerschnitt und die Stücke in einen großen Topf fallen ließ. Als der Topf voll war, schätzte sie, dass es für drei Halblitergläser reichen würde. Sie goss den Topf mit Wasser auf und setzte den Deckel darauf. Es war immer gut, Apfelkompott im Schrank zu haben, entweder für Arme Ritter mit Sahne als Sonntagsnachtisch oder einfach mit Büchsenmilch an einem Werktag. Als Brotaufstrich schmeckte es nicht stark genug, fand sie.

Sie warf den Abfall in den Mülleimer und nahm die Höhensonne aus dem Bügelschrank. Sie könnte einige Minute Sonne schaffen, während die Äpfel kochten. Sie ließ die Sonne warm werden, platzierte den Aschenbecher strategisch auf dem Küchentisch und steckte sich eine Zigarette an. Dann setzte sie sich die kleine schwarze Plastikbrille auf und nahm vor der Sonne Platz. Sie hob auch beide Hände hoch, damit sie Farbe bekamen, während sie rauchte. Sie hatte mehrmals versucht, Rickard zur Höhensonne zu überreden, das wäre gut für seine Pickel, aber er wollte einfach nicht. Sie konnte überhaupt nichts vorschlagen, worauf er einging, es war eigentlich ein Wunder, dass er noch essen mochte, was sie kochte. Sie hatte übrigens Leserbriefe über Jugendliche gelesen, die kein Fleisch mehr aßen, aus purem Protest. Das hätte gerade noch gefehlt. Kein Fleisch zu essen, was war nur in die Jugend gefahren? Unglaublich!

Als sie schätzte, dass drei Minuten vergangen waren – schließlich war die Zigarette ausgeraucht –, schaltete sie die Höhensonne aus. Ihre Wangen brannten, sie presste die Handflächen dagegen, die sich in der Hitze kühl anfühlten. Gut, ein wenig Farbe zu bekommen, ehe die Frühlingssonne richtig loslegte. Sie hörte, wie in der Wohnung über ihr etwas zu Boden fiel. Oder … es könnte auch jemand sein, so wie er die Jungen immer wieder schlug. Aber das war nicht ihre Sache. Wenn Herr Berg seine Söhne erziehen wollte, indem er sie schlug, wenn sie ungezogen waren, dann sicher, weil er das von zu Hause her so gewöhnt war. Owe hatte Rickard im Laufe der Jahre auch manchmal geohrfeigt, aber nur wenn der Junge das verdient hatte. Schläge auf den nackten Po hatte es nie gegeben, das hätte sie niemals erlaubt. Aber die kleine, unscheinbare, ja fast schon durchsichtige Frau Berg würde sich ihrem Mann nie im Leben widersetzen. Gut sah er noch dazu aus, sie waren ein ungleiches Paar, die beiden. Sie hatte kein bisschen Chic, trug trutschige Kleider und eine langweilige Frisur und nie auch nur eine Spur Lippenstift.

Sie hatte Frau Berg nur einmal lächeln und Freude zeigen sehen, damals als das blöde Trabrennpferd, von dem sie einen kleinen Anteil besaßen, in Leangen ein Rennen gewonnen hatte. Der Preis war ein Teelöffel gewesen. Aber Frau Berg hatte so gestrahlt, als sie ins Haus gekommen war, dass man hätte meinen können, sie selbst sei als Erste über die Ziellinie getrabt.

Sie kippte die gekochten Apfelstücke in das Mehlsieb und presste das Apfelkompott hindurch, während sie das Sieb über einen etwas kleineren Topf hielt. Es war harte Arbeit. Ihr brach der Schweiß aus, und sie musste das Fenster öffnen. Die Höhensonne gab beim Abkühlen kleine tickende Geräusche von sich. Bis in die Küche hörte sie die Stimme von Per Øyvind Heradstveit und noch einmal das Wort Vietnam.

»Kannst du das nicht ein bisschen leiser drehen, Owe, dann kann ich bei der Arbeit Radio hören.«

»Ich muss doch, verdammt noch mal, lauter sein als Rickards Musik!«

»Großer Gott, was für ein Irrenhaus...«

»Was hast du gesagt?«

»Nichts.«

Sie kochte das Kompott auf und gab Zucker dazu, spülte den Topf, in dem sie die Äpfel gekocht hatte, und füllte ihn zur Hälfte mit Wasser, das sie gleich wieder heiß werden ließ. Die Einmachgummis waren ein wenig morsch, aber sie hatte keine anderen. Sie schrieb ganz schnell »Einmachgummis« auf die Einkaufsliste, um das nicht zu vergessen, dann stellte sie das erste Glas mit Glasdeckel, Metallring und Einmachgummi ins Wasser. Der Zucker löste sich schnell auf, und sie streute ein wenig Zimt ins Apfelkompott, ehe sie das Glas herausfischte und bis an den Rand füllte, den Glasdeckel und das Gummi anbrachte und rasch den Metallring festschraubte. Danach stellte sie das nächste Glas ins Wasser. Wenn sie doch nur eine Tiefkühltruhe hätte, dann könnte sie das Apfelkompott in Plastiktüten füllen und in die Truhe legen und würde es nicht einkochen müssen. Aber Owe sagte, sie hätten in der Wohnung nicht genug Platz für eine Tiefkühltruhe.

Sie wusste, dass Frau Åsen eine hatte, diese Vorstellung war fast nicht zu ertragen. Frau Berg hatte einmal einen Schweinebraten in die Tiefkühltruhe legen dürfen, als der erwartete Sonntagsbesuch dann doch nicht gekommen war. Es war überaus kritisch gewesen, denn der Braten hätte doch nicht bis zum nächsten Sonntag gehalten.

Sie hätte mit Freude verfaultes Fleisch für fünfzig Kronen in den Müll geworfen, ehe sie Frau Åsen um einen solchen Gefallen gebeten hätte. Was wäre es für diese miese Kuh für ein Triumph gewesen, ihr Platz in der prachtvollen Truhe zu bewilligen. Sie hätte gern gewusst, wo die wohl stand. Vielleicht im Gästezimmer, die hatten ja nie Besuch.

Es klingelte an der Tür. Das war sicher Frau Larsen, die Susy zurückholen wollte, damit die in der ganzen Siedlung nach Oliver suchen könnte. Sie öffnete und starrte auf eine dunkle Gabardinejacke.

»Darf ich Sie einen Moment stören?«, fragte der Mann.

»Wir kaufen nichts.«

»Wer ist das?«, rief Owe.

»Ein Vertreter«, rief sie zurück. »Wir brauchen nichts«, sagte sie noch einmal leise und wollte die Tür schließen.

»Was verkauft der denn?«, rief Owe.

»Meine Herren die Lerche«, murmelte sie und sah den Gabardinemann an. »Was verkaufen Sie?«

»Aschehougs Konversationslexikon zu einem phantastischen Preis. Es ist die neueste, achtzehnbändige Ausgabe von 1961. Und sie kostet so wenig, weil es in drei bis vier Jahren vermutlich eine neue Ausgabe geben wird. Und dann habe ich Winston Churchills Geschichte in vier Bänden. Die ist hochaktuell, aber auch die habe ich zu einem sehr guten Preis.«

»Ein altes Lexikon und etwas über Churchill«, rief sie.

Sofort war Owe zur Stelle.

»Churchill?«, fragte er.

Der Mann konzentrierte sich jetzt voll und ganz auf Owe.

»Ihre Gattin hat mich vielleicht ein wenig missverstanden, es ist nicht über Churchill, sondern *von* Churchill.«

»Hereinspaziert, hereinspaziert«, sagte Owe.

Sie klopfte an Rickards Tür, öffnete aber, ehe er antworten konnte.

»Hättet ihr gern Kakao und ein paar Brote?«

»War das nicht Mama?«, fragte Susy.

»Nein, ein blöder Vertreter.«

»Vielleicht ist Oliver ja von selbst nach Hause gekommen«, sagte Susy.

»Ja, das hätten wir gern«, sagte Rickard ohne von seinen Popseiten aufzuschauen.

Owe saß mit kalter Pfeife über den Broschüren, die der Mann auf dem Küchentisch neben der Höhensonne verteilt hatte. Sie konnte seinem Profil bereits ansehen, dass er diese verflixten Bücher über Churchill kaufen würde, seine Augenbrauen saßen hoch oben auf der Stirn, und er hatte die Augen eifrig aufgerissen. Dabei hatten sie doch bald Konfirmation, und Rickard brauchte einen Konfirmationsanzug und Kleider für den zweiten Tag, und ein Geschenk brauchte er doch auch. Sie wusste, dass er sich Geld wünschte. Er wollte für eine Gitarre sparen, hatte sie ihn eines Tages draußen im Treppenhaus zu einem Kumpel sagen hören.

»Owe…«

»Das sieht sehr gut aus, Karin. Der Mann ist ja gerade gestorben, und es wird ungeheuer interessant sein, seine vier Bände zu lesen.«

»Die gibt es bestimmt auch in der Bibliothek.«

»Verzeihen Sie mir den Widerspruch, gnädige Frau, aber es ist etwas ganz anderes, ein solches Werk selbst zu besitzen. Es ist im Jahre 1960 erschienen, und da er jetzt im Januar gestorben ist, ist es das aktuellste und gefragteste Werk, das er…«

»Wir haben bald keinen Platz mehr im Bücherregal«, sagte sie.

»Für gute Bücher hat man immer Platz«, sagte Owe.

Der Mann nickte lächelnd und zustimmend und lehnte sich auf dem Stuhl zurück, abermals dem Herrn des Hauses zugewandt. Sie hätte gerne beiden etwas Hartes an den Kopf geworfen, einen vollen glühend heißen Kochtopf oder so etwas. Oder das Putzwasser, das sie vorhin in die Kloschüssel gekippt hatte.

Sie zündete sich eine Zigarette an und verrührte im Topf ein wenig Kakao mit Zucker, Wasser und einem Schuss Kaffee und goss einen Liter Milch dazu, als die Mischung kochte. Dann schnitt sie sechs Scheiben Graubrot ab, bestrich sie mit Margarine und belegte zwei mit Ziegenkäse, zwei mit Hammelwurst und zwei mit Kunsthonig. Sie schnitt jede Scheibe in zwei Stücke und legte sie auf einen Essteller. Als der Kakao aufgekocht war, füllte sie ihn in eine Kanne, die sie zuerst mit heißem Wasser aus dem Hahn angewärmt hatte. Mit der Kanne in der einen und dem Teller in der anderen Hand ging sie zu Rickards Tür, trat dagegen und rief: »Aufmachen!«

Susy öffnete.

»Wenn nur Mama nicht kommt, ehe ich gegessen habe«, sagte sie. »Wenn Oliver noch nicht zu Hause ist.«

»Hast du denn die Puppenkleider ausgeschnitten?«

»Nein, noch nicht. Ich habe etwas anderes gelesen. Über eine Frau, die ihrem Mann Gift ins Essen gemischt hat, weil sie sein Geld haben wollte und weil er so hässlich war.«

»Ja, das habe ich gelesen. So haben sie es in den alten Zeiten gemacht, sie waren ganz schön gerissen, diese Damen. Ich hole euch Teller und Tassen. Du kannst die Seiten mit den Puppenkleidern auch rausreißen und dann später bei euch zu Hause ausschneiden.«

»Kann ich auch das über die Frau mit dem Gift haben?«

»Ja, nimm nur. Morgen gibt es eine neue Ausgabe. Ich will nur die Kochrezepte und die Strickmuster«, sagte sie.

»Hast du die schöne Gabardinejacke gesehen, die der Vertreter hatte?«

»Warum in aller Welt hätte ich mir ausgerechnet seine Jacke ansehen sollen?«

»Rickard braucht bald neue Kleider«, sagte sie.

»Warum denn?«, fragte er.

»Warum denn? Ich traue meinen Ohren nicht. Er wird konfirmiert, Owe.«

»Das geht schon gut.«

»Gut? Ach ja, das geht gut, ja. Wie interessant. Hast du unterschrieben?«

»Das habe ich. Er hat den Bestellzettel mitgenommen, der Handel ist also abgeschlossen. Ich glaube, du begreifst nicht ganz, dass diese Bücher ...«

»Ich begreife gar nichts. Und du begreifst auch nichts.«

»Er hat den Nobelpreis bekommen, er ist ein hervorragender Autor und Historiker, der ...«

»*War*. Er ist tot. Möchtest du noch Kaffee?«

»Was?«

»Ja, ich will nicht mehr weiter mit dir reden, und da habe ich nur gefragt, ob du noch mehr Kaffee möchtest. Ich habe hier ja sowieso nichts zu sagen.«

»Ich bin schließlich auch derjenige, der hier das Geld verdient.«

»Natürlich. Wer auch sonst. Im Postamt suchen sie übrigens eine Putzhilfe, sie haben einen Aushang gemacht.«

»Im Postamt? Ach.«

Er stand mit der kalten Pfeife in der Hand da und sah aus, als ob er sie zerbrechen wollte. Seine Haare hingen ihm schweißnass in die Stirn, er war kein anziehender Mann. Aber er war nun mal der Trottel, mit dem sie verheiratet war, der sie am laufenden Band mit angefaultem Obst und Gemüse versorgte und der den versoffenen und Zigarren qualmenden und mausetoten Churchill seinem eigenen Sohn vorzog. Sie steckte sich eine Zigarette an und warf die Streichholzschachtel auf den Küchentisch. Da lagen die Broschüren noch immer. Der ausgefüllte und unterschriebene Bestellzettel, das eigentliche Wertpapier, war über alle Berge.

»Du willst nicht zufällig auch ein achtzehnbändiges Lexikon?«, fragte sie.

»Das haben durchaus viele Leute. Sehr gut für die Jugend, wenn sie Hausaufsätze schreiben sollen und wenn man sonst etwas wissen möchte.«

»Ja, stell dir vor, sogar ich weiß, was ein Lexikon ist.«

Er lauschte zu Rickards Zimmer hinüber. Er wollte keine Schwäche zeigen, wollte nicht, dass Rickard mitbekam, wie er einen Streit mit der Mutter des Jungen verlor.

»Dann geh doch im Postamt putzen«, sagte er und drehte sich von ihr fort, ging hinüber und setzte sich in seinen Sessel. In der ganzen Wohnung roch es nach Äpfeln, Zimt und Kakao. Er mochte Gerüche, er lebte mit Gerüchen, aber ab und zu konnte es doch zu viel sein.

»Das kann schnell vierhundert Kronen kosten«, sagte sie.

»Dann musst du wohl die Putzstelle annehmen.«

»Soll ich im Postamt putzen und noch dazu das Haus hier in Ordnung halten, nur damit du dir vier Bücher über Dinge anschaffen kannst, über die du schon tausendmal gelesen hast?«

Er stopfte sorgfältig mit Hilfe des rechten kleinen Fingers seine Pfeife, ehe er sie wieder ansah. Sie war rot im Gesicht, aber das konnte auch daran liegen, dass sie eben noch vor der Höhensonne gesessen hatte. Sie wurde nie braun, nur rotgefleckt, und sie glänzte von der Niveacreme, mit der sie sich vor dem Schlafengehen einschmierte. Er hatte es so satt, dieses blanke Gesicht neben sich im Doppelbett zu sehen, mit einem Mund in der Mitte, der nörgelte und quengelte, er solle bald die Leselampe ausknipsen. Und dabei war er es doch, der am nächsten Tag zur Arbeit musste. Sie konnte nach dem Frühstück, wenn er und Rickard gegangen waren, noch ein Nickerchen einschieben, was sie sicher auch tat. Natürlich sollte sie die Putzstelle im Postamt annehmen.

»Ja, warum nicht?«, sagte er.

»Keine von den Frauen hier im Haus geht arbeiten. Willst du dich vor aller Welt blamieren?«

»Du könntest doch einfach sagen, dass du arbeitest, um eigenes Taschengeld zu haben. Das würden alle verstehen.«

»Sie würden über dich lachen.«

»Aber vierhundert Kronen für Kleider? Ist er plötzlich ein Königskind geworden?«

»Er braucht einen Anzug und Hemd und Schlips und Schuhe. Und Kleider für den zweiten Tag. Da kommen schnell auch fünfhundert zusammen. Er wünscht sich für den zweiten Tag einen Trenchcoat.«

»Einen Trenchcoat? Der kleine picklige Wicht?«

»Sprich nicht so über deinen eigenen Sohn.«

»Aber einen Trenchcoat. Hat er denn den Verstand verloren?«

»Das sage ich dir doch schon lange. Wie alle anderen in dem Alter natürlich. Die Putzstelle wäre jeden Nachmittag von fünf bis sieben. Dann müsstet ihr allein essen, ich kann es vorher fertig machen und in das Wärmefach stellen, aber du musst dann den Abwasch übernehmen. Ich würde es nicht über mich bringen, zu einem vollen Spülbecken nach Hause zu kommen, wenn ich vorher da drüben geputzt habe. Es gibt fünfzehn Kronen pro Stunde, sechs Tage die Woche, hundertachtzig pro Woche.«

Er zog den Rauch tief in die Lunge, nahm das letzte Stück Kochschokolade vom Teller und steckte es in den Mund, während der Rauch ihm aus Mund und Nase quoll. Das wäre doch nur Chaos. Sollte er nun auch noch Tassen und Töpfe spülen nach einem langen Arbeitstag, an dem er Kästen wuchten und im Stau stehen müsste?

»Du hast dich ja wirklich gründlich über die Arbeitsbedingungen informiert, ich muss schon sagen.«

»Da war eine Schlange. Und ich stand direkt neben dem Aushang«, sagte sie.

»Dann musst du einige Wochen arbeiten, um den Springinsfeld einzukleiden.«

»Wir haben nur *einen* Sohn. Und der wird konfirmiert. Dich interessiert ja nicht einmal das Essen. Und deine freche Verwandtschaft, die sich nicht die Mühe macht...«

»Die lass aus der Sache raus. Und das Essen ist wirklich deine Sache. Soll ich hier jetzt auch noch den Koch spielen?«

»Aber was wird nun? Soll ich die Putzstelle nehmen?«

»Nie. Die kann Frau Foss aus dem Dritten haben. Was die den ganzen Tag macht, ist ein totales Rätsel, wo sie doch fast die ganze Zeit allein ist und keine Kinder hat.«

»Sie putzt ihre Wohnung. Nackt.«

»Was?«

»Das wissen doch alle.«

Lebhafte und knallbunte Bilder schwirrten jetzt durch seinen Kopf, ohne es zu wollen, fing er an zu lachen. Auch Karin lachte.

»Wenn du anfängst, hier nackt zu putzen, kriegst du von mir fünfzig Kronen die Stunde«, sagte er.

»Du Schwein.«

Aber er sah, dass sie sich gerade aufrichtete und den Bauch einzog.

»Ich dachte, du hättest gern Komplimente?«

»Komplimente, ja.«

Wieder klingelte es.

»Das wird Frau Larsen sein«, sagte sie. »Arme Kleine. Jetzt muss sie wieder ihrem Bruder nachlaufen.«

»Komm her. Erst einen Kuss. Du hast so schöne rote Wangen. Ist das ein Kompliment oder nicht?«

»Weiß nicht so recht. Ich brauche zur Konfirmation auch ein neues Kleid.«

Sie kam herüber und trat zwischen seine Knie. Ohne aufzustehen legte er die Arme um sie, hielt die Pfeife von ihr weg, der Pfeifenkopf war heiß. Ihre Schürze roch ein wenig nach Milch.

»Das schaffen wir schon«, flüsterte er.

»Ich muss die Tür aufmachen, Owe«, sagte sie, als es wieder klingelte.

Er nahm sich das letzte Stück Brot mit Hammelwurst. Der Kakao in der Kanne hatte jetzt eine Haut, er fischte sie mit dem Zeigefinger heraus und legte sie in Susys leere Tasse. Er kaute und lauschte der Musik aus dem kleinen Monolautsprecher und blätterte langsam in seinem Sammelblock. Er hörte, wie seine Mutter in der Küche das Radio lauter drehte und dem Vater etwas zurief. Im Radio lief »King of the road«, das war gar nicht so schlecht, aber da es seiner Mutter gefiel, verabscheute er es eben doch. Im Juni würden die Beatles eine ganz neue LP herausbringen. Wie die wohl heißen würde? Die letzte hieß *Rubber Soul*. Er starrte lange ein Bild an, das Ringo und George zusammen mit Alma Cogan auf einem Sofa zeigte. Sie saßen da ganz gelassen, wie normale Menschen, auf einem gestreiften Sofa mit einer achtlos vorgezogenen Gardine hinter sich, Alma ein wenig in sich zusammengesunken und an George gelehnt, Ringo schaute in die Luft, und sein Mund war geformt wie mitten in einem Satz, während Alma und George lächelnd in die Kamera blickten. Da konnte sie einfach so mit ihnen zusammensitzen, als ob das gar nichts wäre, sie kannte sie, traf sich mit ihnen, war mit ihnen befreundet. Es war nicht zu fassen, dass das möglich war. Er war im falschen Land geboren, einem Scheißland, einer Scheißstadt und mit Scheißeltern, die rein gar nichts kapierten. Es war nur eine Frage der Zeit, bis sie merken würden, dass er jeden Tag auf dem Weg zur Schule die Gummistiefel nach unten klappte und sie wieder hochklappte, ehe er nach Hause ging. Seine Mutter hatte schon kommentiert, dass er Stiefel trug, auch wenn es draußen trocken war, dass das zu feucht sei, dass die Socken stanken. Er konnte ihr unmöglich erklären, dass alle Jungen umgeklappte Gummistiefel trugen. Er würde bald Löcher an der Stelle haben, wo das Gummi umgeklappt wurde, und dann wäre er entlarvt. Verdammt, was würde das für ein Geschrei geben. Wie viel so ein Paar Gummistiefel kostete und dass er bald konfirmiert werden würde und so weiter. Diese blöde Konfirmation, er würde ja doch keine E-Gitarre bekommen. Und die Kleider, über die sie die ganze Zeit plapperte, würde er danach zu rein gar nichts verwenden können, vielleicht abgesehen von dem Trenchcoat, wenn er denn einen bekam.

Er kostete seine Wut aus, schmeckte sie im Mund zusammen mit Hammelwurst und Kakao, sie lag wie eine brodelnde Suppe in seinem Magen, und er hatte keine Ahnung, was er damit machen sollte. Er musste sich konzentrieren, es war wichtig, sich zu konzentrieren, niemandem zu zeigen, dass er ein anderer war, als sie glaubten, einer, der hier nicht hinpasste, weil hier nichts stimmte. Hier liefen diese Erwachsenen einfach durch ihre Tage und durch ihr Treppenhaus und fanden das Leben schön. Er schaute aus dem Fenster, es war Frühling. Schmutzig und rostig in den Farben, hässlich. Er drückte vorsichtig auf den größten Pickel, zwischen Wange und Nasenloch, aber nein, der war noch nicht richtig reif.

Er stand auf und ging zu der Reihe von Singles und Langspielplatten. Es war ein dünner Stapel. Aber eines Tages würde er so dick sein, dass er die Platten seitlich stellen müsste wie Bücher. Er zog seine erste Single heraus, die er beim Kauf des Plattenspielers als Zugabe bekommen hatte. *She's not there* von den Zombies. Immer wenn er die hörte und die Augen schloss, erlebte er die intensive Freude jenes Tages. Er drehte von 90 auf 45, legte die Single auf den Plattenteller, zog den Tonarm nach rechts, damit die Platte anfing, sich zu drehen, hob die Nadel darüber und senkte sie langsam am Rand über die Rille.

Dann stand er ganz still da und wartete auf den Atem, dieses deutlich hörbare Atemholen mitten im Lied, was für eine Vorstellung, dass sie das mit aufgenommen hatten. Es war so echt.

Zwischendurch konnte sie Gold finden

Die anderen Frauen im Block wurden ihre Männer morgens rechtzeitig los.

Petter konnte bis zehn oder elf herumtrödeln.

Deshalb konnte sie sich kein Frühstücksnickerchen gönnen, nachdem Susy und Oliver zur Schule gegangen waren, das war der Ärger. Sie horchte auf das Klappern seiner Schreibmaschine im Wohnzimmer. Sie könnte natürlich lügen, denn wenn Kundinnen kamen, um sich die Haare machen zu lassen, war er sofort über alle Berge, das war ihm dann zu viel Hühnerstall. Aber an diesem Tag kam die erste erst um halb eins, Frau Vaage aus dem Block weiter unten, die Haarschnitt und Dauerwelle wollte, danach dann Frau Befring aus Treppenhaus C, die die Haare geschnitten und gelegt haben wollte, während bei Frau Vaage die Dauerwelle einwirkte. Aber sie hätte lügen und behaupten können, die erste Kundin könne jeden Moment eintreffen.

Zuerst musste sie außerdem einkaufen, sie hatte keinen Kaffee mehr. Zum Glück hatte sich die Sitte entwickelt, dass die Damen etwas zum Kaffee mitbrachten. Und das Gebäck zum Kaffee bedeutete Prestige, die Kundinnen wetteiferten darum, das Beste zu haben. Und sie wussten genau, was die anderen mitgebracht hatten, selbst wenn das Wochen her war. Die Männer, die sich die Haare schneiden ließen, tauchten natürlich mit leeren Händen auf. Sie konnten sogar auf die Idee kommen, erst spätabends nach den Nachrichten zu erscheinen. Aber Geld war eben Geld.

Sie steckte sich eine Zigarette an, öffnete das Fenster einen Spaltbreit, zog den Morgenmantel fester zusammen und fuhr sich mit einer Hand durch die Haare. Auch sie hätte einen Haarschnitt brauchen können, aber bei sich selbst konnte sie das nicht. Dann müsste sie sich einen Termin bei Frau Berg hinten am Jonsvannsvei geben lassen, die einen richtigen Salon in einem eigenen Anbau an der Längsseite des Einfamilienhauses besaß. Sie ging gern hin, dort erfuhr sie von neuen Haarpflegeprodukten und konnte sich für eine Weile professionell vorkommen. Es war etwas ganz anderes, als am Küchentisch der Familie Haare zu schneiden und zu legen. Aber zugleich sparte sie viel Geld, wenn sie keinen Laden mietete. Petters Büro unten in der Innenstadt war nicht umsonst, auch wenn es nur zehn Quadratmeter groß war und in einem Haus ohne Fahrstuhl im vierten Stock lag.

Sie seufzte tief und lange.

»Stimmt was nicht?«, rief er.

»Nicht doch. Nur ein bisschen müde.«

»Dann leg dich doch noch mal hin.«

»Are you mad? Das geht nun wirklich nicht! Ich hab so viel zu erledigen.«

Sie sah sich den chaotischen Frühstückstisch an, griff nach der Flasche mit dem Sanostol und nahm einen Schluck daraus.

»Nicht aus der Flasche trinken, das kann in Gärung übergehen und explodieren.«

Nichts entging diesem Mann. Und allein die Tatsache, dass er sich einen ganz anders aufgeteilten Alltag vorstellen konnte, sorgte dafür, dass sie sich große Mühe geben musste, um jederzeit zufrieden zu wirken.

»Werd es nie mehr wieder tun«, sagte sie. »Promise.«

Er hätte gern die ganze Zeit zu Hause gearbeitet und tagsüber den Haushalt übernommen.

Sie wusste außerdem, dass er das schaffen würde. Er fand, sie sollte sich eine feste Stelle in einem Frisiersalon suchen und Vollzeit arbeiten, dann könnte er sein Büro kündigen und zu Hause an seinen Übersetzungen arbeiten, da sein, wenn die Kinder aus der Schule kamen, Kleider waschen und das Essen bereit haben, wenn sie nach Hause kam. Er nutzte jede noch so kleine Gelegenheit, um diese Lösung zu propagieren, die ihnen mehr Geld einbringen und seinen Alltag zugleich leichter machen würde. Er war ein guter Koch, er konnte mit der Waschmaschine umgehen, und was andere Leute meinten, war ihm ganz einfach egal. Sowie er bei ihr das kleinste Anzeichen von Unzufriedenheit entdeckte, war er sofort mit seinen Plänen und seinen Rechnungen zur Stelle.

Wenn nur eine Kundin anriefe und sagte, sie würde gern ein wenig früher kommen. Um zehn, zum Beispiel, das könnte sie sehr gut schaffen. Sie könnte statt des Kaffees ein wenig englischen Typhoo-Tee kochen, die Damen fanden es exotisch, das serviert zu bekommen, wenn sie fragte, ob sie »a cuppa tea, dear« haben wollten. Auch das Telefon war nicht billig, vielleicht hätten sie gar keines gebraucht, nur sie und Foss im dritten Stock hatten ein Telefon. Oder vielleicht auch Moes im Erdgeschoss, das wusste sie nicht, die blieben unter sich mit ihrem neugeborenen kleinen Kind, das sie bisher nicht einmal hatte weinen hören, nicht einmal nachts, und dabei war es nur zwei Monate alt, vielleicht jünger, sie war sich nicht ganz sicher.

Aber Petter brauchte das Telefon, um mit der Literaturagentin in Oslo zu diskutieren, die ihm die Bücher zum Übersetzen zusandte. Sie müsste eigentlich froh darüber sein, dass das Telefon hier zu Hause installiert war und nicht in dem kleinen Büro unten in der Innenstadt, denn so konnte sie ab und zu ein Ferngespräch mit ihrer Mutter in England führen. Es waren blitzschnelle Gespräche, so teuer, wie jede Minute war, aber sie besaß immerhin die Möglichkeit, wenn etwas passierte. Und deshalb war sie lockerer. Dass das Telefon sich in der Wohnung befand, verschaffte ihr eine direkte Verbindung nach Hause. Aber das kostete, auch wenn es ganz still dort stand. Und Geld hatten sie nie genug.

Doch allein die Vorstellung, in aller Herrgottsfrühe aufzustehen, um sich zurechtzumachen und tadellos auszusehen und zur Arbeit zu gehen und den ganzen Tag an diesem anderen Ort gefangen zu sein, mit den Händen in anderer Leute Haar, diese Vorstellung war nicht zu ertragen. Der Sinn davon, zu heiraten und Kinder zu bekommen, war doch gerade, dass ihr das erspart blieb, dass sie ihr Leben selbst einrichten konnte, dass sie Nein sagen konnte, »freitags nehme ich keine Kundschaft, komm lieber am Dienstag«, um dann den ganzen Freitag im Haus herumzupusseln, mit Wäschewaschen und Aufräumen, den Illustrierten und dem eigenen Schlafbedürfnis auf den neuesten Stand zu kommen. Den ganzen Tag zu arbeiten, das hatte sie mit zwanzig geschafft, als sie noch kein eigenes Heim gehabt hatte, in das sie sich zurückwünschen konnte. Damals konnte sie den ganzen Tag in den hochhackigen Schuhen stehen, ohne dass Beine, Arme oder Rücken müde wurden.

Sie zog die Illustrierte zu sich heran und steckte sich eine neue Zigarette an. An diesem Tag würden die neuen Zeitschriften kommen, das fiel ihr plötzlich ein. Dann musste sie jedenfalls in den Laden, und es würde doch keinen englischen Tee geben. Sie griff zum Kaffeekessel und füllte ihre Tasse mit lauwarmem Kaffee, dann sah sie sich lange den Bericht über König Konstantin und Anna-Maria von Griechenland an. Wie schön sie war. Er auch. Eine griechische Schauspielerin litt jetzt an furchtbarem

Liebeskummer, weil sie ihn nicht bekommen konnte. Wie hieß sie doch gleich wieder? Aber sie war nicht gut genug für das Königshaus, obwohl sie eine Anwaltstochter war und aus feiner Familie stammte. Ja, Aliki, so hieß sie. Sie war jetzt nach Hollywood gegangen und gab vor, absolut nicht traurig zu sein. Deshalb wurde sie als stark bezeichnet. Vor den Augen der Weltpresse nicht zu trauern, das bedeutete also, stark zu sein, das musste sie sich merken, dachte sie.

Und Anna-Maria, die sich mit ihrem Schwangerschaftsbauch in der Öffentlichkeit zeigte! Auch ganz schön mutig. Zum Königshaus zu gehören und sich trotzdem bei öffentlichen Repräsentationsaufgaben schwanger zu zeigen. Da stand sie unten vor dem Flugzeug an der Gangway auf einem grauen Teppich, der in Wirklichkeit sicher rot war, Hand in Hand mit ihrem Konstantin, in einem weiten dunklen Rohseidenkleid über dem gewölbten Bauch. Sie hatte die Reportage schon zweimal gelesen und machte sich jetzt ans dritte Mal. Sie hatte ihren Namen von Anne-Marie zu Anna-Maria ändern müssen, als sie geheiratet hatte. Es konnte keinen Spaß machen, den Namen zu ändern. Nachnamen, das schon, aber nicht den Vornamen. Die Griechen liebten sie, stand dort. Sie wurde von einem ganzen Volk geliebt. Was das wohl für ein Gefühl war? Es stand nichts über die Sprache dort, nichts darüber, wie sie als Dänin Griechisch gelernt hatte. Oder vielleicht hatte sie das noch nicht gelernt, und sie redeten kaum miteinander.

»Willst du nicht den Tisch abräumen? Mmm, du riechst aber gut, Barb.«

Er umarmte sie von hinten ganz fest, hatte schon eine Hand in ihren Morgenrock geschoben über die eine Brust.

»Petter, stop it. Ich rieche überhaupt nicht gut. Ich habe noch nicht geduscht.«

»Vielleicht sollten wir uns wieder hinlegen, alle beide?«

»Ich habe so viel zu erledigen.«

»Ja, das sehe ich. Anna-Maria und Konstantin? Das Liebespaar?«

»Das nennt man einen ruhigen Start in den Tag. In einer halben Stunde werde ich wie ein Whirlwind sein. Zieh deine Pantoffeln an!«

Seine Socken waren voller Haare. In der Ecke beim Trockenschrank stand der Besen, stets mit einer Menge Haarflaum in allerlei Schattierungen am blauen Gummirand. Er brauchte wirklich nicht in diesem Haus auf Socken herumzulaufen.

»Aber du ...«, sagte er.

Sie schlug die Illustrierte zu und sprang so eilig auf, dass die Asche von der Zigarette auf den Tisch fiel. Jetzt würde er sicher wieder etwas sagen. Herrgott, was für ein Nervkram! Vielleicht müsste sie wieder schwanger werden, damit er aufhörte, und Susy würde sich dann freuen, wo sie doch die ganze Zeit mit Puppen spielte.

Sie nahm die Teller und die Milchgläser der Kinder und ging damit zum Spülbecken, schraubte den Deckel auf das Kunsthonigglas, packte den Ziegenkäse in Butterbrotpapier, drehte den Verschluss auf die Kaviartube und drückte den Pappdeckel auf den Schmierkäse. Die ganze Zeit merkte sie, dass er ganz ruhig dastand und sie im Auge behielt. Als sie sich vor dem winzigen Kühlschrank bückte, trat er hinter sie. Dass er auch niemals etwas zimmern konnte, das man unter diesen Kühlschrank stellen könnte, damit der etwas höher wäre, wo er doch ohnehin dauernd unten im Hobbyraum war.

»Meine wunderbare Barbara«, sagte er. »Immer morgenmunter und frisch wie ein Tautröpfchen.«

»Petter, ich habe zu tun.«

»Ich auch.«

»Wie weit bist du gekommen?«, fragte sie und richtete sich auf.

»Seite 94.«

»Du bist aber tüchtig.«

»Sie ist ziemlich einfach zu übersetzen, die gute Agatha. Viele Wiederholungen. Sie führt uns sehr schnell in ihr Universum ein, am Anfang ist es ein wenig schwierig, aber dann ... und apropos schnell ...«

Sie drehte sich zu ihm um, atmete nach unten, weil sie sich noch nicht die Zähne geputzt hatte. Auch gegessen hatte sie noch nicht, nur Kaffee getrunken und geraucht und den kleinen Schluck Sanostol genommen. Sie schüttelte den Kopf. Er holte Luft und wandte sich ab.

»Aber du«, sagte er zu der braunen Rasenfläche unter dem Fenster.

»Ja?«

»Vergiss die Nieren nicht. Die sehen gar nicht schön aus da in ihrer Bütte. Und sie riechen.«

»Natürlich riechen sie. Vor dem Duschen werde ich das Wasser erneuern.«

»Willst du sie heute kochen?«

»Sicher, ich bin um halb vier mit Frau Vaage fertig, dann gibt es um fünf Steak and Kindney Pie.«

»Das schaffst du nie im Leben.«

»Aber sicher doch.«

»Hast du den Deckel für die Pastete denn schon gemacht?«

»Nein.«

»Dann machst du heute am besten nur die Füllung, und wir essen den Pie morgen und heute lieber etwas anderes.«

»Warum denn?«

»Weil du das nie im Leben schaffst. Du bist doch nicht gerade der häusliche Typ, das wissen wir beide«, sagte er und ließ sie los, holte den Wischlappen, drehte den Wasserhahn auf, spülte den Lappen gründlich aus, spritzte ein wenig Zalo darauf, rieb energisch daran und wrang ihn am Ende so hart aus, dass seine Fingerknöchel weiß wurden. Dann wischte er den Küchentisch ab, hob sogar den Aschenbecher hoch und wischte darunter.

»Und weil ich Hunger habe, wenn ich nach Hause komme, und dann gerne sofort essen möchte«, sagte er.

»Schon verstanden.«

Sie steckte sich eine neue Zigarette an, stellte sich ans Fenster und kehrte ihm den Rücken zu. Warum konnte er jetzt nicht einfach gehen? Er war der einzige Mann, der jetzt noch im Haus war, man musste sich geradezu schämen, weil man mit so einem verheiratet war. Sie drehte sich rasch zu ihm um.

»Leg den Lappen weg, ich kümmere mich um die Küche«, sagte sie. »Seite 95 wartet auf dich.«

»Bist du jetzt sauer?«

»Nein. Aber du störst mich. In my routines.«

»Du meine Güte. Das klang ganz schön königlich, wenn ich das mal so sagen darf. Und noch was ... wenn du das Ausgussbecken als Mülleimer benutzt, wird es bald verstopft sein.«

»Ich mache es sauber, bevor die Kundschaft kommt, ich wasche ihnen doch über diesem Becken die Haare, remember?«

Sie drückte die halbgerauchte Zigarette aus und ging ins Badezimmer, goss das Salzwasser der Kalbsnieren in die Dusche und füllte mit frischem Wasser auf. Natürlich roch es, wenn man Nieren auswässerte, wusste er nicht, was Nieren waren? Diese Norweger mit ihrer Aversion gegen Innereien. Als sie beim Schlachter unten im Zentrum zum ersten Mal Rinderherz bestellt hatte, hatte er sie angesehen, als ob er an ihrem Verstand zweifelte. Er hatte offenbar noch nie ein mit allerlei Leckerbissen gefülltes Rinderherz probiert. Der Vorteil war, dass sie die Innereien fast gratis bekam und damit eine Menge Geld sparte.

Endlich hörte sie, wie die Tür ins Schloss fiel. Sie ließ das Wasser durch die Haare und über ihren Rücken laufen, über ihren Hintern und weiter die Waden hinab, es war so gut, sich einzuseifen, abzuspülen und sich wieder einzuseifen, viel zu lange dort zu stehen, zu viel heißes Wasser zu verbrauchen. Aber die Kundinnen, die keine Dauerwelle brauchten, wuschen sich oft schon vorher die Haare, viele kamen mit einem Handtuch um die nassen Haare gewickelt. Der kleine Heißwassertank reichte nicht für alle, sie feuchtete dann einen Kamm in einem Glas Wasser an und machte die Haare nass, ehe sie sie auf Wickler rollte, wenn die Kundin nur legen lassen wollte. Und an diesem Tag hatte sie nur eine Dauerwelle.

Sie zog sich nicht sofort an, trocknete sich ab und zog wieder den Morgenmantel an und rieb sich die Haare. Sie liebte diese Stunden, wenn sie allein in der Wohnung war, sie graute sich immer vor dem Sonntag und freute sich auf den Montag. Der neuste Schwachsinn war, dass die Kinder in der Schule samstags vielleicht frei bekommen würden. Das sollte dann mit Hausaufgaben für den Montag ausgeglichen werden, aber was hätte *sie* davon? Sie hätte sie dann von Freitagnachmittag bis Montagmorgen im Haus. Natürlich sollte das nur dafür sorgen, dass die Lehrer freihätten und die Füße auf den Tisch legen könnten, während die Schüler sich am Wochenende mit den Aufgaben abmühten und die Eltern für die Lehrer die Arbeit erledigten.

Die Morgensendung würde bald zu Ende sein. Sicher war sie die Einzige im ganzen Haus, die die Sendung um neun nicht in Ruhe von Anfang bis Ende und ohne Mann im Haus hören durfte. Jetzt prahlte dieser Kjell Thue damit, dass seine Sendung eine »Beatles-freie« Zone sei, ehe er »Wo die Birken rauschen« spielte.

Sie steckte sich eine Zigarette an und widmete sich wieder

der Illustrierten. Eigentlich könnte sie den Teig für die Pastete auch jetzt machen, bevor die Kundinnen kamen. Und sie hatte alles, was sie für die Füllung brauchte. Rindfleisch in Streifen, Zwiebeln, Kartoffeln, Thymian und Worcestersoße, die die Mutter ihr regelmäßig aus Bristol schickte. Die Mutter war wunderbar und schickte ihr immer wieder Dinge, die sie brauchte und die es hier nicht gab. Wie beispielsweise Haarfarben in allerlei Brauntönen. Hier bleichten sie die Haare von blond bis fast weiß, andere Möglichkeiten hatten sie nicht, sie färbten dann mit Haarfestiger, der nur wenige Tage hielt.

Die Mutter schickte ihr auch das *Family Circle Magazine*, wenn sie es selbst ausgelesen hatte, und Salbei und andere Gewürze, die sie für Kalbfleisch und die Füllung für Geflügel benutzte. In diesem Land hier kochte man ja kaum mit Gewürzen.

Zugleich war sie ehrlich beeindruckt davon, wie viele es dennoch schafften, das Essen gut schmecken zu lassen, nur mit Salz und Pfeffer, Petersilie und Schnittlauch, ein wenig Dill und Porree und Kümmel. Und Butter. Sie hatten wirklich keine Angst davor, Margarine und Butter zu verwenden. Sie hatte selbst immer Butter oder Margarine und Weizenmehl im Haus, denn alles, vom langweiligsten Essensrest bis zu altem Obst, ließ sich als Füllung in einer leckeren kleinen Pastete verstecken. Frau Rudolf brachte ja auch Obst und Gemüse mit, die sie selbst nicht mehr verarbeiten wollte. Petter hatte keine Ahnung, wie viel sie wirklich von Frau Rudolf bekam, sie prahlte lieber damit, wie weit sie mit dem Haushaltsgeld kam, er schrieb das den Einnahmen ihrer Frisierarbeit zu.

Sie las ungeheuer gern Kochrezepte. Vermutlich, musste sie zugeben, aber nicht anderen und schon gar nicht Petter gegenüber, verbrachte sie mehr Zeit mit Rezeptelesen als mit Kochen. *Family Circle* war vollgestopft mit Koch- und Backrezepten, hierzulande gab es die nur selten. Hier standen sie auf Strickmuster und bestickte Tischdecken und Sofakissen und Schnittmuster für Kinderkleider. Aber ab und zu fand sie Gold, etwas, das ein wenig anders und »unnorwegisch« war. Wie in der letzten Nummer von *Illustrert*, »Knochenlose Vögelchen«. Das war Rindfleisch mit Speckscheiben und Gewürzgurken, zusammengebunden und in der Pfanne angebraten, ehe es in Sahnemilch ziehen durfte. Ganz besonders gern hatte sie die Beilage: »Käsesonne«. Aus grobem Brot wurden mit einem Milchglas Kreise ausgestochen und danach mit zerbröseltem Roquefort bestreut, der in der Mitte eine Vertiefung erhielt. In diese Vertiefung kam ein Eidotter in einem Kranz aus gehacktem Porree und Kümmel. Es klang wunderbar. Aber die Kinder mochten keinen starken Käse. Nicht einmal den köstlichen Stilton wollten sie probieren, den die Mutter jedes Jahr zu Weihnachten schickte. Das andere Rezept war für Fischsuppe.

Sie konnte Fisch nicht ausstehen.

Sie servierte niemals Fisch, niemals. Norweger waren verrückt nach Fisch. Petter hatte vor einigen Jahren einmal Bacalao von ihr haben wollen. Sie hatte sich nach Rezepten erkundigt und am Ende geräucherten Kabeljau in einer Tomatensuppe aus der Tüte zusammen mit Kartoffeln und Zwiebeln gekocht. Sie, Petter und die Kinder hatten schweigend gegessen. Danach hatte sie Susy gefragt, ob es ihr geschmeckt habe. »Sicher, Mama, das hat sehr gut geschmeckt, aber du brauchst es nicht wieder zu kochen.«

Petter kochte ab und zu ein Fischgericht, Seelachs oder Kabeljau, und sie blieb dann im Wohnzimmer. Vom Geruch war ihr schon schlecht, noch ehe sie sich zu Tisch gesetzt hatte. Es roch nach einer Mischung aus Leim und Erbrochenem, und es half nicht einmal, alles mit zerlassener Butter zu bedecken. Danach stank es noch tagelang in der ganzen Wohnung danach. Aber er beklagte sich über den Geruch von feinen frischen Kalbsnieren?

Herrgott, wenn sie ihm seinen Traum erfüllte, zu Hause arbeiten zu dürfen, würde es wohl alle zwei Tage Fisch geben. Das allein wäre schon Grund genug, wieder schwanger zu werden. Aber dann würde sie auch wieder mit ihm schlafen müssen, und dazu hatte sie jetzt seit geraumer Zeit keinen Grund mehr gesehen.

Sie räumte die Küche fertig auf, pulte mit den Fingern den Inhalt aus dem Ausgussbecken und ließ ihn in den Mülleimer fallen. Danach scheuerte sie das Becken mit einer Prise Ata auf der Spülbürste, ließ Wasser nachlaufen und rieb den Rand davor sauber und glänzend. Schließlich war das die Stelle, wo sie immer das Handtuch hinlegte, wenn die Kundinnen sich zurücklehnten, um sich die Haare waschen zu lassen. Es durfte nicht unordentlich oder schmutzig sein, wenn die Damen kamen, sie klatschten ja so schrecklich. Sie machte auch eine Runde durch das Wohnzimmer, wischte den Couchtisch ab und legte die Sofakissen auf den Sofarücken, las einige Kleidungsstücke der Kinder auf und sammelte Petters Durchschlagpapier ein, das wild durcheinander neben der Schreibmaschine auf dem kleinen Schreibtisch lag. Zwei Bogen konnte sie gleich wegwerfen, die waren restlos von Buchstaben durchlöchert. Sicher hatte er jeden Bogen mindestens zehnmal benutzt, es war unmöglich, auch nur ein Wort in Spiegelschrift zu lesen. Die schwarze Farbe blieb an ihren Fingern haften, sie knüllte die Blätter zusammen und warf sie in den Kamin, ehe sie sich die Finger am Spüllappen abputzte.

Auch vor den Büchern in ihren Regalen wischte sie ein wenig Staub, schob das Staubtuch in die Nischen in den ungleichmäßigen Bücherreihen; oben wurden sie fast nie staubig, er benutzte sie immer wieder, es waren nur Nachschlagewerke und Wörterbücher und Fachbücher. Gott sei Dank hatte er mit laut laufendem Radio auf dem Klo gelesen, als am Vorabend der Vertreter geklingelt hatte, um sein Lexikon zu verkaufen. Sie hatten kein Lexikon, und Petter träumte davon, eins zu besitzen. Wenn er die Herrschaft hier zu Hause übernähme, würden sie sich sicher auch das Lexikon leisten können. Achtzehn Bände, hatte der Mann gesagt. Achtzehn dicke Bände zu allem, was sie ohnehin schon hatten! Wenn sie katholisch gewesen wäre, hätte sie sich jetzt bekreuzigt vor Dankbarkeit darüber, dass er keine Ahnung von dem Vertreter hatte. Er hatte ihren englischen Akzent gehört und angefangen, über den guten Winston zu plappern, aber sie hatte ihm sofort die Tür vor der Nase zugeschlagen. Ihre Mutter, die zum Glück viele Meilen entfernt wohnte, hätte eine neue religiöse Bewegung mit Churchill als Abgott starten können, und sie hatte es sich verbeten, die Schriften dieses Mannes im Hause zu haben. Und noch dazu dafür zu bezahlen, indem sie anderen Leuten die Haare schnitt und legte. Die Vorstellung war fast makaber.

Sie hielt inne, während sie das Staubtuch noch in der Luft hielt. Wildes Geschrei ertönte aus dem Erdgeschoss von Treppenhaus B. Der Beton, aus dem das Haus errichtet war, musste eingebaute Megaphone enthalten. Sie war ja so froh, dass sie nicht in B wohnten, sondern in A. Das Geschrei war ein Gemisch aus Frauenstimmen und Kinderstimmen, bestimmt hatte die ganze Bande verschlafen. Es war nicht zu fassen, dass die Stadt Trondheim eine Wohnung bei einer anständigen Wohnungsgenossenschaft kaufen und danach eine richtige Abschaumfamilie dort hineinsetzen konnte, die weder arbeitete noch die Hausordnung einhielt. Ihnen ging es nur darum, zu trinken und jeden Sonntag auf Pferde zu wetten. Nein, hier im Treppenhaus lebten Leute, die einen Anteil an einem Pferd *besaßen* und nicht darauf wetteten. In England wetteten auch anständige Leute auf Pferde, aber in Norwegen war das nicht so. Doch in England kamen jedenfalls Ehefrauen und Hausmütter nicht am Sonntagnachmittag betrunken vom Trabrennen zurück mit weinenden Gören im Schlepptau. In England waren Pferderennen *a man's world*.

Der Lärm näherte sich einem heftigen Höhepunkt, dann schlug er in Kinderweinen um, um kurz darauf abrupt zu verstummen. Sie hatte gehört, das letzte Haus, in dem die gewohnt hatten, sei abgebrannt und sie hätten mit leeren Händen dagestanden und die Stadt habe eingreifen müssen. Das Haus war sicher im Suff angesteckt worden. Fünf Kinder hatten die, die Götter mochten wissen, wo die alle schliefen, bestimmt standen in den beiden kleinen Schlafzimmern an jeder Wand Etagenbetten. Was die für ein Leben hatten, eigentlich müsste sie für ihres dankbarer sein.

Denn sie liebte ihn doch. Das war nicht das Problem. Das war nicht das Problem, das war es wirklich nicht. Natürlich liebte sie ihn. Oder etwa nicht? Er war die ganze Zeit in ihrer Nähe, sagte, er liebe sie, sie sei so wunderbar, sie rieche gut, auch wenn sie ganz genau wusste, dass sie nach Schlaf und Schweiß stank. Worüber er wohl noch log, wenn er über solche grundlegenden Dinge log? Aber sie fühlte sich ihm nicht mehr nah, fast nie, sie teilten doch gar nichts, hatten nicht ein einziges gemeinsames Erlebnis. Es ging immer nur darum, was im Laufe eines Tages erledigt werden musste.

Sie legte den Wischlappen auf die Anrichte, ohne ihn vorher auszuspülen, und glaubte schon seinen Kommentar zu hören: »Nicht so richtig angenehm, einen Wischlappen aufzuheben, um irgendwo sauber zu machen, und dann fällt alles von Kartoffelschalen bis zu Zigarettenstummeln heraus.«

Petter rauchte nicht, er war fast der einzige Nichtraucher, den sie kannte. Nicht einmal Pfeife rauchte er, und dabei war das doch so männlich.

Sie zog dieselben Sachen an wie am Vortag, die Kleidungsstücke, die sie auf den Korb für die schmutzige Wäsche geworfen hatte. BH und Hose waren auf den Boden gefallen, nachdem die Kinder sich angezogen hatten. Sie zog die Hose an, ohne vorher die Socken überzustreifen, und stand dann da und musterte ihre Zehen.

Die sahen ganz normal aus. Es waren ihre Zehen, so sahen sie seit zwanzig Jahren aus, und auf eine seltsame Weise konnten sie sie immer beruhigen. Sie lagen solide auf dem Linoleumboden, alle zehn, und spreizten sich ein wenig ungleich fort voneinander, wie das ihre Art war. Sie holte tief Atem und stöhnte auf, als sie die Luft wieder ausstieß. Jetzt könnte das doch niemand hören. Vielleicht sollte sie sich die Zehennägel lackieren. Bei den Fingernägeln ging das nicht, wo sie doch dauernd mit Haaren und Wasser und chemischen Flüssigkeiten beschäftigt war, aber vielleicht die Zehen? Doch andererseits – warum sollte sie sich die Zehennägel lackieren? Für wen? Sie wollte ihn doch fast nie.

Aber sie war gern schwanger gewesen, hatte gern in einem Sessel gesessen und zufrieden – ganz wie Dickens' Mr. Micawber – die Hände auf dem Bauch gefaltet und sich wichtig gefühlt. Dass sie einen ganzen und echten Menschen in sich trug, hatte sie mit Stolz erfüllt. Und diesen Stolz besaß sie vierundzwanzig Stunden am Tag bei allem, was sie tat, ob sie sich nun den Pony aus dem Gesicht strich oder spazieren ging, während Petter kochte, und sie konnte langsam und wogend und selbstbewusst dahingehen mit einem lebenden Leben in sich.

Beim ersten Mal, bei Susy, war es natürlich am besten gewesen. Bei Oliver war es eher anstrengend, denn da war Susy noch klein und anspruchsvoll, und es war nicht so leicht gewesen, sich allem zu entziehen und ihr eigenes Glück auszukosten. Sie sah sich im Winter gern den Sternenhimmel an, fühlte sich dann wie ein Sandkorn in einem gigantischen Wirbel, aber als sie schwanger gewesen war, hatte sie sich überhaupt nicht klein gefühlt, sondern groß und enorm wichtig. Sie war die Nabe im Rad. Was sie erschuf und in sich trug, war größer als die Sonne selbst, zehntausendmal größer als die Bedingungen und Voraussetzungen, die sie für ihr eigenes Leben definierte. Als das Kind geboren war, wurde natürlich alles bodenständiger, es gab von Minute zu Minute Pflichten und Aufgaben, und es war nicht sonderlich sakral und kosmisch. Aber vorher war es nur phantastisch, und sie hätte gern gewusst, ob Anna-Maria gerade auch so empfand. Oder vielleicht war das Kind schon da, die Illustrierten waren ja nicht tagesaktuell, sie hatten acht Wochen Produktionszeit, und diese Art von Nachrichten kam nur selten im Radio. Dazu lag Griechenland zu weit weg. Wenn überhaupt, würde es in der Morgensendung um neun erwähnt werden.

Frau Åsen putzte gerade den Eingang, als sie auf dem Weg zum Einkaufen unten vorbeikam. Der Postbote war schon dagewesen, aber der Briefkasten war leer. Sie musste sich über Moes Kinderwagen lehnen, um mit ihrem Postschlüssel die grüne Metalltür zu öffnen und zu schließen. Dass Frau Moe den Wagen nicht in die Wohnung holte, sie hatte doch nur eine kleine Treppe, aber da stand der Wagen mit Kissen und Decke, fast zu intim, um so für das ganze Treppenhaus entblößt zu werden.

»Sie könnten den ja wohl in die Wohnung holen, finden Sie nicht?«, fragte Frau Åsen. Die Kittelschürze spannte über ihrem üppigen Hintern, als sie sich in der Ecke unter den Briefkästen mit dem grauen Wischlappen in der linken Hand bückte, während sie sich mit der rechten auf den Kinderwagen stützte.

»Finde ich auch«, antwortete sie.

»Spannende Post?«

»Nichts. Ist eigentlich auch gut so. Dann gibt es auch keine Rechnungen, ha, ha.«

»Bekommen Sie keine Post aus England?«, fragte Frau Åsen.

»Doch, Zeitschriften. Und Pakete, ein paarmal im Jahr.«

»Das ist sicher spannend«, sagte Frau Åsen ein bisschen gleichgültig und richtete sich auf, der Schweiß strömte ihr über die Schläfen. Warum hatten die beiden wohl keine Kinder? Es roch nach grüner Seife mit Salmiak, das war ein guter Geruch. Im Putzeimer schwamm oben schmutziggrauer Schaum, aber er dampfte noch, das Wasser musste also noch ziemlich frisch sein.

»Wollen Sie einkaufen?«, fragte Frau Åsen.

»Ja.«

»Heute kommen die neuen Zeitschriften.«

»Ja.«

»Und Sie haben sicher auch Kundschaft.«

»Das habe ich. Und ich habe keinen Kaffee mehr, dabei geht ziemlich viel Kaffee drauf, ja!«

»Das müssen Sie auf den Preis aufschlagen«, meinte Frau Åsen.

»Aber sie bringen das Gebäck doch selbst mit.«

Frau Åsen beugte sich über den Putzeimer und tunkte den Wischlappen in das dampfende Wasser, wieder und wieder, so heftig, dass der graue Schaum sich auflöste und sie bis zu den Ellbogen nass wurde. Sie trug keinen Schmuck, kein Armband und keine Armbanduhr und keinen anderen Ring als ihren dünnen Trauring. Auch nichts an den Ohren. Und sie schien sich die Haare selbst geschnitten zu haben, die waren im Nacken ganz schief und rechts länger als links. Ja, ja, auch so ließ sich Geld sparen. Åsens hatten als Einzige im Haus eine eigene Hütte, das konnte nicht billig sein, falls sie nicht geerbt hatten.

»Ich wünschte, die Leute putzten sich die Füße an dem Lappen ab, den ich hier vor die Tür lege.«

»Ja, Sie bekommen ja allen Dreck ab, hier unten im Erdgeschoss.«

»Da sagen Sie wirklich etwas Wahres.«

Frau Befring brachte Brötchen und italienischen Salat mit. Sie war mit einem Seemann verheiratet, hatte eine Tochter in Susys Alter, die laut Susy die Klassenbeste und immer mucksmäuschenstill war, und Frau Befring langweilte sich dermaßen, dass sie mit dem Gedanken spielte, wieder arbeiten zu gehen. Was für eine Vorstellung, es so gut zu haben, dass man sich langweilte. Frau Vaage brachte Apfelstrudel vom Bäcker mit.

Sie kochte einen Kessel mit frischgemahlenem Kjeldsberg-Kaffee und stellte ihn auf das Holzbrett auf dem Küchentisch zum Ziehen, während sie anfing, mit den dünnsten Wicklern Frau Vaages Haare aufzurollen. Frau Befring schnitt die Brötchen auf einem Essteller auf und bestrich sie mit Margarine und dem Salat.

»Bitte, greifen Sie zu.«

»Sie sind nicht so für das Süße, nicht wahr?«, sagte Frau Vaage.

»Nein. Wissen Sie, ich kann Kuchen und Süßigkeiten ewig stehen lassen, ohne sie anzurühren, aber ein Rest von einem guten Essen wird im Kühlschrank nicht alt«, sagte Frau Befring.

»Ich könnte ja von Kuchen leben«, sagte Frau Vaage. »Au, das war ein bisschen zu fest, glaube ich!«

Sie zog das Plastikstäbchen aus dem Wickler und legte die Strähne abermals darum, diesmal etwas lockerer. Es waren gute Haare für diese Arbeit, dick und glatt, sie kannte die Haare aller Stammkundinnen, die Haare schienen ihre eigene Persönlichkeit zu haben, und alle waren unterschiedlich. Sie hatte ein engeres Verhältnis zu den Haaren als die Besitzerin, glaubte sie, auch wenn die sie rund um die Uhr mit sich herumtrug. Auf diese Weise gehörten die Haare ihr auch ein wenig, da sie für den Schnitt und den Sitz der Locken zuständig war. Sie konnte ihre Stammkundinnen im Laden treffen und ihnen einfach so in die Haare greifen, ohne dass das seltsam oder zudringlich gewirkt hätte, während sie sich über einen widerborstigen Wirbel oder die Haarlänge äußerte oder ein Kompliment machte. Sie träumte oft von Haaren, wie sie durch ihre Finger flossen, lebendig und wogend.

»Es regnet«, sagte Frau Vaage.

»Wie gut. Dann werden die Rasenflächen sicher bald grün.«

»Alle mal herhören«, sagte Frau Befring, die vor sich auf dem Tisch die neuste Ausgabe der *Hjemmet* liegen hatte. Sie hatte ein bisschen italienischen Salat an der Wange und in alle drei Tassen Kaffee eingeschenkt.

»Hier ist ein Leserbrief an Peter Penn: *Ich staune schon lange darüber, wie es möglich ist, dass die Hausfrau von heute viel gehetzter lebt als die Hausfrau von vor dreißig, vierzig Jahren oder von noch früher? Damals hatten sie doch nicht die vielen technischen Hilfsmittel von heute, die die Arbeit erleichtern sollen und nicht erschweren?*«

»Gute Frage«, sagte Frau Vaage.

»Ich bin überhaupt nicht gehetzt«, erwiderte Frau Befring.

»Sie haben ja auch keinen Mann zu Hause.«

»Ich bin auch nicht gehetzt, wenn er da ist. Dann ist er doch den ganzen Tag zu Hause und hat frei und kann mir bei allem Möglichen helfen.«

»Und was antwortet Peter Penn denn nun?«

»Mal sehen... *Ja, das ist wirklich verwunderlich. Liest man z.B. Hanna Winsnes...*«

»Peter Penn liest ja wohl nicht Hanna Winsnes!«

»Klar tut er das, wo er doch für eine Frauenzeitschrift schreibt.«

»Vielleicht ist er so ein warmer Bruder.«

»Igitt. Aber jetzt hören Sie doch zu! *Liest man zum Beispiel Hanna Winsnes' Haushaltbuch, staunt man zweifellos darüber, wie viel die Hausfrau von damals zu tun hatte, wie beschäf-*

tigt sie war, aber man liest nicht, dass sie gehetzt gewirkt hätte. Und das ist wohl die Kehrseite des technischen Fortschritts: Je leichter die Welt in den Griff zu bekommen ist, umso hektischer scheint sie zu werden. Aber man braucht schon viel Zeit, um mit Waschmaschine, Kühlschrank, Tiefkühltruhe, Thermostat für die Ölheizung, Radio und Fernsehen, Staubsauger, den neunzehntausend verschiedenen Artikeln im Supermarkt fertigzuwerden. Und dazu kommen dann noch Auto, Mann und Kind und die Hütte im Gebirge und der Lottozettel mit der Chance auf eine Traumreise in die Sahara, nicht wahr?«

Alle drei lachten laut. Sie betupfte die Lockenwickler mit Wellmittellösung und überzeugte sich davon, dass die Flüssigkeit überall gleichmäßig einzog, dann steckte sie sich eine Zigarette an.

»Ich hätte gern Tiefkühltruhe und Ölheizung und Auto, aber die Hütte im Gebirge und die Reise in die Sahara können sie behalten.«

»Die brauchen doch so viel Platz, diese Tiefkühltruhen. Und im Keller gibt es keine Steckdosen.«

»Das wäre auch ungerecht, der Strom im Keller ist doch im Wohngeld und den Gemeinschaftskosten inbegriffen. Wenn die einen da unten eine Tiefkühltruhe hätten und andere nicht, meine ich.«

»Ihr Mann benutzt doch Strom, wenn er im Hobbyraum beschäftigt ist.«

»Ja, aber das können alle, wenn sie wollen, das ist also etwas anders.«

»Aber ich habe den Eindruck, dass er der Einzige ist.«

»Ja, Ihr Mann ist nicht wie alle anderen, Barbara.«

»Ist das so deutlich?«, fragte sie.

»Ja, er wirkt irgendwie jünger als die anderen«, sagte Frau Befring.

»Jünger?«

»Ja, er ist zum Beispiel der einzige Mann in meinem Bekanntenkreis, der keinen Hut trägt. Ja, abgesehen vom Berg aus dem Zweiten, aber den zähle ich nicht, der wirkt so wenig umgänglich.«

»Das habe ich mir noch nie überlegt«, sagte sie. »Dass Petter keinen Hut trägt. Wir sind so selten gleichzeitig draußen.«

»Haben Sie übrigens heute Morgen den Krach aus Aufgang B gehört?«

»Sicher, da habe ich gerade das Wohnzimmer geputzt.«

Putzen klang besser als Staubwischen.

»Das ist doch eine Schande«, sagte Frau Befring. »Da müssen wir Kaution und Wohngeld bezahlen, während diese Bande einfach einzieht und sich breitmacht, weil die Stadt für alles aufkommt. Denen wird alles in die Hände gedrückt, ich wache manchmal nachts auf und muss daran denken, wie ungerecht das ist. Hier placken wir uns ab und schuften, aber die ...«

»Ich begreife ja nicht, wie die ganze Familie in einer Wohnung von zweiundsiebzig Quadratmetern Platz hat«, sagte sie. »Petter und ich finden es schon ein bisschen eng, und wir sind nur vier. Die sind sieben!«

»Ihr einer Sohn ist eines Nachts aus dem Etagenbett gefallen und hat sich die Zungenspitze abgebissen«, sagte Frau Befring.

»Großer Gott.«

»Ja, es war furchtbar. Der arme Junge. Er kann doch nichts für seine Eltern.«

»Es ist schlimm, wenn sie sonntags betrunken von der Trabrennbahn nach Hause kommen.«

»Mit dem Taxi.«

»Ja, dann haben sie wohl ein paar Kronen gewonnen.«

»Vielleicht haben sie auf das Pferd von diesem schrecklichen Berg gesetzt.«

»Ich glaube nicht, dass dieses Pferd so oft gewinnt.«

»Einmal hat es einen Teelöffel gewonnen.«

Sie lachten laut und zündeten sich gleichzeitig ihre Zigaretten an. Frau Vaage drehte selbst, aus einer grauen Tabakspackung, auf die ein Fuchs aufgedruckt war, und sie musste sich immer kleine Tabakreste von der Zungenspitze pflücken, wenn sie die Zigarette angesteckt hatte.

»Dann sind Sie an der Reihe«, sagte sie und holte den zweiten rosa Umhang aus dem Schrank. Ihre Mutter hatte ihr die Umhänge aus Bristol geschickt, sie waren aus Nylon und hatten unten eine Art Rand wie ein Kinderlätzchen. Dieser Rand sollte die abgeschnittenen Haare auffangen, doch, was dort landete, war begrenzt, das Meiste endete auf dem Boden.

»Haben Sie Haarfestiger mitgebracht? Ich hätte auch Bier, das hat ja dieselbe Wirkung.«

»Sicher doch«, sagte Frau Vaage und nahm eine kleine Flasche aus der Tasche, die an ihrem Stuhl lehnte. »Ich habe Mittelbraun gekauft.«

»Das ist aber etwas ganz anderes als Ihre eigene Farbe.«

»Das weiß ich. Nur so zum Spaß. Mal so zur Abwechslung.«

Oliver kam eine Stunde vor Susy aus der Schule. Beide wurden mit einem Teller Puffreis mit Zucker und Milch ins Wohnzimmer gesetzt, bevor sie mit den Hausaufgaben anfingen, und sie bekamen ein neues Tom-und-Jerry- und ein neues Donaldheft.

»Lasst nicht überall Zucker fallen«, sagte sie. »Und nur einen Teller, damit ihr nachher noch Appetit habt.«

Sie hatte Lungenhaschee und Zwiebeln gekauft, die Zeit reichte nicht für die Pastete. Aber sie hatte die Nieren aus dem Wasser genommen, Häute und Harnröhren entfernt und sie danach sorgfältig abgetrocknet und in den Kühlschrank gelegt. Sie wollte am Abend Teig und Füllung machen, dann wäre für morgen alles fertig. Petter jedenfalls sollte um fünf Uhr das Essen auf dem Tisch vorfinden. Als die Damen gegangen waren, kochte sie die Kartoffeln und stellte sie warm. Brötchen waren keine mehr da, doch den Rest Apfelstrudel konnten sie zum Nachtisch essen. Keine Kundin nahm die Reste des mitgebrachten Gebäcks wieder mit. Das wäre auch überaus unhöflich gewesen. Sicher sehr norwegisch, aber eben unhöflich.

»Warum trägst du keinen Hut?«, fragte sie, als er nach Hause kam.
»Was soll ich denn damit?«
»Alle außer dir tragen einen Hut.«
»Im Winter nehme ich doch eine Mütze.«
»Das ist etwas anderes. Erwachsene Männer haben einen Hut.«
»Die Haare werden nur schweißnass und klebrig. Ich hatte einen Hut, als wir uns kennengelernt haben.«
»Wirklich?«, fragte sie und sah ihn an. »Das weiß ich nicht mehr.«
»Es ist ja auch lange her. Wir waren jung und verliebt… Lungenhaschee? Keine Pastete?«
»Die gibt es morgen.«
»Alles klar. Riecht gut.«
»Und Apfelstrudel zum Nachtisch.«

Er hätte gern die Arme um sie gelegt, tat es aber nicht. Er dachte daran, wie seltsam es doch sei, hier zu stehen und sich so nach ihr zu sehnen, und dabei war sie nur einen Meter von ihm entfernt. Das Ausgussbecken war gefüllt mit Kartoffelschalen und Resten der Zwiebel, unter dem Tisch lagen Haare herum, und der Aschenbecher war überfüllt.
»Wo sind die Kinder?«

»Oliver ist draußen. Susy ist in ihrem Zimmer. SUSY!«, rief sie.

»Dass der Junge die Uhr nicht lernen kann.«

»Die kann er. Er schaut nur nicht darauf.«

»Es ist nicht richtig, dass die Kleine immer ...«

»Er ist ihr Bruder. Das ist schon gut so. SUSY! HOL OLIVER!«

»Dann essen wir, wenn er zu Hause ist.«

»Das tun wir«, sagte sie.

Er setzte sich aufs Klo, nahm die Zeitschrift *Alle Menn* und drehte das kleine Reiseradio auf, das unter dem Klopapierhalter auf dem Boden stand. An diesem Tag hatte er vierzehn Seiten geschafft und lag vor seinem Zeitplan. Im Radio kam eine Unterhaltungssendung, sie spielten »500 miles away from home«. Er schlug die Zeitschrift bei der Fortsetzungsgeschichte von Edward S. Aarons auf, es war eine Schande, dass die Illustrierten nie die Namen der Übersetzer abdruckten.

Er las, bis seine Beine einschliefen und die Nachrichten anfingen und er Lust auf ein Bier hatte. Der Mörder in der Geschichte trank nach dem Mord »mehrere große Gläser Export«, das waren so visuelle Wörter, er sah den dunklen Schaum im Glas vor sich, hatte den Geschmack im Mund. Er klappte die Zeitschrift zu und ließ sie auf den Boden fallen. Barbara mochte keinen Alkohol, und sie waren ja auch nie allein, nur sie beide. Allein zu trinken war nicht dasselbe. Er schaute zur Deckenlampe hoch, während er Toilettenpapier abriss, er könnte eine neue Deckenlampe herstellen, diese hier hatte er satt. Er hatte noch dunkelrote und gelbe Plastikstreifen und er könnte denselben Metallrahmen benutzen, denn die Form an sich sah gut aus.

Er drehte das Radio aus, nun hörte er die Stimmen beider Kinder. Er wusch sich gründlich die Hände und ging in die Küche, nahm sich eine leere Plastiktüte und füllte sie mit dem Abfall aus dem Abgussbecken, nahm den Schlüssel zum Müllschacht vom Nagel an der Wand neben der Wohnungstür und ging hinaus ins Treppenhaus. Herr Berg kam die Treppe hoch, sein Gesicht war rot und verbissen, aus welchem Grund, konnte man nur ahnen. Er nickte kurz, Herr Berg nickte zurück, ohne seinen Blick zu erwidern, dann machte er sich an die letzten beiden kleinen Treppen.

Die Haare auf dem Boden unter dem Küchentisch waren noch immer nicht weggefegt, als sie sich zum Essen hinsetzten, er versuchte, sie nicht mit den Füßen zu berühren.

»Ich hab es so satt, dich suchen zu müssen«, sagte Susy. »Das kannst du dir überhaupt nicht vorstellen. Du bist doch ein Baby, wenn du nicht von selbst rechtzeitig nach Hause kommen kannst.«

Oliver gab keine Antwort.

»Greift jetzt zu«, sagte Barbara. »Streitet euch nicht.«

»Ich streite mich nicht, ich hab es nur so satt«, sagte Susy. »Ich ziehe hier aus, sowie ich groß genug bin.«

»Ich auch«, sagte Oliver.

»Wenn du auszieht, brauch ich das doch nicht mehr«, erwiderte Susy.

»Stop it«, sagte Barbara.

Sie war eine gute Köchin, wenn sie nur genug Zeit dafür freischaufeln konnte. Aber die Kartoffeln waren lauwarm. Das Lungenhaschee war in Scheiben mit ganz vielen Zwiebeln gebraten, und sie hatte Kapern und Senf auf den Tisch gestellt zusammen mit einem kleinen Topf zerlassener Butter. Er war hungrig und er war zufrieden mit seiner Tagesschicht im Büro, er könnte am nächsten Morgen ein wenig später aufbrechen, länger schlafen. Das war eine erhebende Vorstellung.

»Haben wir Bier, Barb? Oder hast du das den Leuten in die Haare gegossen?«, fragte er.

»Ich glaube, eine Flasche haben wir noch.«

»Brauchst du die vielleicht morgen früh?«

»Nimm sie nur.«

»Du hast also nicht schon ganz früh Kundschaft?«

»Doch, Frau Sivertsen um zehn. Sie will sich die Haare bleichen lassen. Aber sie trägt die Haare immer offen oder hochgesteckt, und da müssen sie nicht gelegt werden. Deshalb brauche ich auch das Bier nicht.«

»Verflixt. Ich dachte, ich könnte es morgen langsam angehen lassen.«

»Du kannst doch hierbleiben, wir machen einfach die Schiebetür zu, dann hörst du uns nicht.«

»Doch, tu ich wohl. Ach, verflixt. Das weißt du genau«, sagte er und goss sich lieber dünnen Apfelsinensaft ins Glas.

Gespreizter Blattphilodendron

Frau Berg saß ganz still am Rand des einen der beiden Empiresessel, die sie von seinen Eltern geerbt hatten, und presste die Hände zwischen ihre zusammengeklemmten Knie, während sie sich langsam hin und her wiegte und in Gedanken sang. Fartein hielt im Schlafzimmer Mittagsschlaf, angezogen, auf der Bettdecke und bei offenem Fenster. Das musste er das ganze Jahr hindurch. Wenn es sehr weit unter Null war, freute er sich, denn das härtete ab, sagte er.

Großer Gott, wir loben dich, Herr, wir preisen deine Stärke…

Die Jungen saßen mucksmäuschenstill in ihrem Zimmer und legten ein Puzzlespiel. Sie waren es gewöhnt, leise zu sein. Das derzeitige Puzzlespiel zeigte ein Bild vom Big Ben in London in fünfzehnhundert Teilen. Sie hatten es schon zweimal gelegt, sie ließ jedes Puzzlespiel immer einige Monate im Schrank verschwinden, nachdem sie es wieder in seine Teile zerlegt hatte.

Vor dir neigt die Erde sich, und bewundert deine Werke, wie du warst vor aller Zeit, so bleibst du in Ewigkeit. Cherubim und Seraphim…

Sie sang in Gedanken den Choral mit und starrte die ganze Zeit die Kaskaden von Grünpflanzen im grünen Wohnzimmerfenster an, das auf den Balkon blickte, während sie leise und vorsichtig atmete, ganz oben im Hals. Die Uhr an der Wand sagte ihr, dass er noch dreiundvierzig Minuten schlafen würde, nicht mehr und nicht weniger. Er stand immer eine halbe Stunde vor Beginn der Fernsehnachrichten auf und schlug sich auf die

Wangen, bis die knallrot wurden und glänzten, um sich zu wecken und um nicht »zusammen mit Idioten mental zugrunde zu gehen«, wie er oft sagte. Sie hatte es ihn schon so oft sagen hören, dass sie ein Wort fast nicht vom anderen unterscheiden konnte. Grunde. Idioten. Zusammen. Aber jedenfalls »zusammen«, das war das Wichtigste.

Sie konnte erst mit dem Abwasch anfangen, wenn er aufgestanden war, auch wenn sie beide Dielentüren schloss und so leise arbeitete wie möglich. Er konnte es nicht ertragen, obwohl es so hellhörig im Haus war, dass sie fast hören konnten, wie die Nachbarn schluckten. Trotzdem reagierte er nur auf die Geräusche aus seiner eigenen Wohnung. Aber die Grünpflanzen im Fenster konnten ganz allein diese stille Stunde füllen, bis er aufstand, sie wurde es nie leid, die anzusehen.

Ihre ganze Kindheit und Jugend hindurch hatte sie gehört, sie habe einen grünen Daumen. Auf dem Hof in Hamarøy hatte sie als kleines Mädchen Kräuter und Zwiebeln und allerlei Getreidesorten in kleinen Beeten gezogen, nur um sie kennenzulernen. Aber jetzt hauste sie in einem Betonviereck in einem Wohnblock und hatte sich auf Grünpflanzen und blühende Pflanzen verlegt, die man nicht essen konnte, man konnte sich nur darüber freuen. Die üblichen Töpfe waren nicht tief genug, um Nutzpflanzen zu ziehen. Doch das machte nichts.

Sie stand auf und fuhr mit einem Finger über die Blätter des Gummibaums, fühlte die Kühle in der blanken Fläche über dem Blattfleisch. Sie schlich in die Küche und öffnete unendlich langsam den Kühlschrank, um das leise Klicken zu vermeiden, nahm die braune Milchflasche heraus, schraubte den weißen Plastikdeckel ab und goss sich eine halbe Kaffeetasse voll, ehe sie aus einer Küchenschublade ein reines Leinentuch nahm.

Die Blätter wurden tiefgrün und glänzten, als sie sie mit dem in Milch getunkten Tuch abwusch, sie wusch sorgfältig die ganze Oberfläche, bei jedem einzelnen Blatt, bis zum allerkleinsten neuen Trieb, der hellgrün war und schon von sich aus glänzte. Danach säuberte sie die hohen, himmelstrebenden Blätter des Bogenhanfs auf dieselbe Weise, diesmal aber auf beiden Seiten der Blätter, bis die grüne Marmorierung deutlich zu sehen war. Sie bohrte den Finger in einigen Töpfen in die Erde, aber die war noch feucht genug. Das war schade, es machte so viel Freude, gießen zu können.

Sie beschloss, auch den Philodendron zu waschen, obwohl das eine gewaltige Arbeit war. Doch sie hatte Zeit genug. Sie nannte ihn »ihren gespreizten Blattphilodendron« nach der Form der Blätter, aber das verriet sie natürlich keinem Menschen. Wem hätte sie es auch erzählen sollen? Die Jungen interessierten sich nicht für Pflanzen, und mit den Nachbarn hatte sie keinen Umgang, das hatte Fartein beschlossen. Es könnte leicht zu viel werden, hatte er gesagt, plötzlich ließen die Nachbarn einem kein Privatleben mehr.

Der Bogenhanf hieß auch »Schwiegermutterzunge«, aber dieser Name gefiel ihr nicht, denn ihre Schwiegermutter war tot, das wäre respektlos. Es gefiel ihr auch nicht, dass manche die Pflanze den »Ewigen Juden« nannten, dann musste sie immer an den schrecklichen Hamsun denken, der ihren Heimatort in Verruf gebracht hatte. Dennoch liebte sie ihre Ewigen Juden, die wuchsen so schnell, dass man es fast mit bloßem Auge sehen konnte, sie hatte sie im ganzen Haus stehen. Wenn man sie an eine dunkle Stelle stellte, entwickelten sie in ihren winzigen zierlichen Blättern eine wunderschöne Marmorierung. Wenn sie im Licht standen, wurden sie überall saftig grün. Das Wohnzimmerfenster ging nach Westen, das Licht hier war perfekt, sie konnte jede Pflanze ziehen, die sie wollte. Außerdem ließ sich

Bogenhanf zu allen möglichen Formen züchten; wenn sie ihn im Frühjahr stark beschnitt, wurde er niedrig und dicht, wenn sie ihn frei wachsen ließ, gab es lange Ranken, die sich in einer Ampel an der Wand sehr gut machten.

Einige Zeit zuvor hatte sie vor dem Müllschacht leeres Verpackungsmaterial stehen sehen, auf dem ein Zimmerspringbrunnen abgebildet gewesen war. Sie hatte Anzeigen für solche Zimmerspringbrunnen in der Illustrierten gesehen. Das Wasser lief in einem System von Röhren im Kreis, bildete einen kleinen Springbrunnen und rieselte über drei Absätze aus von unten angeleuchtetem Kunststoff in eine kleine Auffangschale. Man konnte Topfblumen um den Brunnen herum aufstellen. Sie konnte sich nicht vorstellen, wer aus ihrem Haus einen solchen Springbrunnen gekauft haben sollte.

Im Herbst und Winter machte sie ab und zu einen Abendspaziergang, wenn die Kinder im Bett lagen und Fartein fernsah. Am liebsten sah er Sendungen über Krieg, und im Fernsehen kam viel darüber. Er verschlang alles über Vietnam und andere Kriege, seit er selbst sechs Monate als UN-Soldat in Gaza gewesen war, während sie Jan-Ragnar erwartet hatte. Fartein wusste alles über Krieg und Kriegsstrategien. Dann drehte er den Fernseher ganz laut und lieferte immer wieder lautstarke Kommentare, während sein Blick am Fernsehschirm klebte und sein Hintern am Rand des Sessels balancierte.

Sie dachte daran, wie gut es immer tat, allein an die kalte Luft und in die Dunkelheit zu kommen, wenn sie wusste, dass die Jungen schliefen und ihn nicht stören konnten. Das Allerbeste war, still mitten vor dem Block zu stehen, aus so weiter Entfernung, dass sie alle Fenster sehen konnte. Ihr Fenster war das schönste und üppigste, es leuchtete vor grünem vielfachen Wuchs und war sehr schön zusammengesetzt aus hohen und niedrigen Pflanzen. Die beiden Hängelampen mitten in dem Grün verliehen dem Fenster einen Hauch von Urwald. Und sie waren die Einzigen, die zwischen den Vorhängen auf beiden Seiten keine Tüllgardine angebracht hatten, deshalb trennte nur klares Glas die Pflanzen von denen, die von außen das Fenster anschauten.

Die junge Frau Moe aus dem Erdgeschoss hatte nur einige Kakteen in groben Töpfen auf der Fensterbank stehen, noch dazu weit auseinander. Frau Åsen hatte eine Reihe von Primeln in identischen Töpfen. Bei Frau Rudolf lehnten sich zwei überdimensionale Aspidistren ans Glas, während die englische Frau Larsen gar keine Topfblumen hatte, jedenfalls nicht auf der Fensterbank.

Frau Salvesen von gegenüber verschob und veränderte ihre Pflanzen immer wieder, sie hatte offenbar keinen grünen Daumen, denn es war ja wohl allgemein bekannt, dass Topfblumen im Herbst und Winter ihre Ruhe haben wollen, um das Licht immer aus demselben Winkel aufzufangen und auf diese Weise Kraft zu sammeln. Herr Karlsen aus dem Dritten hatte ebenfalls leere Fensterbänke, aber das war kein Wunder, er war schließlich Witwer, Männer hatten keine Ahnung von Pflanzen. Die Fensterbänke von Peggy-Anita Foss waren voll von irgendwelchen Statuen, dazwischen standen kleine grüne Pflanzen, die sie nicht identifizieren konnte. Vielleicht war es Efeu, den sie nicht aufgebunden hatte und der jetzt über den Heizkörper unter dem Fenster hing und eintrocknete. Es war unmöglich, sich vorzustellen, dass sich hinter einem dieser Fenster ein Zimmerspringbrunnen befand.

Doch sie selbst hatte jedenfalls das allerschönste Pflanzenfenster im ganzen Block, und alle, die das sahen, mussten sich doch ein solches Zuhause wünschen, ob nun mit Zimmerspringbrunnen oder ohne.

Am spannendsten jetzt im April war, ob die Gartenhyazinthe Knospen bekommen würde und wie viele. Es gab nichts Schöneres als die Blüten einer Gartenhyazinthe, wenn sie als kleine rosa Sträuße da hingen, sie betrachtete sie mit dem Vergrößerungsglas, bis ihr die Tränen in die Augen traten, sie waren perfekt. Dass Gott etwas so Schönes geschaffen hatte und dass sie sich fast jedes Jahr in ihrem Wohnzimmer zeigten, war ein Geschenk. Das Einzige, was sich mit den Blüten der Gartenhyazinthe messen konnte, war die Passionsblume. Und sie hatte jetzt Sehnsucht nach blühenden Pflanzen, Weihnachten schien so lange her zu sein, als der Weihnachtskaktus vor rosa Sternen fast übergelaufen war und als der Christstern sich unter den Blüten gekrümmt hatte und die Amaryllis als weinrote Sonne aufging.

Jetzt stand der Weihnachtskaktus im kalten Schlafzimmer, wo Fartein Mittagsschlaf hielt, er stand auf der Fensterbank mit seinen matten, hellgrünen, runzligen Blättern und ruhte sich aus. Zusammen mit Fartein, dachte sie.

Sie trat einen Schritt zurück und bewunderte das ganze Fenster mit Primeln und Zimmerpelargonie, Gloxinie und Gerbera. Sie hatte schon mehrere der Pflanzen, die das brauchten, umgetopft, und bald würde die Sonne stärker und wärmer werden, und sie würde sie für einige Stunden auf den Balkon stellen können, was die Pflanzen wirklich zu schätzen wussten und durch kräftigeren Wuchs und plötzliches, unerwartetes Blühen zeigten. Wie damals, als ihre Aspidistra mitten im Juli plötzlich geblüht hatte mit unscheinbaren weißen Ähren, die einfach nicht schöner hätten sein können. Sie hatte diese Pflanze in diesem Moment so geliebt, als sie nur diese kleinen Ähren vorzuweisen hatte, um sich in ihrer ganzen Pracht zu zeigen.

Und dann wurde an der Tür geklingelt.

Zum Glück hatte sie das Milchglas auf die Fensterbank gestellt, aber das Leintuch hielt sie noch in der Hand, als es klingelte, und es landete hinter ihr an der Wand auf der Tapete, so dass die Milch sicher einen Fettfleck im Muster hinterlassen würde. Das konnte sie gerade noch denken, ehe sie wieder zu Atem kam und in die Diele stürzte, ohne darauf zu achten, dass sie doch schleichen müsste.

Es war ein Mädchen von vielleicht zehn Jahren, das sie noch nie gesehen hatte.

»Möchten Sie Maiblumen kaufen?«, fragte das Mädchen.

»Nein, tausend Dank, heute nicht«, sagte sie und konnte die Wohnungstür wieder schließen.

Hinter sich hörte sie, wie die Tür des Kinderzimmers vorsichtig geöffnet wurde.

»Mama....?«

»VERDAMMT NOCH MAL, Astrid!«

Er kam aus dem Schlafzimmer gestürzt, schlug sich mit flachen Händen auf die Wangen und schloss die Tür durch einen Fußtritt.

»Verdammt noch mal, ich gehe hier doch mental zugrunde, *zusammen mit Idioten*! Darf man denn nicht mal mehr Mittagsschlaf halten?«

»Das war ein kleines Mädchen, das Maiblumen verkaufen wollte. Es ist doch nicht meine Schuld, dass ...«

»Kaffee. Kaffee her.«

»Natürlich.«

Im Grunde war es ja nur eine Erleichterung, dass er wach war, endlich konnte sie spülen und die Küche wieder in Ordnung bringen. Sie hatte schon vorher Waffeln gebacken und sie warmgestellt, als er sich hingelegt hatte. Auf diese Weise wurden sie fast gummiartig und feucht, so wie er sie gern aß mit viel Marmelade oder Käse. Die Jungen huschten wie schmale Schatten in die Küche und setzten sich an den Resopaltisch.

»Es ist noch etwas zu früh zum Abendessen«, sagte sie.

»Wer hat da geklingelt?«, fragte Geir.

»Ein Mädchen, das Maiblumen verkaufen wollte.«

»Hast du welche gekauft?«

»Heute nicht.«

»Wenn ich in die Schule komme, will ich auch Maiblumen verkaufen«, sagte Jan-Ragnar.

»Ich auch«, sagte Geir.

»Ein bisschen von dem Geld darf man selbst behalten«, sagte Jan-Ragnar. »Sind für uns auch Waffeln da?«

»Wir werden sehen. Aber wir warten noch ein wenig. Papa muss zuerst die Nachrichten sehen.«

Fartein kam in die Küche, blieb stehen und strich sich über Nacken und Haare, er schaute zu Boden und wirkte müde und unzufrieden. Sie hatte es dennoch niemals über, ihn anzusehen, wenn sich die Möglichkeit bot. Er sah so unvorstellbar gut aus, es war ein Wunder, dass er ihr gehörte. Ab und zu küsste sie ihren Trauring, zärtlicher, als sie jemals ihn hatte küssen dürfen.

»Verdammt...«

»Die Jungen sitzen hier, Fartein.«

»Pah. Die sollen doch Mannsbilder werden. Da können sie auch gleich das Fluchen lernen. Und was zum Teufel ist das für ein weißer Fleck an der Wohnzimmertapete, wenn ich fragen darf?«

»Ach Gott...«

»Vorsicht. Die Jungen sitzen hier. Jetzt hätte deine Mutter dich mal hören sollen«, sagte er und grinste.

»Das war nur ein kleiner Lappen«, sagte sie. »Mit Milch.«

»Milch enthält Fett. Der Fleck wird da sitzen, bis ich das ganze Wohnzimmer neu tapeziere.«

Sie spritzte besonders viel Zalo auf einen Lappen und feuchtete ein Geschirrtuch mit sauberem lauwarmen Wasser an und lief ins Wohnzimmer. Zuerst rieb sie mit Seife an dem Fleck herum, danach mit dem Geschirrtuch. Sie spürte, dass er hinter ihr stand und zusah, hörte seinen Atem.

»Das Tapetenmuster verschwindet doch, verdammt noch mal, wenn du das so machst!«, sagte er.

»Aber ich weiß nicht, wie ich... Ich wasche so vorsichtig, wie es überhaupt nur geht. Das war, als dieses Mädchen geklingelt hat, ich bin so schrecklich zusammengezuckt.«

»Jetzt kommt mir eine gute Idee«, sagte er.

Natürlich. Dass er noch nicht daran gedacht hatte. Er empfand ein plötzliches Siegesgefühl, er fand so gern schnelle, sinnvolle Lösungen für verzwickte Probleme. Bei der Arbeit war er gerade dafür bekannt.

»Ich bringe an der Klingel einen Schalter an. Und dann stellst du sie aus, wenn ich mich nach dem Essen hinlege«, sagte er.

»Ach?«, fragte sie und sah ihn mit diesen hektischen Kuhaugen an, die er verabscheute.

»Ja, so schwer kann das doch nicht sein.«

»Himmel, hoffentlich vergesse ich das dann nicht...«

»Es ist eine hervorragende Idee, ich mache das gleich morgen. Jetzt wird der Kaffee mir guttun. Was gibt es dazu?«, fragte er, während er sich in den Sessel fallen ließ und an jedem Finger zog, bis es knackte, das verschaffte ihm einen guten und befreienden Schmerz.

»Waffeln«, sagte sie.

»Schon wieder?«

»Du isst doch gern Waffeln, Fartein?«

»Sicher. Her damit.«

Die Klingel lief mit Schwachstrom, er brauchte nicht einmal die Sicherung herauszudrehen, wenn er nur vorsichtig war, während er den Schalter anbrachte. Er schaltete den Fernseher an und machte es sich im Sessel bequem, sah zu, wie die Bildröhre warm wurde. Er war müde und hatte nicht lange genug schlafen dürfen. Sie hatten den ganzen Tag lang Skier geschleppt, die Skisaison war unwiderruflich vorbei, und alle Skier im Laden hatten in den Keller gebracht und nach Länge und Marke sortiert werden müssen. Immer kamen mitten im Sommer irgendwelche Idioten und glaubten, außerhalb der Saison billige Splitkein-Skier kaufen zu können. Doch er ließ sie in dem Glauben, dass es so war, die Leute ließen sich ja so leicht betrügen, oh Scheibenkleister.

Er hörte die Stimmen von Rudolfs aus der Wohnung unter ihm. Verdammt, was brüllten sie einander an? Laute Musik ließen sie auch laufen, alles Mögliche von Radiomusik bis zu diesem unbegreiflichen Lärm, den er hören konnte, wenn er auf dem Klo saß. Den Fernseher hörte er nie, der lief ja auch bei ihm. Sicher war der junge Spund mit dem Gesicht voller Pickel für diesen Krach zuständig.

»Wird's bald mit dem Kaffee, oder was?«

Er stand auf und ging in die Küche. Die Jungen saßen still am Küchentisch und blätterten in Astrids Illustrierter.

»Lesen die jetzt etwa Frauenzeitschriften?«

»Sie hätten doch so gern ein Comicheft. Aber du sagst, dass wir uns das nicht leisten können, und da kaufe ich keins, weißt du.«

»Seht mich mal an!«

Er fand es schrecklich, wenn die Jungen seinen Blick nicht erwiderten.

»Seht mich an und sagt Hallo.«

Beide hoben gleichzeitig das Gesicht.

»Hallo!«

Beide lächelten.

»So soll es sein, ja. Vielleicht kaufe ich euch ein paar Sportzeitschriften? Oder bringe alte aus dem Laden mit? Dann können wir darüber lesen, wie Kupper'n im vorigen Jahr in Innsbruck Gold geholt hat? Oder über Wirkola jetzt gerade auf dem Holmenkollen? Der hat sich noch nicht richtig entfaltet, aber er wird ein ganz Großer werden. Und Per Ivar Moe, habt ihr über den gehört?«

Sie schüttelten den Kopf und glotzten wieder in ihre Frauenzeitschrift.

Er ertappte sich dabei, dass er den Atem anhielt, zu lange, aber vielleicht war es auch egal. Er konnte sie nicht als Menschen betrachten. Konnten sie nicht, verdammt noch mal, bald erwachsen werden, damit er mit ihnen reden, mit ihnen etwas zusammen unternehmen könnte? Konnten sie nicht bald Männer werden? Als sie neugeboren und Babys gewesen waren, im Alter nur wenig auseinander – beide hatten Windeln gebraucht, es war die reinste Hölle gewesen, der ganze Trockenschrank voller Windeln –, da hatte er sie als *Potential* betrachtet. *Männerpotential*. Vielleicht weil sie zu diesem Zeitpunkt vom Männerdasein so weit entfernt gewesen waren wie überhaupt nur möglich, abgesehen von ihren kleinen Pimmeln zwischen den Beinen, eingekapselt und in den feuchten Windeln an die Eier geklemmt. Er hatte von Radtouren und Fußballdribbeln geträumt, von Schulterklopfen, freundschaftlichen Raufereien und Lachen, einer Männergesellschaft, die vom Frauenleben unendlich weit entfernt war. So wie es in Gaza gewesen war, mit dem Gestank von faulenden Stiefeln und verschwitzten Uniformen und Gesang und Gelächter und dem ewigem Putzen von Waffen und einer Rohheit, die total normal und alltäglich war, mit einem äußeren Feind und einem inneren Zusammenhalt, der an echte Liebe grenzte. Er wusste sehr gut, dass die Liebe, die er seinen Mitsoldaten in Gaza gegenüber empfunden hatte, etwas war, das er für Astrid nie empfunden hatte. Nicht einmal ansatzweise.

»Aber Pferde mögt ihr«, sagte er.

»Tagete's Trocadero, ja«, sagte Jan-Ragnar.

»Ja«, sagte Geir. »Der fühlt sich gut an.«

»Fühlt sich gut an?«

»So hat er das nicht gemeint«, sagte Jan-Ragnar.

»Scheiße, Astrid, was für Waschlappen ziehst du hier eigentlich groß? Jungs, die Pferde lieber *anfassen*, als sie rennen zu sehen?«

»So hat er das nicht gemeint. Jetzt ist der Kaffee fertig, geh schon mal rüber und setz dich.« Er trug das Flanellhemd, das ihr das allerschlechteste Gewissen machte, weil sie es nicht von der Rückseite her gebügelt hatte. Der Flanell wurde blank, wenn er von vorn gebügelt wurde, es war ein Wunder, dass ihm das nicht aufgefallen war und dass keiner seiner Kollegen aus dem Sportgeschäft etwas dazu gesagt hatte.

Er schlug sich den Bauch mit Waffeln voll, für die Jungen würde natürlich nichts übrig bleiben. Er hielt in jeder Hand eine Waffel, nippte nur kurz am Kaffee, wenn er für einen Moment eine Hand frei hatte.

»Hervorragend, Astrid, tausend Dank«, sagte er.

Sie widmete sich dem Abwasch, erfüllt von Leichtigkeit, das hier ging gut. Wenn er ihre Kochkünste lobte, war er guter Laune, sicher weil ihm das mit der Klingel und dem Schalter eingefallen war, vielleicht würde es ein schöner Abend werden.

»Bleiben da noch Waffeln übrig, Mama, was meinst du?«, flüsterte Geir.

»Vielleicht. Aber ich glaube nicht. Und jetzt habe ich das Waffeleisen schon weggeräumt. Ich mache euch etwas anderes Leckeres.«

»Wenn ich später in die Schule gehe und Maiblumen verkaufen darf, dann werd ich mir Comic-Hefte kaufen und sie selbst bezahlen«, sagte Geir.

»Vielleicht sollten wir die Wohnzimmertür zumachen?«, fragte Jan-Ragnar.

»Ich frag mal«, sagte sie. »Fartein?«

»Ja?«

»Sollen wir die Schiebetür nicht lieber zumachen? Damit wir dich nicht stören?«

»Was heckt ihr denn jetzt aus? Die Nachrichten haben doch noch gar nicht angefangen!«

»Aushecken? Wir dachten nur, du wolltest deine Ruhe. Wo du doch beim Mittagsschlaf gestört worden bist und überhaupt.«

»Ja, ja, mach sie nur zu.«

Jan-Ragnar schloss ganz schnell die Tür, seine Socken waren heruntergerutscht, und er musste auf dem gebohnerten Linoleum zuerst das Gleichgewicht finden, ehe er mit aller Kraft die große Eichentür zuschieben konnte. Er war so klein, sechs Jahre erst, und er verstand so viel, hatte sie so lieb, und seinen kleinen Bruder auch, der nur ein Jahr jünger war. Und im Herbst würde er zur Schule gehen, ihr feiner Junge.

»Papa hat alle Waffeln aufgegessen«, sagte Jan-Ragnar und setzte sich wieder. Sie konnte ihnen doch keine Comics kaufen und sie zugleich bitten, die vor ihm zu verstecken, das wäre nicht richtig. Das durfte sie nicht, er war doch ihr Mann, sie durfte die Kinder nicht gegen den eigenen Vater aufstacheln.

»Ich mache euch jetzt etwas anderes«, sagte sie.

»Was denn?«, fragte Geir.

»Brotwürfel, dachte ich«, sagte sie.

»Oh ja«, sagte Geir.

»Das wird lecker, Mama«, sagte Jan-Ragnar und blätterte zu den Comics in der Illustrierten weiter. Es war ein Glück, dass

Fartein ihr nicht verboten hatte, sich jeden Mittwoch eine neue zu kaufen. Vermutlich hatte er gesehen, wie viel Freude so eine Zeitschrift ihr machte, wenn sie sich abends damit in der Küche beschäftigte, während er fernsah. Und dann konnte er über sie lachen, wenn sie versuchte, nach einem der abgedruckten Muster zu stricken oder zu sticken, und zwischen ihren Fingern alles danebenging und sie vor Verzweiflung losweinte.

Dann kam es vor, dass er sie tröstete, nachsichtig und belustigt. Er zog sie fest an sich und wiegte ihren Oberkörper ein wenig hin und her, schnupperte an ihren Haaren und redete ihr tröstend zu, streichelte ihre Wange, küsste ihre Schulter. Und es konnte vorkommen, dass er sie danach wollte, während Strickzeug oder Stickerei zu Boden fielen, hart und von hinten und ohne ein Wort. Und sein Glied war so hart in ihr, dass es wie ein Strom aus pochendem Schmerz war. Aber danach spürte sie eine einzige große und heiße Welle der Erleichterung. Er liebte sie, wie damals, als Trocadero das erste Rennen in Leangen gewonnen und er sie vor allen Leuten umarmt hatte, vor aller Augen. Es war nicht zu fassen, dass es wirklich geschah, alle begriffen doch, dass er ihr gehörte. Den Teelöffel, den Trocadero an jenem Tag gewonnen hatte, hatte sie ganz allein in ein Teakregal rechts neben dem Sofa gelegt, sie achtete immer darauf, dass der Löffel blank geputzt war und dass im Teakregal kein Staub lag.

»Jan-Ragnar? Kannst du den Heizkörper unter dem Fenster herunterdrehen, während ich die Milch warm mache?«

Es war wichtig, dass der Stromzähler nicht in die rote Zone geriet, dann wurde es teurer. Sie freute sich auf den Sommer und die Wärme, dann würde sie kochen und backen können, ohne an diesen blöden Messer denken zu müssen. Sie schnitt Schwarzbrot vom Vortag in kleine Würfel, schichtete sie in zwei tiefen Tellern jeweils zu einer kleinen Pyramide, goss dann heiße Milch darüber und ließ braunen Zucker über das Ganze rieseln.

»Was wollt ihr dazu trinken?«

»Milch«, antworteten sie wie aus einem Munde.

»Milch im Essen und in den Gläsern? Du meine Güte!«

Sie lächelten gleichzeitig, es war das echte Lächeln und nicht das, das der Vater bekam, wenn er das verlangte.

Sie holte die Milchflasche und füllte zwei Gläser. Die Schiebetür wurde geöffnet, und Fartein erschien mit seinem leeren Teller.

»Gibt es noch Waffeln?«

»Nein.«

»Da haben wohl die Jungs…«

»Nein, die essen Brotwürfel, das siehst du ja wohl.«

»Das sehe ich ja wohl? Was ist das für eine Antwort?«

»Das war nicht so gemeint. Soll ich noch Waffeln backen? Das dauert zwar eine Weile, aber…«

»Ich esse lieber nachher noch ein paar Brote. Wenn die Jungs noch etwas übrig gelassen haben.«

»Wir haben noch genug Brot. Für heute Abend und für morgen früh.«

Nun ging wieder die Türklingel, und Geir fiel sein Milchglas auf den Schoß. Sie merkte, dass ihr schwindlig wurde, als sie sah, wie die weiße Milch über seine Oberschenkel und auf das blaue Linoleum lief, sie hielt sich am Spülbecken fest und presste den Lappen gegen die scharfe Kante, schloss die Augen und holte tief Luft.

»ABER WAS ZUM TEUFEL… Bepisst du dich jetzt auch schon TAGSÜBER?«

»Das ist Milch«, flüsterte Geir.

»Milch und Pisse, nehme ich mal an!«

»Nein…«

»Willst du jetzt auch noch widersprechen?«

»Fartein, du hast doch gesehen, dass ihm das Glas aus der Hand gerutscht ist. Jan-Ragnar, sieh mal nach, wer da geklingelt hat.«

Tränen liefen Geir über die Wangen. Er kniff die Augen zu und hing fast an Farteins Hand, die sein Ohr fest gepackt hatte.

»Lass ihn los, Fartein, dann gehe ich mit ihm ins Badezimmer.«

»Der kann sich selbst waschen, dieser kleine Idiot. Wisch du lieber diese Milchsauerei auf! Sieh mal, meine Pantoffeln sind von unten klitschnass.« Er ließ Geir los, und der sank wieder auf den Stuhl, dann schüttelte er so heftig die nassen Pantoffeln ab, dass sie mitten in der Milchlache landeten, und verpasste Geir eine schallende Ohrfeige. Der Junge schluchzte laut auf.

»Da wollten wieder welche Maiblumen verkaufen«, sagte Jan-Ragnar und setzte sich auf einen Stuhl, ohne die Milchlache zu berühren. »Ich habe gesagt, dass wir keine nehmen.«

»Gut«, sagte sie und nahm den Putzeimer aus dem Schrank unter dem Spülbecken.

Fartein schnaufte nur und starrte Geir an.

»Flennst du jetzt auch noch? Was bist du für ein Baby? Pisst dich nachts voll wie ein kleines Baby, bald bist du genauso widerlich wie diese Pissgöre aus dem dritten Stock. Willst du vielleicht ein Mädchen werden? Ha?«

»Fartein...«

Er riss Geir am Ohr vom Stuhl, der Junge ließ keinen Ton hören.

Geir schüttelte langsam den Kopf, Jan-Ragnar aß lautlos und schaute in seinen Teller. Sie füllte den Eimer mit Wasser und wrang den Lappen aus, dann putzte sie um den Stuhl, auf dem Geir saß, der Stuhlsitz und Geirs Hosenbeine tropften. Direkt unter dem Stuhl konnte sie noch nicht putzen. Vorsichtig hob sie Farteins Pantoffeln auf und wischte sie gründlich ab, ehe sie sie in den Trockenschrank stellte.

»Soll ich dir dicke Wollsocken holen, Fartein? Bis die Pantoffeln trocken sind? Ich kann die Wärme im Schrank auch höher stellen.«

»Pass auf den Strommesser auf«, sagte er.

»Ich hab den Herd ausgestellt, das ist kein Problem.«

Er ging ins Wohnzimmer, sie hörten den Sessel knacken, als er sich setzte. Sie ging zur Schiebetür.

»Ich mach wieder zu«, sagte sie. »Bis wir ein bisschen Ordnung geschaffen haben ... hier drinnen.«

Er gab keine Antwort. Sie schob die Tür zu. Geir war sofort da, legte die Arme um sie und bohrte das Gesicht in ihren Bauch, er zitterte am ganzen Leib, sie drückte seinen Nacken fester an sich, um das Geräusch des Schluchzens zu dämpfen.

»Pst ... jetzt ist es doch vorbei.«

»Er tropft, Mama«, sagte Jan-Ragnar.

Sie machte seine Arme vorsichtig los, ging vor ihm in die Hocke, streichelte sein Gesicht mit beiden Händen. Seine rechte Wange war blank und blutrot, die Ohrläppchen glühten dunkelrot.

»Mein feiner Junge, das war doch nicht deine Schuld, du konntest nichts dafür.«

»Ich will kein Mädchen werden....«

»Nicht mehr weinen. Natürlich wirst du kein Mädchen wie Nina.«

»Die macht sich auch in die Hose.«

»Du tust das nur, wenn du schläfst und nichts dafür kannst. Nina macht es auch tagsüber, das ist etwas anderes.«

»Weil ihr Vater die Tür abschließt, wenn sie auf der Treppe sitzt«, sagte er.

»Weißt du das?«

»Ja. Irene hat es gesagt.«

»Jetzt ziehen wir dir die Hose aus, dann wird es nicht nass auf dem ganzen Weg zum Badezimmer.«

Sie zog ihm unten alles aus, sogar die Socken, faltete alles zusammen, so dass das Trockenste außen war.

»Vielleicht könntest du inzwischen versuchen, hier ein wenig sauberzumachen, Jan-Ragnar.«

»Mach ich.«

»Aber mach den Lappen nicht zu nass. Und spül ihn zwischendurch gut aus.«

Sie nahm Geirs Hand und ging mit ihm ins Badezimmer, stellte ihn in die Badewanne und zog ihm die restlichen Kleider aus, versuchte, beim Anblick des kleinen dünnen Knabenkörpers, der zitternd mit hervorstehenden Schlüsselbeinen und roten Wangen vor ihr stand, nicht zu weinen. Aber was konnte sie schon tun? Egal was sie sagte, nichts half, nur der Versuch, ihn mit Waffeln und ableitendem leisen Gerede bei Laune zu halten. Sie kannte ihn doch, im tiefsten Herzen war er ein lieber Mann, aber er hatte im Geschäft so viel zu tun und machte sich immer Sorgen um das Geld. Und was sollten sie eigentlich mit dem Pferd? Alle Kollegen hatten zusammengelegt und sicher davon geträumt, reich zu werden, aber bisher machte das Pferd nur Unkosten. Und das eine Rennen, das es gewonnen hatte, war ein lokales ohne große Bedeutung gewesen. Sie wünschte, irgendein Kollege ergriffe die Initiative dazu, das Pferd zu verkaufen. Einmal hatte sie gemeint, dass dieses Sechstel Pferd sie zu viel kostete, und da hatte sie sich eine Ohrfeige geholt, zum Glück, als die Jungen schon schliefen. Sie hatte das Pferd nie wieder erwähnt.

Sie überzeugte sich davon, dass das Wasser nicht zu heiß war, dann duschte sie den ganzen Knabenkörper, seifte ihn ein und spülte ab. Sie legte das Handtuch um ihn und rubbelte ihn trocken, dann zog sie ihm einen sauberen Schlafanzug an. Willenlos ließ er sie jedes Glied heben wie früher, als er klein gewesen war.

»Du hast nicht aufgegessen?«, fragte sie.

»Nein.«

»Dann warten wir mit dem Zähneputzen bis nachher, Lieber.«

»Du bist lieb, Mama.«

»Du auch, mein Schatz.«

»Papa findet das nicht.«

»Doch, das findet er. Er ist nur ab und zu ein bisschen streng.«

»Er ist jeden Tag streng.«

»Psst ... jetzt gehen wir wieder zu Jan-Ragnar.«

Fartein öffnete die Tür.

»Ich muss pissen«, sagte er.

»Kein Problem, wir waren gerade fertig«, sagte sie.

Er zielte mitten ins Wasser, so dass es ein Geräusch gab. Nirgendwo war es so hellhörig wie im Badezimmer, die Badezimmer waren wie ein Turm aus kahlen Räumen übereinander gebaut. Er pisste lange. Er war müde. Das kam sicher vom Schleppen der vielen Skier. Er schüttelte den letzten Tropfen ab und schob sein Glied in die Hose, zog den Reißverschluss hoch, blieb stehen und horchte. Er horchte nach oben. Doch, er konnte sie im Badezimmer hören, vielleicht war sie nackt, aber eigentlich war es noch ein wenig zu früh am Abend. Nun hörte er den Wasserhahn, danach das Wasser, das durch die Leitung vor seinem Gesicht lief, es war so seltsam intim, als hätte er auf diese Weise Kontakt zu ihr, wüsste Dinge über sie, die andere nicht wussten, nicht einmal ihr Mann, denn sie war wohl allein im Badezimmer, auch wenn der Trottel zu Hause war.

Was für eine Vorstellung, so eine Frau zu Hause zu haben und dann wild durch die Gegend zu fahren, um Tütensuppen zu verkaufen. Der musste doch wahnsinnig oder total pleite sein. Er selbst hatte dieses geschlechtslose, zundertrockene Stück Holz in seiner Küche, jeden und jeden Tag, ohne häufiger als einmal pro Schaltjahr Lust auf sie zu haben, und zwei Meter über ihm stand eine phantastische Frau ganz ohne Mann. Verdammt, was für eine Ironie des Schicksals! Er könnte dem Suppenkaspar so richtig eins auswischen und einfach nach oben zu ihr in die Wohnung gehen, sie aufs Bett werfen und ihr das geben, was sie von einem Mann erwartete. Der Kerl konnte ihr ja nicht mal ein Kind machen.

Er rieb sich im Schritt bei dieser Vorstellung und schloss die Augen, aber nein, im Moment mochte er mit dieser Phantasie nicht weitergehen. Außerdem waren die verdammten Bälger noch nicht im Bett, er hatte erst Ruhe, wenn sie in ihren Betten steckten und endlich Frieden herrschte. Er zog ab und ging durch die Diele ins Wohnzimmer. Die Schiebetür war eine große matte Platte aus Eichenholz, er hörte dahinter gedämpfte Stimmen. Er schaute auf die Uhr, bald würde im Hause Ruhe herrschen. Auch er würde früh ins Bett gehen, am nächsten Morgen mussten sie die neue Sommerware auspacken. Alles von Fußballschuhen über Tischtennisschläger bis zur Campingausrüstung, er würde den ganzen Tag mit dem Kopf in riesigen Pappkartons stecken. Zum Glück würden sie erst um zwölf Uhr aufmachen, um ohne Kundschaft arbeiten zu können, das war ein Trost.

Er trank den letzten Rest Kaffee, aber der war kalt geworden und er spuckte ihn in die Tasse zurück.

Geir schluchzte noch immer, als er seinen Teller leer aß.

»Ist die Kleine aus dem Dritten denn mit Irene Salvesen befreundet?«, fragte sie.

Geir nickte.

»Nicht gerade befreundet«, sagte Jan-Ragnar.

»Doch«, sagte Geir.

»Sie darf zu Irene reingehen«, sagte Jan-Ragnar.

»Wenn ihr Vater die Wohnung abschließt«, sagte Geir.

»Hat Irene euch das erzählt?«

»Nein, Oliver«, sagte Jan-Ragnar. »Und er weiß es von Susy. Irene hat es Susy erzählt. Und weil Ninas Mutter tot ist, muss sie uns leidtun.«

»Darf sie deshalb zu Salvesens in die Wohnung?«

»Ja«, sagte Geir.

»Weil Irenes Eltern so lieb sind. Sie darf zu ihnen, sogar wenn sie sich nassgemacht hat«, sagte Jan-Ragnar mit einem raschen Blick auf Geir.

Sie hatte kaum je ein Wort mit Salvesens von gegenüber gewechselt. Salvesens waren stille Menschen, und ihre Tochter Irene mochte zehn, vielleicht neun sein. Sie wirkte ebenso still wie die Eltern und war immer hübsch gekleidet und frisiert, fast wie eine kleine Puppe. Herr Salvesen sprach mit südnorwegischem Akzent und war sicher fromm, sie dagegen kam aus Trøndelag. Fartein hatte einmal vor dem Block kurz mit ihm gesprochen und dabei erfahren, dass Herr Salvesen Schreiner war. Seither schnupperte sie immer in der Luft, wenn sie im Treppenhaus an ihm vorbeiging, um festzustellen, ob er nach frischem Holz roch, ein Geruch, den sie liebte. Aber er trug Hut und Mantel wie alle anderen abgesehen von Herrn Larsen, und da nahm sie an, Fartein müsse das missverstanden haben. Salvesens hatten die Zeitschrift *For Alle* abonniert, das wusste sie ganz sicher, weil der Postbote sie einmal aus Versehen in ihren eigenen Briefkasten gesteckt hatte. Und er hieß mit Vornamen Holger, auf dem Wohnungsschild standen ja nur die Nachnamen. Salvesen war allerdings auch ein seltsamer Name. Da war Berg schon viel besser, neutral, während Salvesen doch sehr auffiel.

»Und jetzt ist Schlafenszeit, geh du zuerst ins Bad, Jan-Ragnar, Geir und ich kommen dann hinterher.«

Er lag ganz still auf dem Rücken und hatte die Arme an den Seiten ausgestreckt, als die Mutter ihnen einen Gute-Nacht-Kuss gab, zuerst Jan-Ragnar und danach ihm selbst. Ihr Mund war warm, und sie duftete nach Seife.

»Schlaft gut und träumt süß«, sagte sie, löschte das Licht und schloss die Tür.

Er faltete die Hände mitten auf der Brust.

»Jetzt liege ich wie ein Toter im Sarg da«, flüsterte er in die Dunkelheit.

»Woher weißt du das?«, fragte Jan-Ragnar.

»Ich hab das in Mamas Zeitschrift gesehen. Da war ein toter König.«

»Tut's noch weh?«

»Ein bisschen. Vor allem das Ohr.«

»Vielleicht können wir uns mit irgendwem anfreunden und dann dürfen wir sie besuchen.«

»Warum denn?«

»Vielleicht haben sie Comic-Hefte«, sagte Jan-Ragnar.

»Ja. Wer denn?«

»Oliver, vielleicht.«

»Der ist zehn. Der ist zu groß.«

»Trotzdem. Vielleicht will er.«

Er schloss die Augen und bewegte sich ein wenig. Das Laken scheuerte über die Plastikplane darunter, sein Rücken war schon schweißnass. Jan-Ragnar brauchte nicht auf einer Plastikplane zu schlafen. Es war kalt, wenn er mitten in der Nacht eingenässt aufwachte, überall war es dann kalt und feucht. Er und Jan-Ragnar hatten die gleichen Schlafanzüge bekommen mit einem Muster aus Elefanten und gelben Bällen. Jetzt waren die Elefanten auf seinem Schlafanzug ganz blass, nicht einmal mehr grau. Und die gelben Bälle waren fast nicht mehr zu erkennen. Jan-Ragnar konnte viele Nächte lang denselben Schlafanzug tragen.

»Du, Geir«, flüsterte Jan-Ragnar.

»Ja ...«

»Wenn du heute Nacht wach wirst und dich nassgemacht hast, dann kannst du mich wecken.«

»Warum denn?«

»Dann tauschen wir Laken und Decke und sagen, dass ich es war.«

»Wirklich?«

»Ja.«

»Dann sagt Papa, dass du ein Mädchen wirst.«

»Das macht nichts«, sagte Jan-Ragnar.

Das Meer in der Flasche

Sie wünschte, Ken hätte echte Haare, braunbemalter Kunststoff war nicht dasselbe. Barbies Haare konnte sie formen und Schleifen hineinbinden. Später wollte sie Friseuse werden wie die Mutter von Susy und Oliver. Aber sie musste vorsichtig sein, wenn sie Barbie die Haare wusch, sonst gingen die aus oder es sickerte Wasser in den Kopf und dann könnte sie verfaulen oder jedenfalls anfangen zu stinken, das hatte die Mutter in einer Illustrierten gelesen. Aber es machte sowieso keinen großen Spaß, die Haare zu waschen, da sie danach sofort wieder trocken waren. Es war viel lustiger, nasse Haare vor sich zu haben.

Susys Mutter goss den Leuten sogar Bier in die Haare, sie war zweimal nach der Schule bei ihnen gewesen und hatte es mit eigenen Augen gesehen. Susy sagte, dann würden die Haare steifer, nachdem sie gewickelt und mit der Trockenhaube getrocknet worden waren, die Locken hielten dann länger und Bier sei billiger als Haarfestiger. Sie hätte Barbie gern Bier in die Haare gerieben, aber bei ihnen gab es nie Bier und Kinder durften keins kaufen, wenn sie nicht den Zettel eines Erwachsenen vorlegen konnten. Das war so dumm, sie wollte es doch nicht trinken. Vielleicht sollte sie es mal mit Limo probieren. Zu ihrem Geburtstag oder zu Weihnachten oder zum 17. Mai kaufte die Mutter Himbeerbrause, sie könnte ein wenig davon aufbewahren.

»Irene? Hilfst du mir beim Kartoffelschälen?«, rief die Mutter aus der Küche.

»Ja.«

Sie knickte Barbies Beine nach vorn um und setzte sie auf das Bett an der Wand. Barbie trug ihren gestreiften Badeanzug. Ken lag neben ihr auf dem Bauch mit dem Gesicht in der Bettdecke, mit brauner Hose und einem roten Pullover, den die Mutter gestrickt hatte. Er sah gut aus in dem Pullover. Vielleicht war es kalt, und er brauchte ihn. Aber dann wäre Barbie viel zu dünn angezogen.

»Kommst du?«

»Ja, klar.«

Sie würde ihr nachher mehr anziehen müssen.

Kartoffelschälen gefiel ihr. Seit Neuestem musste sie dazu nicht mehr auf einen Küchenstuhl klettern, die Mutter meinte, sie sei jetzt groß genug, aber schon nach zwei Kartoffeln taten ihr die Arme weh. Doch wenn sie auf einem Küchenstuhl stand, konnte sie jetzt fast nicht mehr zu den Kartoffeln hinunterreichen.

»Was hast du denn gerade gemacht?«

»Mit Barbie gespielt.«

»Und Ken?«

»Mit ihm weniger. Der ist ein bisschen langweilig.«

»Vielleicht kennst du ihn einfach noch nicht gut genug«, sagte die Mutter.

»Ich weiß irgendwie nicht, was solche Männer machen.«

»Die sind vielleicht ein Paar?«

»Nein. Dann wäre er doch ihr Mann, und das habe ich nicht gehört. Das hat niemand in der Schule gesagt. Die sind einfach nur Freunde.«

»Vielleicht macht er das Gleiche wie dein Vater?«

»Wohnblocks bauen?«

»Ja? Geht zur Arbeit und verdient Geld und kommt danach zu Barbie nach Hause?«

»Aber das ist langweilig. Das will ich nicht spielen.«

»Du kannst danach übrigens ein Kleid anprobieren, ein Sommerkleid.«

Sie nickte. Sie wusste, dass sie ein neues Kleid bekommen würde. Die Mutter fuhr oft in die Stadt und machte etwas, das eigentlich ein bisschen geheim war, sie durfte es niemandem erzählen. Die Mutter kaufte nämlich Kleider auf eine nicht-ganz-richtige Weise, das hieß »Deponieren«. Sie bezahlte ganz normal und unterschrieb einen Zettel, auf dem stand, dass sie für die Kleider deponierte, weil sie zuerst feststellen müsste, ob die ihrer Tochter oder ihrem Mann wirklich passten. Das taten sie fast immer, die Mutter hatte einen sehr guten Blick für die Größen. Dann nahm sie Decke und Blumen vom Küchentisch und breitete große Bogen darauf aus, zeichnete alles genau ab und notierte hier und dort alle möglichen Zahlen über Reißverschlüsse und kleine Nähte, die den Stoff zusammenzogen, wo die Knöpfe sitzen sollten und wo das Futter anfing und aufhörte, wenn es sich zum Beispiel um Winterkleider handelte. Am nächsten Tag ging sie wieder in den Laden und sagte, leider habe es doch nicht gepasst, und dann bekam sie das ganze Geld zurück, weil sie ja nur deponiert hatte.

»Jetzt musst du dir aber die Nase putzen«, sagte die Mutter. »Sonst tropft es auf die Kartoffeln. Hier hast du ein bisschen Linella.«

Die Mutter hatte für diesen Zweck immer eine Rolle Linella in der Küche liegen.

Sie hatte das Naseputzen so satt. Es hörte nie auf, und ihre Augen brannten und ihre Nase auch. Im Winter war es ein bisschen besser, aber nicht ganz. Sie grauste sich vor Frühling und Sommer, dann war es am allerschlimmsten. Ab und zu hielt sie sich von morgens an die Hände vor die Augen wie eine Blinde, um nicht das scharfe Licht zu sehen und so schrecklich zu niesen. Eine Lehrerin in der Schule hatte gesagt, sie leide vielleicht an einer »Allergie«. Das war ein seltsames Wort, irgendwie nichts, was man hatte, sondern was man in einer hübschen Schachtel kaufte. Es war die Lehrerin, die fast so jung war wie die ältesten Mädchen, die sie im Block kannte. Sie hatte ihrer Mutter nichts von diesem seltsamen Wort gesagt. All. Er. Gie. Das konnte doch einfach nichts mit dem vielen Rotz zu tun haben.

Sie schälte sieben Kartoffeln. Vier für den Vater, zwei für die Mutter und eine für sich. Ihre Arme brannten.

»Und jetzt kannst du decken«, sagte die Mutter.

Sie wischte sich die Hände lange am Geschirrtuch ab und musterte dabei ihre Finger. Wenn sie erwachsen war, würde sie Nagellack benutzen. Ihre Mutter tat das nicht. Nur Peggy-Anita aus dem dritten Stock lackierte sich die Nägel. Auch an den Zehen. Und Susys Mutter machte es auch ab und zu an den Zehen, das hatte sie im Sommer gesehen. Es sah so unglaublich schön aus.

»Nehmen wir Servietten?«

»Nein, ich glaube, die brauchen wir heute nicht. Wir müssen sie ein wenig schonen.«

»Wir können doch Klopapier nehmen?«

»Aber Irene!«

»Das ist doch so schön!«

»Aber es war auf dem Klo, mein Schatz.«

»Wenn du nächstes Mal welches kaufst, kannst du eine Rolle nur für die Küche nehmen«

»Nein, weißt du, was ...«

»Ich finde, das können wir!«

Früher war das Klopapier immer nur weiß gewesen, aber jetzt

gab es eine neue Papiersorte in allerlei Pastellfarben – hellblau und rosa und hellgrün. Nicht gelb, das hätte sicher zu sehr wie Pipi ausgesehen. Im Moment benutzten sie hellblaues, nächstes Mal wäre es wieder rosa Papier. Dann würde sie ein wenig davon nehmen, Barbies Kleider darin einwickeln und sie als ordentlichen Stapel in den Schuhkarton legen. Wenn man teure Kleider kaufte, waren die nämlich immer in Papier eingeschlagen, wie das schrecklich teure Kleid, für das ihre Mutter einmal deponiert hatte, weil sie zu einer Hochzeit eingeladen waren.

»Ich finde, die Seife im Badezimmer sollte dieselbe Farbe haben wie das Klopapier, Mama. Die ganze Zeit.«

»Das geht nicht. Wir brauchen eine Rolle Klopapier viel schneller auf als ein Stück Seife.«

»Wir können wechseln! Das Seifenstück mit der falschen Farbe wegnehmen, wenn du neues Klopapier kaufst, und die richtige Farbe hinlegen, und dann wieder umtauschen, wenn die Farbe wieder richtig ist.«

»Meine Herren die Lerche, was du dir alles so ausdenkst, Irene.«

»Was gibt es zu Mittag?«

»Blutpudding mit Speck und Sirup.«

Sie schnitt den Blutpudding in Scheiben, summte zur Musik im Radio und merkte, wie glücklich sie war. Wenn sie in den Illustrierten darüber las, wie grauenhaft unglücklich manche Frauen waren, fragte sie sich oft – und ab und zu auch Holger – , wie es möglich sein konnte, dass sie so glücklich war. »Sicher, weil wir kein Plumpsklo mehr haben«, meinte er dann.

Er hatte nicht ganz unrecht. Sie liebte diese Wohnung, liebte die Ruhe, die darin lag, dass alles funktionierte – das Wasser in den Hähnen, die Dusche, das Wasserklosett, die Heizkörper, die sauberen Wände und die Wohnzimmerdecke ohne Risse in altem Gebälk, der kleine Balkon, der nur ihnen gehörte und auf dem sie im Frühling und Sommer ungesehen sitzen und sich sonnen konnte, ohne gestört zu werden.

Sie konnte sich noch gut an das Herzklopfen erinnern, das sie Tag und Nacht gequält hatte, als sie ein Darlehen für die Kaution bei der Wohnungsgenossenschaft aufgenommen und zu Hause bei ihren Eltern auf dem Hof die Kartons gepackt hatten, während die Mutter die ganze Zeit in ein Taschentuch geschluchzt hatte, weil sie »ihr das einzige Enkelkind entreißen wollten«. Wenn sie zu Besuch nach Innerøya fuhren, fiel ihr manchmal auf, wie schwer die Mutter arbeiten musste in ihrer alten Küche, in der das Ausgussbecken weit von der Anrichte entfernt war und eine Zinkbütte zum Spülen diente, die vorsichtig durch den großen Raum getragen werden musste, um das schmutzige Wasser auszugießen. Die Wasserleitungen waren oft verstopft, das Wasser gefror bei Minusgraden, und egal wie sehr sie im Winter auch einheizten, es wurde nie richtig warm, wenn man nicht genau im richtigen Winkel zum Holzofen stand. Die Wärme schien an die Decke zu steigen, sich dort niederzulassen und keine der Ecken aufsuchen zu wollen.

Hier heizten sie für ein Stündchen mit Koks ein, dann war das Zimmer glühend heiß, und in allen Zimmern funktionierten die Heizkörper. Außerdem wohnten sie im zweiten Stock rechts und hatten auf allen Seiten Wohnungen, die sie wärmten. Den ganzen Winter lang brauchten sie die Heizkörper so gut wie nie voll aufzudrehen.

Und dann war da eben das Klo. Holger hatte es schrecklich gefunden, den ganzen Weg zum Plumpsklo in der Scheune laufen zu müssen. Sie auch. Aber da sie dort aufgewachsen war, glaubte sie, nicht zu viel kritisieren zu dürfen, ohne gleichzeitig das Gefühl zu haben, ihre Eltern zu verletzen. Und sie hatten dort ja auch umsonst gewohnt, bis Holger seinen Meister gemacht hatte. Anders hätten sie sich vor zwei Jahren niemals diese nagelneue Wohnung leisten können. Das hätte ihr vor drei Jahren mal jemand sagen sollen, dass sie an einem Küchentisch mit zwei Waschbecken aus poliertem Stahl Essen zubereiten würde. Ein Waschbecken zum Spülen und ein tieferes, das als Ausgussbecken fungierte, mit einer Mischbatterie, die sie von einem Becken zum anderen drehen konnte, mit Leitungen, die nie verstopft waren, einem Herd gleich daneben und einer Toilette aus weißem Porzellan nur wenige Schritte weiter und im selben Haus.

Als die Eltern das bisher einzige Mal zu Besuch gekommen waren, hatte die Mutter auf dem Klo nicht abgezogen. Wenn man an ein Plumpsklo gewöhnt war, klappte man einfach den Deckel herunter. Holger hatte das erzählt, nachdem er die Eltern zum Bahnhof gefahren hatte. Er hatte herzlich gelacht, sie selbst hätte weinen mögen. Es war nicht richtig, dass eine Tochter es besser hatte als ihre Eltern.

Sie hatte schon Stoff für das Kleid gekauft und konnte also noch am selben Abend damit anfangen, darauf freute sie sich. Die Abende waren so ruhig und schön, das Radio lief leise, sie selbst nähte oder machte eine andere Handarbeit, Holger war mit seinen Buddelschiffen beschäftigt, und immer hatten sie heißen Kaffee in der neuen Thermoskanne, die sie sich gegenseitig zu Weihnachten geschenkt hatten.

Diese schönen Abende erinnerten sie an früher, an das Leben auf den Höfen, als nach Anbruch der Dämmerstunde im Herbst und Winter die ganze Familie in der Stube saß und beschäftigt war – die Frauen mit der Spindel oder dem Stopfpilz, die Männer mit dem Schnitzmesser oder kleinen Reparaturen an Schuhen und Werkzeug – und leise Gespräche, die Ruhe und der

Zusammenhalt um die Arbeit alle vereinten. Die Mutter sprach oft darüber, wie sehr sie jene Zeit vermisste. Als sie klein war, durfte sie sich an solchen Abenden in das Ausziehbett in der Stube legen, um später, wenn alle schlafen gingen, in ihr eigenes Bett nach oben getragen zu werden. Sie erinnerte sich an die schöne Geborgenheit, wenn sie zum Geräusch der Spindel und der Stimmen und der knackenden und zischenden Holzscheite eingeschlafen war.

Jetzt saß die Mutter abends mit dem Vater vor dem Fernseher, das war unendlich traurig. Ein Fernseher kostete so viel wie ein Wasserklosett oder eine richtige Einbauküche, da war sie sich ganz sicher. Dennoch hatte der Vater den Fernseher durchgesetzt, weil auch auf dem Nachbarhof einer angeschafft worden war. Er dachte gar nicht an die schwere Arbeit, die seine Frau in der Küche leisten musste, und offenbar dachte er auch nicht an das Alter, in dem es für sie beide doch lieber ein wenig leichter sein sollte.

Holger und sie hatten beschlossen, keinen Fernseher zu kaufen, sie glaubten nicht, sich das leisten zu können, sie hatten ein Radio, das musste ja wohl reichen. Sie hatte keine Ahnung, wie viele hier im Haus Fernsehen hatten. Aber es war ja so hellhörig, das war der einzige Nachteil an der Wohnung. Viel Gerede, Gerufe und Gelächter von Larsens unter ihnen, Getrampel von Karlsens über ihnen und unangenehmer Krach aus der Sozialwohnung im Aufgang B. Obwohl die im Erdgeschoss lag, war der Krach bis hier oben zu hören. Die waren nicht gerade vertrauenerweckend, diese Leute da unten.

»Neunzig... neunzig... fünfundneunzig! Jetzt kommt Papa!«, sagte Irene, die immer beobachtete, wann unten auf der Straße der Bus kam, und dann bis fünfundneunzig zählte, ehe er um die Ecke beim Altersheim fuhr.

»Wie gut«, sagte sie. »Denn jetzt ist das Essen fertig.«

Es war gut zu wissen, dass er nur jede zweite Treppenstufe nehmen musste, leicht wie ein Vogel, wenn er die schwere Haustür aufgezogen hatte, und dann würde er zu Hause sein. Wenn er nach dem Sonntagsspaziergang oder dem Großeinkauf mit Sidsel die Treppen hochstieg, ging er immer langsam und bedächtig in ihrem ruhigen Tempo, ihr ganz angepasst. Aber allein flog er nur so, lautlos, nicht lärmend wie Herr Berg von gegenüber oder Herr Karlsen über ihnen, Gott behüte. Nein, er streifte die Stufen nur und freute sich unsäglich darauf, zu Sidsel und Irene nach Hause zu kommen, und nicht zuletzt auf die Wohnung. *Wohnung*, was für ein schönes Wort, es klang fast ein wenig nach Haus des Herrn. Er war zwar kein Herr, aber die ganze Wohnung war ein Geschenk, das in seine warmen Hände gefallen war, es war nicht zu fassen. Und es machte ihnen keine Probleme, das Darlehen von siebentausend Kronen abzubezahlen, es waren zweihundertvierzig pro Monat, und da Sidsel alle ihre Kleider selbst nähte oder strickte und auch sonst in jeder Hinsicht sparsam war, konnten sie sich sogar ein Sparkonto leisten.

Es würde Blutpudding geben, wie er roch.

»Papa!«

»Mein Mädel«, sagte er und fuhr ihr über die Haare. »Und wie war denn dein Tag?«

»Ich habe Kartoffeln geschält und den Tisch gedeckt.«

»Und die Schule?«

»Ganz normal. Ziemlich langweilig.«

»Bist du denn aufgerufen worden?«

»Nein, es zeigen immer so viele vor mir auf.«

»Und die Nase?«

»Ziemlich verrotzt.«

»Dann hat ja alles seine gute Ordnung«, sagte er.

Sie hatten sich gerade zum Essen hingesetzt, als vorsichtig an die Tür geklopft wurde.

»Sicher Nina«, sagte Irene.

»Ja, mach auf und frag, was sie will.«

Nina klingelte nie, sie klopfte nur, leise und rasch.

»Vielleicht muss sie aufs Klo«, sagte Irene und erhob sich.

Sie stand ebenfalls auf und ging hinter Irene her.

Nina stand auf der Türmatte, in ihrer üblichen weißen Strumpfhose mit den verschmutzten Noppen an den Füßen, wo die Strumpfhose nach vorn gerutscht war und vor den Zehen eine lose Spitze bildete. Sie trug ein rotes Hemdchen, das einen Teil von Unterhose und Bauch entblößte, das war alles. Keine Pantoffeln, keinen Pullover und keine Strickjacke.

Sie verspürte für einen Moment die übliche tiefe Abneigung gegenüber Herrn Karlsen, war aber zu hungrig, um dieses Gefühl wirklich auszukosten. Sie hatte gerade die erste Kartoffel zerteilt, als Nina anklopfte.

»Musst du vielleicht aufs Klo?«, fragte Irene.

Nina schüttelte den Kopf und starrte die Fußmatte an.

»Nina kann doch einfach reinkommen und in deinem Zimmer warten, bis wir gegessen haben.«

»Willst du das?«, fragte Irene.

Nina nickte. Irene öffnete die Tür ganz weit. Nina kam langsam herein mit krummem Rücken, dessen Anblick wehtat. Sie schien sich nicht die Hose nassgemacht zu haben, aber an einer weißen Strumpfhose war das ja nur schwer zu sehen. Sie schnupperte vorsichtig, als die Kleine vorüberging, nahm aber nur den schwachen Geruch ungewaschener Haare wahr.

»Hast du gegessen, Nina?«, fragte sie.

Nina reagierte nicht sofort, aber nach einigen Sekunden legte sie den Kopf schräg und schaute Irene an, die sofort ihr Ohr an Ninas Mund hielt.

»Nein, denn ihr Vater hatte keinen Hunger und wollte erst heute Abend etwas machen«, sagte Irene und fügte aus eigenem Antrieb hinzu: »Nina darf nicht an den Kühlschrank, nur wenn sie sich morgens das Pausenbrot schmiert. Und jetzt hat er abgeschlossen. Und außerdem, Mama, kocht er so komisches Essen, sagt Nina.«

Nina krümmte sich noch mehr zusammen, als Irene das sagte, sie war so klein und dünn und hatte so einen großen Kopf, sie sah aus wie ein Lutscher, nur wie ein unappetitlicher.

»Dann isst sie bei uns.«

Nina bekam eine von Holgers Kartoffeln.

»Zum Nachtisch gibt es Grießpudding mit Himbeersoße, sicher wirst du satt«, sagte sie zu Holger.

Nina saß zusammengesunken da und starrte ihren Teller an, teilte die Kartoffel mit der Gabel und schien nicht zum Messer greifen zu wollen. Als ihr eine Scheibe Blutpudding hingelegt wurde, nahm sie auch die Gabel.

»Und ein bisschen Speck musst du auch haben. Was ist denn eigentlich komisches Essen?«

»So allerlei. Kann ich das sagen, Nina?«, fragte Irene.

Nina nickte.

»Zum Beispiel... also, er macht Ölsardinen zusammen mit Makkaroni warm. Das mag Nina überhaupt nicht. Er isst sehr viel Fisch, fast nur Fisch. Den kriegt er von einem Kollegen, der selbst angelt.«

»Fisch ist doch gesund.«

»Ja, aber doch nicht nur, Mama! Fast jeden Tag! Und wenn er Hering brät, dann sagt er immer, dass man alle Gräten mitessen kann, weil die so dünn sind, dass sie keinen Schaden anrichten können. Er macht das auch selbst. Wie bei den Sardinen. Und das mag Nina auch nicht.«

»Nein, das klingt wirklich ein bisschen ...«

»Und dann kauft er fast nur Kaviar für die Pausenbrote. Nina kriegt niemals Schokolade oder Kunsthonig oder Marmelade oder so was. Und auch nie irgendein Müsli mit Zucker.«

Nina belud ihre Gabel und blickte rasch zu den anderen hoch, ehe sie das Essen in den Mund schob und mit zusammengepressten Lippen anfing zu kauen. Sie hatte lange vor Irene alles aufgegessen, und als der Grießpudding auf den Tisch gestellt wurde, aß sie ebenso schnell drei Portionen und dazu trank sie zwei Glas Milch.

Es war schwer, ein normales Gespräch mit Holger zu führen, wenn Nina hier saß. Sie merkte es auch Holger an, sie wurden verlegen durch ihren unterdrückten Zorn. Die Kleine war doch halb verhungert, und ihr Vater hatte sie fast ohne Kleider ausgesperrt.

»Gehen wir in mein Zimmer?«

Nina nickte und rutschte vom Stuhl. Der Sitz war nicht nass. Einmal hatte sie auch in der Schule in die Hose gemacht und den Rest des Tages mit nasser Hose verbringen müssen. Alle hatten sie ausgelacht, aber sie war nicht nach Hause gelaufen. Nur Irene wusste, dass es daran lag, dass sie keinen Wohnungsschlüssel hatte. Aber dass sie nicht lieber im Treppenhaus saß, als so ausgelacht zu werden? Das war unbegreiflich. In der Schule war sie nicht mit Nina befreundet, das ging nicht. Außerdem schien Nina Lachen und Spottrufe nicht zu hören. Sie senkte nur den Kopf und weinte nie, machte ein ziemlich steifes Gesicht mit dem immer gleichen Ausdruck, fast wie Barbie, nur dass sie nicht lächelte. Eigentlich hätte sie damals zu Mama nach Hause gehen können, Mama hätte ihr Kleider gegeben und sie bleiben lassen, bis Herr Karlsen nach Hause kam. Aber das war ihr erst später eingefallen, das war blöd.

»Ich muss Barbie mehr anziehen, die friert. Du kannst so lange Ken leihen.«

»Wo sind denn seine Kleider?«, fragte Nina, aber erst nachdem Irene ihre Zimmertür geschlossen hatte. So war sie immer, sie redete nicht mit den Eltern, nur mit Irene.

Sie reichte Nina den Schuhkarton mit Kens Kleidern, Nina nahm jedes Stück vorsichtig heraus.

»Er hat nicht so viele wie Barbie.«

»Nein«, sagte Nina.

»Glaubst du, die sind ein Liebespaar?«, fragte sie.

»Nein«, sagte Nina und schaute sie an, sie sah plötzlich böse aus. »Die sind kein Liebespaar!«

»Glaub ich auch nicht. Er ist doch so langweilig. Barbie wünscht sich sicher einen ganz anderen Freund.«

»Sie braucht keinen Freund. Niemals.«

»Ich hab ihn zu Weihnachten bekommen. Ich hatte ihn mir gewünscht. Das bereue ich jetzt. Ich hätte lieber noch eine Barbie, eine mit dunkelbraunen Haaren. Dann hätte ich von jeder Sorte eine. Eine braune Barbie und eine blonde.«

»Und wir könnten jede mit einer Barbie spielen«, sagte Nina.

Nina hatte keine eigene Barbie. Sie hatte nicht einmal von ihren Großeltern eine bekommen. Die hatten ihr einen Glückstroll geschenkt, für den man Kleider machen konnte. Aber einen Glückstroll hatten alle Mädchen im vergangenen Jahr gehabt, nicht mehr jetzt! Außerdem hatte einer der Jungen ihn ihr in der Schule weggenommen und über den Zaun in den Garten der übellaunigen alten Leute geworfen. Die hassten Schulkinder, weil sie zwei große Bäume, die Goldregen hießen, hatten abholzen müssen. Die hatten zu dicht am Zaun gestanden und waren so giftig, dass Schulkinder sterbenskrank werden konnten, wenn sie daran knabberten. Deshalb wagte Nina nicht, sich ihren Glückstroll zurückzuholen.

Er trat auf den Balkon und stopfte sich seine gute Pfeife. Sidsel rauchte selbst nicht und fand, dass der Geruch sich in den Vorhängen festsetzte. Außerdem liebte er diesen ruhigen Moment allein auf dem Balkon, sonst war er fast nie allein, außer auf dem Klo.

Frau Larsen redete mit irgendwelchen Frauen auf dem Weg zum Laden, lachte laut und gestikulierte. Es war schade, dass Sidsel hier keine richtige Freundin hatte, sie traf sich nicht einmal mit den Frauen aus dem Treppenhaus. Sie sagte, das brauche sie nicht, sie grüßten einander, das reiche. Und wenn sie ihre Haare gemacht haben wollte, ging sie zu einer Friseuse, die ihren eigenen Salon beim Laden hatte. Sie wollte nicht zu Frau Larsen nach unten, sie fand, die klatschten dort zu viel, damit wollte sie nichts zu tun haben. Ihr fehle nichts, behauptete sie.

Er glaubte ihr. Sie wirkte immer so zufrieden und froh, und er kannte sie, sie verstellte sich nicht. Sich um ihren Haushalt zu kümmern, das wollte sie eben.

Eine Bande von Jungen kam johlend über die braune Rasenfläche gerannt. Er erkannte unter ihnen ein paar von dieser scheußlichen Familie aus Aufgang B. Er zog den Rauch in die Lunge und hielt ihn einige Sekunden fest, merkte, wie satt er war und wie schön jetzt ein Mittagsschläfchen gewesen wäre. Doch danach war er immer so träge und das hielt dann den ganzen Abend vor. Heute wollte er das nicht, wo er an einem neuen Buddelschiff arbeitete. An diesem Abend wollte er das Meer in der Flasche anbringen.

Sidsel kam auf den Balkon.

»Der Abwasch wäre erledigt. Kaffee?«

»Das wäre schön, meine Liebe.«

Sie legte nur ein paar kleine Kekse auf einen Teller, als sie den Kaffee holte. Sie waren beide satt, ein Stück Zucker wäre eigentlich mehr als genug gewesen. Am Vormittag hatte sie Brot gebacken, da würden sie lieber ausgiebig zu Abend essen, so gegen acht, ehe Irene schlafen ging.

Sie blieben sitzen und schauten aus dem Küchenfenster.

»Bald wird der Rasen grün«, sagte sie.

»Ja, wir könnten an einem Wochenende mit dem Zug runterfahren«, sagte er. »Der Hof ist im Frühling so schön.«

»Meinst du wirklich?«, fragte sie. »Sie würden sich so freuen. Irene fehlt ihnen, weißt du.«

»Bald sind ja Schulferien.«

»Du fehlst mir im Sommer die ganze Woche, wenn Irene und ich auf dem Hof sind.«

»Das war schön gesagt.«

»Das weißt du doch, Holger, jetzt machst du Witze. Ich freue mich die ganze Zeit auf den Samstag. Jetzt ist Irene so groß, dass ich auch ein wenig in der Stadt sein will.«

»Ach? Nur du und ich allein hier zu Hause? Ich muss doch trotzdem den ganzen Tag arbeiten. Ohne Irene kann das ein bisschen wenig für dich sein.«

»Unsinn. Ich kann mich sonnen und es mir gemütlich machen. Außerdem habe ich Lust auf Bildweberei, ich habe mir in der Bibliothek ein Buch darüber ausgeliehen. Aber ich brauche einen großen Rahmen, im Buch ist ein Grundriss dafür.«

»Den besorge ich«, sagte er.

»Es sieht so spannend aus. Und dann wollte ich auf dem Hof die Wolle selbst färben, im Buch stehen Anleitungen, ich freue mich schon richtig.«

»Du könntest auch auf dem Hof weben.«

»Ich möchte lieber hier sein. Oder willst du vielleicht Strohwitwer sein?«

»Nein, aber ich beklage mich nicht, auch wenn es sehr oft Spiegelei gibt. Ich will nur nicht, dass du nur meinetwegen hierbleibst. Mein Mädel.«

»Es ist hier so hellhörig. Und Irene hat einen so leichten Schlaf«, sagte sie und sah ihn nicht an.

Er steckte ein Plätzchen in den Mund.

»Wirst du jetzt rot?«, fragte er und sah sie an.

»Ja«, antwortete sie und erwiderte seinen Blick. »Vielleicht könnten wir mit diesem fiesen Gummi aufhören. Können wir uns das nicht leisten? Ich habe noch alle Kindersachen von Irene.«

»Hm.«

Jetzt war es gesagt. Sie wusste, dass er sich einen Sohn wünschte, aber er hatte es jetzt seit zwei Jahren nicht mehr erwähnt.

»Hattest du aufgegeben?«, fragte sie und streichelte seinen Rücken.

»Ein bisschen«, sagte er und nickte. »Du hast doch dann all die Arbeit, und da ...«

»Komm her.«

Sie legte die Arme um ihn, küsste ihn auf die Stirn und die Haare, er schlang sofort die Hände um ihre Taille und zog sie so fest an sich, dass die Stuhlbeine unter ihr über das Linoleum schrappten.

»Sidsel ... du bist einfach nur ...«

»Du auch. Mein feiner, feiner Mann ...«

Herr Karlsen klopfte immer auf den Boden, wenn Nina nach oben kommen sollte. Jetzt klopfte er.

»Ich muss hoch.«

»Womit klopft er eigentlich?«

»Ich weiß nicht. Ich bin ja nicht dabei.«

»Nein ... Möchtest du Ken leihen?«

»Geht das?«

»Ja, du kannst auch den Schuhkarton mit seinen anderen Kleidern leihen. Bis morgen.«

»Ich kann Ken in den Karton legen, wenn ich ihn hochtrage. Bis dann.«

»Bis dann.«

Sie war noch nie oben bei Nina gewesen, die durfte keinen Besuch mitbringen, nicht einmal in ihr Zimmer. Sie wusste nur, dass sie keinen Fernseher hatten und dass der Vater weißes Klopapier und weiße Lux-Seife kaufte. Nina hatte gesagt, sie warte darauf, dass ihr Vater eines Tages auf dem Heimweg von der Arbeit vergaß einzukaufen und dass er dann Nina mit Geld und einem Zettel losschickte. Und auf dem Zettel würde »Klopapier und Seife« stehen. Und dann würde sie beides in Rosa kaufen.

Ihre Eltern saßen am Küchentisch und tranken Kaffee, sie lächelten und sahen auf eine seltsame Weise froh aus, fast wie damals, als sie ihr erzählten, dass sie nach Trondheim ziehen würden, in eine neue Wohnung mit Wasserklosett und Dusche.

»Was ist los?«, fragte sie.

»Was los ist?«, fragte die Mutter. »Wie meinst du ...?«

»Ihr seht so komisch aus. Als ob es eine Überraschung gäbe.«

»Nicht doch, nicht doch, wir haben nur über etwas Lustiges gesprochen«, sagte der Vater.

»Ich habe Nina bis morgen Ken geliehen.«

»Das ist nett von dir«, sagte Mutter. »Nina braucht einfach alle, die nett zu ihr sind.«

»Das sind aber nicht sehr viele«, sagte sie.

»Die Lehrer sind doch sicher nett zu ihr.«

»Ich glaube schon. Ich bin ja nicht in ihrer Klasse. Ich weiß nur, dass sie sehr gut in Mathe ist.«

»Mathe?«, fragte der Vater.

»Rechnen«, sagte sie, so nannten die Erwachsenen das.

Sie hatte nie erzählt, dass Nina gehänselt wurde. Das hätte nichts gebracht. Die Schule ging die Eltern nichts an, da bestimmten nur die Lehrer. Auf den Elternsprechtagen wurde nur über Noten und Gerede in der Stunde gesprochen.

»Du kannst noch ein bisschen spielen und deine Aufgaben fertig machen und deine Bleistifte spitzen, ehe es Abendbrot gibt. Und dann bringst du mir deine Butterbrotbüchse«, sagte die Mutter.

»Grauenhaft, das mit der Kleinen«, sagte er.

»Wir können da nichts machen«, sagte sie. »Uns geht das nichts an.«

»Tut es doch, wir wissen ja, dass es ihr nicht gut geht.«

»Wir tun doch, was wir können. Wir holen sie herein und geben ihr etwas zu essen, und ich weiß gar nicht, wie oft ich Irenes Bettdecke gewaschen habe, nachdem Nina mit nasser Hose da gesessen hatte.«

»Ich könnte ihn zusammenschlagen. Ihn vom Balkon werfen.«

»Ja, für Nina wäre das eine große Hilfe. Unfug. Ihre Großeltern kommen doch manchmal zu Besuch. Wir können nur hoffen, dass die für sie da sind. Sie ist doch ihr Enkelkind«, sagte sie.

»Und niemand weiß, wie die Mutter gestorben ist ... Vielleicht hat er sie umgebracht.«

»Holger!«

»Du musst doch zugeben, dass es seltsam ist, dass der Vater der Kleinen nicht erzählt hat, wie es passiert ist?«

»Sie war doch so klein, als es passiert ist, sie hat Irene gesagt, dass sie es nicht mehr weiß.«

»Ich weiß. Das hast du gesagt. Aber dass sie ihren Vater nicht fragt?«

»Ich glaube, die verstehen sich nicht so gut.«

»Ha! Da hast du es gesagt. Verdammt, was für ein Mistkerl.«

»Aber Holger. Der hat sicher auch seine Sorgen. So allein zu leben.«

»Und wenn ich daran denke, dass er selbst Kinder unterrichtet, auch wenn das auf dem Gymnasium ist, wo sie nicht mehr so klein sind, dass sie Zuwendung brauchen. Verdammt.«

»Aber jetzt hat sie Ken ausgeliehen. Und darüber ist sie sicher froh. Soll ich zum Abendbrot Eier kochen?«

»Ich bin noch immer pappsatt«, sagte er.

»Ich auch. Aber wir müssen mit Irene zusammen essen, das findet sie so schön. Und ich habe heute Brot gebacken.«

Er hatte von einem Arbeitskollegen eine dreieckige Whiskyflasche der Marke Grant's bekommen, die passte perfekt für einen Clipper. Während Sidsel den Abendbrottisch deckte, setzte er sich an den kleinen Arbeitstisch im Wohnzimmer und säuberte die Flasche von innen mit einem Leinenlappen, den er um ein Stück Stahldraht gewickelt hatte. Danach polierte er sorgfältig noch die kleinste Ecke, während er die ganze Zeit daran dachte, dass sie sich noch ein Kind wünschte. Er sah einen runden, strotzenden Bauch vor sich. Als sie Irene erwartet hatte, war sie so schön gewesen, als ob sie die ganze Welt hinter der Bauchhaut trüge.

Vielleicht sollte er dem neuen Schiff einen Männernamen geben, auch wenn das eher ungewöhnlich war. Einen Jungennamen, der ihm gefiel, das könnte Glück bringen. Wenn er auch seinen Kinderglauben verloren hatte, so hatte er doch nicht den Aberglauben eingebüßt, mit dem seine Großmutter aus Grimstad ihm als Kind die Ohren vollgestopft hatte. Eher war das Gegenteil der Fall. Und auf See gab es ja allerlei, das Glück oder Unglück brachte. Unglück kam durch Regenschirme, Pfeifen und Gerede über Pferde, niemals durfte man über Pferde reden oder dieses Wort auch nur erwähnen. Und Glück lag in dem Namen, den das Schiff trug.

Er wartete immer mehrere Wochen, wenn er ein Buddelschiff vollendet hatte, ehe er an ein neues dachte. Und dann musste er sich geeignete Flaschen besorgen, die auf der Unterlage gut balancierten. Aber wenn das Glas in der Flasche außergewöhnlich klar war, war die Form nicht wichtig, dann baute er einen Sockel, der perfekt passte und stabilisierte. Er hinterfragte nie das Glück, das er bei der Arbeit an den Schiffen empfand, an den Flaschen, die sie behausen sollten. Dieses Glück war so selbstverständlich, vermutlich, weil er das alles von seinem Vater gelernt hatte, der noch immer eine ganze Bude voller Buddelschiffe hatte, die er jetzt langsam nach und nach verkaufte.

Es machte jedes Mal von Neuem Spaß, die Schiffe Leuten zu zeigen, die keine Ahnung hatten, wie sie gebaut wurden. »Wie um alles in der Welt hast du dieses große Schiff durch den schmalen Flaschenhals bugsiert?«, war die Standardfrage. Einige glaubten, er benutze lange Pinzetten und baue das Schiff in der Flasche. Er ließ sie in diesem Glauben. Es war auch so Arbeit genug, jedes Segel zu planen, die Leinen an alle Segel und Masten zu setzen und dann alles zu voller Höhe und Pracht hochzuziehen, wenn es hineingeschoben worden war. Nur der Rumpf musste durch die Öffnung passen mit wenigen Millimetern Spielraum. Wenn er dann in der richtigen Reihenfolge an den Fäden zog und Segel und Masten sich erhoben, wirkte alles viel größer als der schmale Rumpf und vermittelte die optische Illusion einer verblüffenden Unmöglichkeit.

Er nahm so viel Kitt, dass seine Handfläche bedeckt war, und gab weiße Ölfarbe aus einer Tube dazu. Er bestellte die Farben mit der Post, die Firma in Oslo hielt ihn sicher für einen Kunstmaler. Er rieb die Farbe gut in den Kitt ein. Als der richtig weiß war, ließ er den Kittklumpen in ein Marmeladenglas mit kaltem

Wasser fallen, um ihn später für das Kielwasser des Schiffes zu verwenden. Danach nahm er wieder Kitt aus der Dose und gab blaue Farbe dazu zusammen mit einer winzigen Portion Grün. Während er knetete, dachte er die ganze Zeit an einen Sohn. Es könnte auch ein Mädchen werden. Irene hatte keinerlei Interesse an den Buddelschiffen, auch wenn sie gern in dem Moment zusah, in dem er an den Fäden zog und das Schiff aufrichtete.

Sie würden ein Kind machen.

Er würde keine Kondome mehr benutzen müssen.

Sie musste sich das lange überlegt haben, ohne es ihm gegenüber auch nur zu erwähnen. Sie hatte gewartet, bis sie sich hundert Prozent sicher war, das war typisch für sie. Sie war stark. Das kam sicher von ihrer Bauernfamilie.

Der Kitt hatte jetzt die richtige gleichmäßige Farbe. Er rollte den Klumpen in Kreide, damit er weniger klebte, dann formte er daraus eine Wurst und zerschnitt sie mit einem Messer in viele kleine Stücke. Danach bedeckte er den Boden der Flasche mit Hilfe des Stahldrahtes mit den Wurststückchen. Er achtete darauf, dass der Kitt nicht die Flaschenseiten berührte, den Teil des Glases, der über der Wasseroberfläche liegen würde. Das konnte Ölflecken geben, die nur schwer zu entfernen waren. Er strich das Meer mit einem winzigen Mokkalöffel glatt, den er an ein Stahlstäbchen gesteckt hatte. Kielwasser und weiße Wellenkämme würde er erst hineinschieben, kurz bevor das Schiff angebracht würde, damit es sicher und fest liegen könnte.

Als das Meer fertig war, verschloss er die Flasche mit zusammengerolltem Musselin. Auf diese Weise kam Luft hinein, so trocknete der Kitt, während zugleich kein Staub hineinkönnte.

Sie musterte seinen Rücken, den konzentriert gesenkten Nacken, während er die Flasche verschloss, ehe er sich aufrichtete und Luft ausstieß.

»Hör mal«, sagte sie und ging zum Radiokabinett und drehte lauter. »Die spielen dein Lieblingslied.«

»Deine Heimat ist das Meer, deine Freunde sind die Sterne, über Rio und Shanghai, über Bali und Hawaii, deine Liebe ist dein Schiff, deine Sehnsucht ist die Ferne…«

Er sprang vom Stuhl auf, zog sie an sich und walzte mit ihr durch das Zimmer.

»Holger! Du hast doch blauen Kitt an den Händen!«

»Seemann, lass das Träumen über meine feine Kleine… einen Spritzer von den sieben Meeren kannst du an deiner Kittelschürze ja wohl vertragen! Du kannst sie doch blau färben. Den ganzen Kittel. Wie deine Augen.«

Sie blieben stehen und hatten einander noch immer umarmt, als das Lied endete.

»Ich liebe dich«, sagte er.

Sie schaute weg, er sagte das nur, wenn sie im Bett gut zueinander waren. Es war fast unmöglich, es hier mitten im Wohnzimmer zu hören, während sie hier aufrecht standen. Sie spürte plötzlich ihr Herz, wie es stolz und stark in ihrer Brust lag. Das alles hatte sie, das alles erschuf auch sie. Sie lehnte die Stirn an seine Halsgrube und schloss die Augen.

»Und du…?«, fragte er.

»Hm?«

»Jetzt hab ich doch wieder Hunger. Es zehrt ganz schön, in einer kleinen Abendstunde ein ganzes Meer zu bauen.«

Blue Master

Zum Glück kam er immer früher als die anderen Väter nach Hause, da er in der Schule arbeitete. Lehrer hatten zusammen mit den Schülern Feierabend, mindestens zwei Stunden, ehe andere Männer mit der Arbeit fertig waren.

Sie saß mit ihren Schulbüchern auf dem Schoß und der Lokalzeitung neben ihrer Wohnungstür auf der Treppe. Sie war nicht nass. Sie hatte in der Werkstatt des Hausmeisters in der Schule Pipi machen dürfen. Das erlaubte er, wenn sie danach ein bisschen auf seinem Schoß saß und er das Gesicht in ihre Haare schieben durfte. Er flüsterte, sie sei »seine kleine Liebste«. Er zitterte auf seltsame Weise, wenn sie dort saß, sicher hatte er eine Art Krankheit, aber das machte nichts, sie dachte einfach an andere Dinge. Es dauerte nicht so lange, und sie machte sich nicht nass. Denn es gab nirgendwo Büsche oder einen anderen Ort, wo sie sich zu verstecken wagte. Die Jungen würden das auf jeden Fall entdecken, sie liefen auf dem Heimweg von der Schule hinter ihr her, und sie ging nicht mehr auf das Schulklo, seit Karin aus der Sechsten sie aus einer Klozelle hatte kommen sehen und laut gebrüllt hatte, jetzt dürfe aber keine mehr dieses Klo benutzen, denn jetzt sei die Klobrille sicher mit alter Weiberpisse verdreckt.

Sie hatte ihre Matheaufgaben gerade fertig, als der Vater die Treppe hochgerannt kam. Sie hatte seine Stimme schon gehört, sowie er die Haustür geöffnet hatte. Aber sie hatte kein Wort verstanden. Alles hallte im Treppenhaus dermaßen wider, dass man nur die leisen Geräusche richtig hörte. Hier oben im dritten Stock konnte man aus dem Erdgeschoss nichts verstehen, wenn laut gerufen wurde.

»Da sitzt du ja«, sagte er.

Er trug zwei Nylonnetze voll Lebensmitteln, dazu eine Aktentasche und ein großes Paket eingeschlagen in feuchtem Zeitungspapier. »Na, los. Rein.«

»Bist du böse?«

»Dieser verdammte fette Drache aus dem Parterre stand da und zeigte auf ihren Wischlappen vor meinen Füßen. Ist doch, verdammt noch mal, nicht meine Aufgabe, ihre Treppe sauber zu halten. Ist den ganzen Tag ohne Kind zu Hause, da hat sie doch Zeit genug zum Putzen.«

Es war nicht gut, dass er jetzt schon böse war, aber so schlimm war es auch wieder nicht. Da mussten ihr Geir und Jan-Ragnar aus dem zweiten Stock schon eher leidtun. Die waren auch viel kleiner als sie. Der Vater sagte immer: »Echte Mannsbilder schlagen keine Mädchen, weder große noch kleine.« Es war nett, dass er das sagte, fand sie. Er bezeichnete Herrn Berg als Idioten, mochte ihm nicht einmal zunicken, wenn sie auf der Treppe aneinander vorbeigingen, obwohl sie einander dann so nahe kamen, dass sie sich fast berührten. Sie hatte es selbst gesehen.

»Ich hab die Matheaufgaben fertig«, sagte sie.

»Nenn das Mathematik, ich verabscheue das andere Wort. Das klingt nach alter, abgenutzter und verdreckter Küchenmatte. Ich hab dir das schon tausendmal gesagt. Oder tausendmal hoch zwei. Irgendwelche spannenden Aufgaben?«

»Nein«, sagte sie. »Sie waren ziemlich langweilig. Nur Malnehmen.«

»Gut. Gut. Überrascht mich ja nicht, dass du die langweilig findest.«

Sie hatte auch nicht gelogen. Die Aufgaben waren wirklich leicht. Ihr Vater hatte ihr schon Bruchrechnung beigebracht, als sie noch gar nicht zur Schule ging, und auch das kleine und das große Einmaleins. Und Logarithmen konnte sie von dem Rechenstab ablesen, den sie in der ersten Klasse zu Weihnachten bekommen hatte, obwohl sie die Logarithmen erst in der achten durchnehmen würden. Sie stellte sich gern vor, dass sie mit Sicherheit genauso viel Mathe konnte wie der Lehrer. Da sie nicht lange über die Lösungen nachzudenken brauchte, wenn sie ihre Matheaufgaben machte, nutzte sie deshalb die Zeit, um sehr sauber in ihr Heft zu schreiben, mit Lineal und Füllfederhalter, und nie vergaß sie, doppelt zu unterstreichen. Doppelte Striche schlossen die Rechenaufgabe auf eine so schöne Weise ab. Sie gab sich stets große Mühe und achtete darauf, dass die Striche immer genau gleich lang waren. Zwei parallele Striche konnten nebeneinander bis in alle Ewigkeit weitergehen, ohne sich zu begegnen. Und das Zeichen für »alle Ewigkeit« war eine auf die Seite gekippte 8. Über solche Dinge konnte sie gründlich nachdenken, wenn sie beim Hausmeister auf dem Schoß saß, dass alle Ewigkeit quer durch das Universum und noch länger reichte, während er für einen Moment zitterte und den Kopf hob und sie mit feuchten Augen anlächelte.

Vor ein paar Tagen hatte sie von Peggy-Anita Foss ein Rosinenbrötchen bekommen und bis eben noch an den Rosinen gelutscht. Peggy-Anita Foss war so hübsch, die hübscheste Frau, die sie überhaupt kannte, noch hübscher als Irenes Barbie. Und Peggy-Anita Foss gab ihr ab und zu einen kleinen Leckerbissen, ganz plötzlich, einfach so aus ihrem Einkaufsnetz, wenn sie auf dem Weg in die Wohnung war. Aber sie durfte nie zu ihr hinein, nicht einmal im Winter, wenn es auf der Treppe eiskalt war.

Sicher weil Peggy-Anita Foss dann immer ihren Pelzmantel trug, und es ihr vom vielen Treppensteigen warm war und sie nicht begriff, wie kalt die Betonstufen sein konnten. Sie waren besonders kalt, wenn man eine nasse Hose hatte, aber das konnte Peggy-Anita Foss ja nicht wissen.

Immer wenn Peggy-Anita Foss ihre Wohnungstür aufschloss, sickerte ein wenig Wohnungsgeruch ins Treppenhaus. Durch den Zigarettengeruch hindurch roch es nach sehr viel Parfüm, nie nach Essen oder Seife. Vielleicht benutzte sie eine ganz andere Seife als alle anderen hier im Haus. Seife mit Parfüm, gab es so was wohl? Sie wusste, dass Lux Parfüm enthielt, das stand in den Illustrierten, die sie bei Irene lesen durfte, aber sicher putzte niemand die Wohnung mit Handseife. Frau Salvesen hatte eine Parfümflasche im Badezimmer stehen, das Parfüm hieß »4711«. Sie konnte einfach nicht begreifen, dass ein Parfüm wie eine Zahl heißen konnte. Irene wusste auch nicht, warum, und hatte ihre Mutter gefragt, aber die wusste es auch nicht.

Sie war gern in einem Badezimmer mit vielen Frauensachen in den Regalen. Sie sah sie sich immer schnell und gründlich an, wenn sie bei Salvesens auf dem Klo war. Der Lippenstift roch gut, süß und ein wenig fettig, wie Butter und ein bisschen nach Blumen. Man drehte unten daran, und dann kam er langsam aus der goldfarbenen Hülle zum Vorschein. Auf der Hülle stand »Sans Égal«, auch das war ein total unbegreiflicher Name. Die Großmutter hatte nicht so viele Frauensachen im Bad, sie hatte nur Haarspray und Lockenwickler, Kamm und Bürste und eine weiße Flasche mit Spenol-Creme. Sie war jetzt fast ein Jahr nicht mehr bei den Großeltern gewesen, aber sie glaubte nicht, dass die Großmutter sich inzwischen Parfüm gekauft hatte.

Sie glaubte, dass man Parfüm sicher ein Leben lang benutzte, und wenn man nicht damit anfing, wenn man so jung war wie Peggy-Anita Foss, dann fing man bestimmt nie damit an. Außer man bekam es geschenkt, zu Weihnachten oder zum Geburtstag. Aber die Vorstellung, dass der Großvater in einen Laden ging, um für die Großmutter eine Flasche Parfüm zu kaufen, war unmöglich. Und der Vater kaufte ihnen keine solchen Weihnachtsgeschenke, von ihm bekamen sie die Jahreschronik und eine Schachtel Pralinen. Und niemand sonst kam auf die Idee, der Großmutter etwas zu schenken.

Wenn sie irgendwann einmal genug eigenes Geld hätte, würde sie für die Großmutter Parfüm kaufen, und zwar das mit dem türkisen Aufkleber, auf dem in goldenen Ziffern 4711 stand.

Der Vater schloss die Tür hinter ihnen ab, als sie die Wohnung betreten hatten.

»Essen wir jetzt oder abends?«, fragte sie.

»Jetzt. Ich habe Kabeljau bekommen.«

Sie saß schweigend am Küchentisch, während er die Lebensmittel in Regal und Kühlschrank einräumte, einen großen Kochtopf mit kochendem Wasser füllte und jede Menge Salz mit Jodgehalt hineinkippte. Schmutziges Geschirr von mehreren Tagen stand neben dem Spülbecken, der Topf, den er genommen hatte, war der letzte saubere, das wusste sie. Sie hatten insgesamt fünf Kochtöpfe und eine Bratpfanne und einen winzig kleinen Topf zum Butterschmelzen, den sie niemals benutzten.

Sie konnte fragen, ob sie an diesem Abend spülen dürfte. Ein bisschen wenigstens. Die Essensreste wurden sonst so hart und waren schwer abzukratzen. Einmal hatte sie mit einem Messer an einer Schüssel herumgekratzt und sich geschnitten. Das Spülwasser hatte sich rot gefärbt. Und der Schaum rosa, eigentlich hatte das ganz hübsch ausgesehen. Sie hatte das Wasser ausgekippt und viele Pflaster auf die Wunde geklebt, als die Haut endlich trocken gewesen war, und nichts darüber gesagt. Er hatte das Pflaster auch nicht entdeckt. Als sie einige Tage später wieder spülte, kam nur ein wenig Blut und die Wundränder wurden ganz weiß, weil sie so lange im Seifenwasser gewesen waren. Sie musste danach ganz schön viel Haut abpellen.

Die Fischstücke waren riesig, das Wasser spritzte auf den Herd, als er vier Stücke in den Topf fallen ließ. Wenn der Fisch quer durchgeschnitten worden war, musste er riesig groß gewesen sein, dachte sie. Es war sicher spannend und unheimlich gewesen, ihn aus dem Meer zu ziehen. Sie würde gern mal einen lebenden Fisch fangen. Aber dann müssten Erwachsene dabei sein, die ihn danach töteten. Sie holte die Schüssel mit den gekochten Kartoffeln aus dem Kühlschrank. Er kochte jeden Sonntag für die ganze Woche Kartoffeln.

»Soll ich den Tisch decken?«, fragte sie.

»Brauchen nur Gabel und Messer, und Teller fürs Essen ja nicht vergessen. Ha! Das waren drei Wörter mit -ess... Und die Dreizahl?«

»Ich bin nicht mehr sicher.«

»Jede positive Vollzahl kann durch maximal drei Dreizahlen dargestellt werden. Gauß, Nina.«

»Ja, jetzt weiß ich es wieder. Der mit den Poly... Poly...«

»Polynomen. Korrekt. Gut gemacht, Nina.«

Er steckte sich eine Zigarette an, machte einige rasche Züge und ließ die Zigarette am Rand der Anrichte liegen, während er die Kartoffeln in dünne Scheiben schnitt und auf zwei Tellern verteilte. Dann gab er etwas Margarine darüber und legte auf jeden Teller ein Stück Fisch.

»Ich schaffe nur ein kleines Stück, Papa.«

Er steckte die Zigarette in den Mund und stellte die Teller auf den Tisch. Asche rieselte auf einen Teller, aber das war zum Glück seiner. Dann füllte er zwei Gläser mit Wasser. Sie konnte sehen, dass es die beiden letzten sauberen Gläser aus dem Schrank waren.

Sie schob den heißen Fisch über die Kartoffeln, damit die Margarine ein wenig schmelzen könnte, sie aß nicht so gern kalte Kartoffeln mit kalter Margarine. Die riesigen Gräten konnte man nicht essen, deshalb wurde sie ein wenig ruhiger, als sie sie herausfischte und auf den Tellerrand schob. Sie ließ sich Zeit, tat so, als bereitete ihr das große Mühe, damit die Margarine schmolz und die Kartoffeln ein wenig wärmte. Der Vater aß lieber kalte Kartoffeln, er sagte, die schmeckten nach mehr und gäben besseren »Kauwiderstand«. Da könnte er sie doch roh essen, aber das sagte sie nie. Es gab so viel, was sie über den Vater dachte, sie konnte in Gedanken lange mit ihm reden, ihn fragen, Bemerkungen machen. Aber es gefiel ihm nicht, wenn sie eine Meinung hatte oder eine Frage stellte. Das ging nur, wenn er derselben Meinung war, und sie wusste fast immer, wann er einer Meinung mit ihr sein würde und was sie sagen konnte, ohne ihn wütend zu machen. Eigentlich ging das nur beim Thema Mathe.

Sie begriff nicht, wieso man so wütend wurde. In der Schule hatten sie über Ola-Ola gelesen, der so wütend wurde, als andere seine Mütze gestohlen hatten, und danach hatte der Lehrer über das Wütendwerden reden wollen. Viele hatten sich gemeldet und eine Menge erzählt, aber sie hatte es trotzdem nicht begriffen, wie es war, wütend zu sein. Irene ließ ihre Barbie oft auf Ken wütend sein, wenn sie zusammen spielten. Doch sie hatte keine Ahnung, wie Ken sich verhalten oder was er sagen sollte. Vielleicht laut rufen? Das hatte sie versucht, und sie hatte es auch geschafft, aber danach hatte sie schrecklich gezittert. Irene meinte, sie hätte auch ganz falsche Dinge gesagt, auch wenn sie so laut gerufen hatte, wie sie es wagte. Sogar Frau Salvesen war ins Zimmer gekommen, um zu fragen, was in aller Welt sie da machten.

Der Vater aß den Kabeljau mit beiden Händen, mit der Gabel in der rechten Hand und den Fingern der linken als Hilfe.

Sonntags, wenn er den großen Topf Kartoffeln kochte und sie die warm aßen, durfte sie um mehr bitten, dann sagte er niemals etwas, dann war er lieb. Und sie streute Salz und Pfeffer auf die Kartoffeln und kostete jeden Bissen lange aus. Kalte Kartoffeln hatten etwas Klebriges wie Fisch, aber heiße Kartoffeln hatten das nicht. Wenn man mit dem Finger im Fisch herumstocherte, konnte man danach den Daumen gegen die anderen Finger pressen und sie schienen aneinanderzukleben.

Ab und zu gab es Fleisch, aber immer nur Koteletts. Vielleicht einmal im Monat und immer sonntags. Das Fleisch war grau und steinhart und musste unendlich lange gekaut werden. Zusammen mit den Koteletts gab es heiße Kartoffeln, weil ja Sonntag war, und Senf und Preiselbeermarmelade, die sie manchmal von der Großmutter bekamen.

Sie war nie allein zu Hause, aber einmal, als der Vater den Müll nach unten bringen musste, weil die Tüte zu groß für die Schachtöffnung war, da hatte sie ganz schnell den Kühlschrank aufgerissen, die Preiselbeermarmelade herausgenommen und den Finger hineingesteckt. Ein dicker Klumpen war am Finger hängen geblieben, sie hatte ihn in den Mund geschoben und das Glas zurückgestellt, ehe sie aufs Klo gestürzt war. Dort war sie lange sitzen geblieben mit der Marmelade im Mund, der Geschmack hatte für eine ganze Ewigkeit vorgehalten und war so wunderbar gewesen, dass ihre Augen heiß geglüht hatten.

»Hat's geschmeckt?«, fragte er.

»Mm. Gut.«

»Du schaffst doch noch ein Stück Fisch? Der ist heute Nacht gefangen worden.«

»Nein, danke.«

»Dann kann ich mit dem Rest morgen ein Omelette machen.«

Omelette, das bedeutete warme Kartoffeln, denn die Fischstücke briet er zusammen mit großen Kartoffelstücken in der Pfanne an und darüber kamen dann Eier. Sie freute sich, als er das sagte. Dann würde sie sich morgen auf das Essen freuen können, auch wenn sie nicht wusste, ob sie nach der Schule oder erst abends essen würden.

Er schob den Teller zurück, leerte sein Wasserglas und steckte sich eine neue Zigarette an. Sie blieb sitzen und betrachtete die Zigarettenpackung, die war so schön. Darauf stand »Blue Master«, obwohl da gar kein Bild von einem Schiff mit Masten war, sondern von einem Pferdekopf vor einem riesigen Mond mit ganz viel Blau darum. Sie wusste nicht, was »blue« bedeutete, sie verstand nur »Master«. Sie würden erst im Herbst mit Englisch anfangen, in der vierten Klasse. Aber der Lehrer hatte gesagt, viele Wörter seien einander ähnlich, weil die Wikinger nach England gesegelt waren und den Leuten dort viele Wörter beigebracht hatten, und »Mast« war so ein Wikingerwort.

Er zog so fest an der Zigarette, dass der Rauch aus der Luft in der Küche verschwand, aber wenn er ausatmete, konnte sie fast nicht sehen, welche Farbe die Küchenschränke hatten. Sie wusste ja, dass die hellblau mit weißen Griffen waren. Er zerdrückte den kleinen Rest der Zigarette zwischen den Gräten, und es zischte ein wenig. Jetzt würde er sich sicher bald ausruhen, und sie müsste nach draußen.

»Soll ich spülen, Papa?«

»Vielleicht.«

»Ja?«, fragte sie, aber vermutlich ein wenig zu rasch.

»Meine Güte, freust du dich etwa aufs Spülen?«

»Wenn du dich ausruhst?«

Sie konnte ihm nicht sagen, dass sie dann nicht auf der Treppe sitzen müsste. Er glaubte ja immer, sie sei bei Irene oder Susy, wenn er sie nach draußen schickte. Das hatte sie ihm gesagt, aber sie ging nur manchmal zu Irene, denn sie wusste genau, dass die sie nicht zu Besuch haben wollten. Sie waren zwar nett, aber sie merkte es doch. Und Irene schaute immer an ihr nach unten, um zu sehen, ob sie sich in die Hose gepinkelt hatte. Sehr oft war sie ja auch nass, ohne es zu merken. Sie glaubte trocken zu sein, bis sie entdeckte, dass Irenes Bettdecke, wo sie gesessen hatte, dunkel wurde.

»Nein, heute ruhe ich mich nicht aus. Wir müssen waschen, ich habe fast nichts Sauberes mehr. Hol alles Bunte aus dem Badezimmer«, sagte er, stand auf und zog die Waschmaschine mitten in die Küche, so dass der dicke graue Schlauch auf der Rückseite bis zum Ausgussbecken reichte. Damit wurde das schmutzige Wasser abgepumpt, mehrmals, wie ein wilder Wasserfall, und der Schlauch musste fest und sicher gleich über dem Abfluss liegen, sonst lief es über. Der Schlauch hing an einer grauen Klammer, aber das reichte nicht, wenn das Wasser zu schnell und hart herausschoss.

Die Stoffrolle, die hinten an der Waschmaschine befestigt war, zitterte, als er die Maschine herauszog. Die Waschmaschine versperrte jetzt die Tür zur Diele, so dass man den ganzen Umweg durch das Wohnzimmer machen musste, um Klo, Badezimmer oder Schlafzimmer zu erreichen. Sie sah, wie eingestaubt die Stoffrolle war, hatten sie so lange schon nicht mehr gewaschen? Wie lange brauchte Staub wohl zum Landen?

In der hintersten Ecke des Badezimmers, weit weg von der Badewanne, lagen die schmutzigen Kleider auf einer hohen Pyramide vor der Wand. Abgesehen von denen mit Pipi. Die wusch sie selbst im Waschbecken mit weißer Lux, hängte sie nachts auf den voll aufgedrehten Heizkörper in ihrem Zimmer und zog sie am nächsten Morgen wieder an. Und wenn sie ihre Kleider mit Lux wusch, dachte sie daran, dass ihre Großmutter alles Mögliche mit Sunlicht-Seife wusch. Sie wusch sich damit die Haare, und wenn der Boden geputzt werden musste, hobelte sie mit einer Reibe kleine gelbe Späne von dem Seifenstück in den Putzeimer und füllte dann heißes Wasser ein. Das Wasser schäumte nie, es wurde nur grau und dampfte.

Sie lud sich die Kleider auf die Arme, Hosen und Hemden und Pullover und Socken. Was sie liegen ließ, waren Handtücher, Wachlappen und seine Unterhosen, all die weißen Dinge. Ihre Unterhosen waren bunt, die Großmutter hatte sie für sie gekauft. Sie schaute zum Schrank neben dem Badezimmerspiegel hoch.

Heute waren in der Globoid-Schachtel nur noch fünf Tabletten. Falls er nicht nachgesehen und mehr gekauft hatte. Die Apotheke lag unten in der Stadt, also hätte er die Tabletten dann in der Aktentasche. Sie konnte ihn nicht fragen. Bei Irene gab es ein Medizinschränkchen im Badezimmer, darauf war ein großes rotes Kreuz gemalt. Es war zwar abgeschlossen, aber der Schlüssel steckte immer. Vor langer Zeit hatte sie das Schränkchen einmal aufgemacht, als sie dort aufs Klo gegangen war. Sie hatte kaum hochreichen können, doch sie hatte die weiße ovale Plastikschachtel mit der blauen Schrift sofort entdeckt und ganz schnell aufgemacht. Die Schachtel war fast voll. Sie hatte fünf Tabletten herausgenommen, sie in die Tasche gesteckt und die Schachtel ganz schnell zurückgestellt. Danach hatte sie schreckliche Angst gehabt, Irenes Mutter könnte es bemerkt haben, und deshalb hatte sie erst zwei Wochen später wieder gewagt, unten anzuklopfen.

Der Vater hob den Schlauch vom Haken hinter der Waschmaschine, und altes Wasser lief auf den Boden.

»Scheiße!«

Sie holte ganz schnell den Wischlappen aus dem Eimer unter dem Ausguss und fing an aufzuwischen, aber der Lappen war so trocken, dass er kein Wasser aufnahm. Beide Becken standen voll von schmutzigen Tassen und Töpfen. Sie rannte durch das Wohnzimmer, spülte den Lappen im Waschbecken im Badezimmer aus und rannte zurück. Jetzt war das Aufwischen kein Problem.

»Waschen wir zweimal?«, fragte sie.

»Ja, ich brauche ja auch saubere Unterhosen. Und wir haben keine Handtücher mehr.«

»Kann ich inzwischen die Tassen spülen? Statt später heute Abend?«

»Ja, du musst sowieso darauf aufpassen, dass der Schlauch nicht aus dem Ausguss spritzt. Dann spül alles ab, was da steht.«

Auf der Anrichte war kein Platz für die schmutzigen Tassen, deshalb musste sie sie auf den Tisch stellen. Das würde den Tisch schmutzig machen. Und der Spüllappen war schon total verdreckt.

»Kann ich einen Waschlappen aus dem Badezimmer holen und den Tisch damit abtrocknen?«

»Von mir aus. Aber im Trockenschrank ist kein Platz für alles. Was für ein Nervkram!«

»Du kannst doch draußen die Wäscheleine nehmen. Ich komm nicht so hoch.«

»Damit der Drache sich meine Kleider ansehen kann? Danke,

nein. Oder doch... die Handtücher können draußen hängen. Vielleicht nehmen wir die zuerst. Dann hängen wir die Unterhosen und die anderen Sachen in den Trockenschrank.«

So machten sie es immer. Es war schon seltsam, dass er es trotzdem vergaß. Aber sie wuschen ja nur so selten. Sie rannte durch das Wohnzimmer, holte Handtücher und Unterhosen und ließ alles in die Waschmaschine fallen. Die Sachen hingen schlaff und schmutzig in der zweigeteilten großen Trommel. Er gab Waschpulver dazu, schloss den Schlauch an den Wasserhahn an, drehte den roten Knopf an der Waschmaschine auf KOCHEN, legte den Deckel darauf und drehte den Hahn voll auf.

»Du musst das Spülwasser jetzt aus dem Badezimmer holen«, sagte er.

»Weiß ich, ich nehm den Putzeimer.«

»Gut. Ich lege mich so lange mit der Zeitung aufs Sofa.«

Sie lief dreimal durch das Wohnzimmer hin und her mit vollem und leerem Putzeimer, aber sie sah ihn dabei nicht an. Obwohl sie klein war, erinnerte sie ihn an Anna mit ihrer Geschäftigkeit und der Quengelei, ohne etwas zu sagen, nur durch ihre Körperhaltung. Als ob er ihr hätte helfen müssen. Ihre Körperhaltung, wenn sie den schweren Eimer trug, war ein nervtötendes Gequengel, wie sie den Eimer starr vom Körper weg hielt, um nichts zu vergießen, und den Blick überallhin gerichtet, nur nicht auf ihn.

Verdammt, diese Tüchtigkeit, die die Weiber sich immer wieder erlauben konnten, wie er die verabscheute. Ein Sohn hätte einfach die Arbeit erledigt, sie aber flehte durch den krummen Rücken und die kleinen Keuchgeräusche um Anerkennung.

Das Sofa war unter ihm hart wie Beton. Er erinnerte sich an das Sofa aus seiner Kindheit zu Hause, das war, wie in fernen Reichen zu versinken, aber alle Sofas, die es in den letzten Jahrzehnten zu kaufen gab, waren nur steinhart und fesch und modern und hoffnungslos als Unterlage genau wie dieses. Die Armlehnen waren zu allem Überfluss aus Teak, und er war nie dazu gekommen, Sofakissen zu kaufen, er legte sich ja fast nie hierhin, sondern ins Bett, wenn er sich ausruhen wollte.

Die Zeitung war noch immer ein bisschen feucht. Dass der Zeitungsbote aber auch nie seine Arbeit richtig tun und sie in den dritten Stock bringen konnte? Stattdessen warf er alle auf einen Haufen unter die Briefkästen. Die anderen im Haus holten sich morgens die Zeitung, entweder die Männer oder die Frauen, wenn die Männer sich zur Arbeit verzogen hatten, aber er hatte morgens so wenig Zeit, dass er es nicht über sich brachte, die Treppen nach unten und wieder hoch zu rennen. Nina brachte die Zeitung mit hoch, wenn sie aus der Schule kam, und natürlich hatte bis dahin die gebärfreudige Person aus dem Parterre gleich mehrmals ihren schmutzigen und nassen Kinderwagen darüber geschoben. Man sollte glauben, dass eine frischgebackene Mutter eine einzelne Zeitung aufheben und sie ordentlich vor die Wand legen könnte, aber nein.

Er wollte auch nicht über den Vietnamkrieg in allen Varianten lesen, sondern blätterte gleich weiter zur Schachkolumne »Weiß zieht und gewinnt«. Er starrte die zwei weißen Springer an, die bestimmt die Sache regeln würden, zusammen mit dem weißen König, der mit einem Feld Zwischenraum dastand und dem schwarzen den Weg versperrte. Aber der schwarze Turm war die eigentliche Gefahr, wie er da am Rand seiner Domäne hinter seinem König über die ganze Linie regierte.

Das war verzwickt.

Beide Königinnen waren wohl schon längst von der Bahn gefegt. Er zog immer Schachaufgaben vor, in denen die Königinnen ausgeschaltet waren. Er ließ die Zeitung auf seine Brust sinken, er musste sich die Sache ein wenig überlegen, während er für einen Moment die Augen schloss. Das Gehirn arbeitete immer am besten, wenn man nicht direkt in den Fragen herumstocherte wie in offenen Wunden.

Die Lehne aus Teak bohrte sich in seinen Nacken. Ein Mannsbild konnte keine Sofakissen kaufen, er würde die Mutter darum bitten müssen. Das würde sie überglücklich machen, zu Hause wimmelte es doch nur so von bestickten Kissen auf Sofas und Sesseln, und jedes Einzelne davon hatte sie selbst hergestellt zusätzlich zu denen, die sie am laufenden Band für die Madagaskar-Mission produzierte. An Kissen würde es nicht mangeln, wenn er fragte.

Er hatte sie schon lange nicht mehr angerufen, und sie rief ihn nicht mehr in der Schule an. Sie wusste, dass es ihn rasend machte, von einem Kollegen zu hören: »Deine Mutter ist am Telefon, was hast du denn jetzt schon wieder ausgefressen?« Aber sie nörgelte so verdammt viel, wenn sie sich trafen, deshalb schob er Besuche bei seinen Eltern immer wieder vor sich her. Und wenn er sie im Pfarrhaus von Rissa anrief, wo sie sich mit Totenscheinen und Trauscheinen amüsierte, konnten sie kein normales Gespräch führen, ohne dass es mit dem Wunsch nach einem Besuch endete. Sie nahm immer Nina als Vorwand, Nina *brauche* sie, was für ein Unsinn. Nina ging es ausgezeichnet, sie war in Mathematik garantiert die Beste auf der ganzen Schule. Wenn sie ein Junge wäre, würde er ihr Schach beibringen. Sie würde garantiert der perfekte Schachspieler werden.

Aber er konnte nicht gegen ein Mädchen Schach spielen, schon gar nicht gegen seine eigene Tochter. Die bloße Vorstellung, von ihr geschlagen zu werden ... Da war es schon besser, sie mit immer kniffligeren Aufgaben zu konfrontieren. Dabei musste er sich auch selbst auf die Probe stellen. Er öffnete die Augen, verfluchte die verdammte Armlehne und lauschte auf die Geräusche aus der Küche. *Geschäftig.* Die Waschmaschine polterte, und die Trommel drehte sich, zusammen mit den Geräuschen von Tassen und Tellern und Gläsern und Besteck, das gegeneinander klirrte. Drei Eimer Wasser hatten offenbar gereicht.

Sie war erst sieben armselige Jährchen alt gewesen, als ihm aufgegangen war, in welche Richtung es bei Nina mit der Mathematik ging. Sie hatte geweint, weil sie sich auf dem Heimweg von der Schule das Knie blutig geschlagen hatte, und um sie abzulenken, hatte er ihr eine ganze Krone versprochen, wenn sie alle Zahlen von eins bis hundert auf eine kluge Weise zusammenzählen könnte. Sie hörte sofort auf zu weinen und sah ihn aus kugelrunden, triefnassen Augen an, dann hinkte sie ins Badezimmer, um nur wenige Minuten später »fünftausendfünfzig« zu rufen.

Er würde nie vergessen, wie er mit der Zigarette dagesessen hatte, ohne daran zu ziehen, bis die Asche von selbst heruntergefallen war. Er war ins Badezimmer gegangen und hatte sie gefragt, wie sie das ausgerechnet habe. Und sie hatte wahrheitsgemäß geantwortet, wenn man alle Zahlen an beiden Enden der Zahlenreihe addierte, bekomme man jedesmal hunderteins. Und das müsste sich doch fünfzigmal wiederholen. Und fünfzig mal hunderteins ergebe fünftausendfünfzig.

Er wusste noch, wie ihm die Hände gezittert hatten, als er ein Pflaster aus dem Badezimmerschrank nahm und es ihr gab. Carl Friedrich Gauß war schon acht gewesen, als er seinem Lehrer dieselbe Antwort gegeben hatte, weil der Lehrer den anstrengenden Schüler beschäftigen wollte. Aber genau wie Nina hatte er die Lösung erkannt. Gauß, der als Fürst der Mathematik galt.

Wenn sie doch nur ein Junge wäre.

Er glitt in den Schlaf und wieder heraus, sein Nacken spürte nur noch aufdringliches Unbehagen. Ihn mit einer Tochter allein zu lassen, war Annas letzte Handlung gewesen. Oft, anfangs fast jeden Tag, hatte er sie gerade deshalb gehasst, es hatte die Trauer fast überschattet. Zu allem Überfluss hatte er auf Kosten der Stadt ein Frauenzimmer einstellen müssen, das sich »Hausfrauenvertretung« nannte und das Milchpulver in heißes Wasser rührte, das kleine Wurm damit fütterte und alle Eimer mit weißen Stofffetzen füllte, die eingeweicht und gekocht und gewaschen werden mussten, ehe sie abermals Ausscheidungen aufnehmen konnten.

Wenn sie schon bei etwas so einfachem wie einer Geburt hatte sterben müssen – etwas, das Frauen überall auf dem Erdball tadellos und sozusagen ununterbrochen zustande brachten –, dann war das Ergebnis ihrer letzten Tat auf Erden auch noch ein Mädchen gewesen. Er war davon überzeugt, dass bei einem Jungen alles einfacher gewesen wäre, sogar die Windelfetzen. Jungen wussten, wann sie aufs Klo mussten, die machten sich nicht in die Hose.

Das Wasser reichte nicht für Gläser und Teller. Und sie wollte nicht mehr Wasser holen, sie hatte die spitzen Augen des Vaters gespürt, als sie mit dem Eimer durchs Wohnzimmer gegangen war. Seine Augen konnten so unterschiedlich sein und sich so schnell ändern. Das gefiel ihr so gut an Barbie und auch an Ken, deren Augen blieben die ganze Zeit absolut gleich.

Rasch schaute sie an der Schiebetür vorbei, um zu sehen, ob er schlief. Er hatte die Augen geschlossen, atmete aber normal: Er schlief nicht. Sie hielt Ausschau nach seiner Aktentasche, und da stand sie, vor der Wand neben dem Heizkörper unter dem Küchenfenster. Sie sah, dass die Tasche ausgebeult war. Nicht nur dick und flach, sondern richtig ausgebeult, also hatte er Globoid gekauft. Wenn er vergaß, die Schachtel ins Badezimmerregal zu stellen, würde sie eben wachliegen müssen, bis er schlafen ging. Dann könnte sie aufstehen, ins Badezimmer gehen und so tun, als ob sie pinkeln müsste. Dabei goss sie ein wenig Wasser in ihren Zahnbecher und schüttete das langsam ins Klo, ehe sie abzog. Es klang ganz richtig, genau wie Pinkeln.

Die Waschmaschine hatte das erste Wasser abgepumpt, das mit der Seife. Jetzt müsste der Spülgang kommen. Aber dann könnte sie doch das Spülwasser für das Geschirr nehmen? Das war eine gute Idee. Als der erste Guss kam, stand sie mit einem Stapel Essensteller bereit und ließ das graue Wasser über und zwischen die Teller laufen, ehe sie sie umgedreht auf die Anrichte legte. Beim nächsten Guss stand sie mit den Gläsern da, und Messer und Gabeln hatte sie in das Ausgussbecken gelegt. Das ging sehr gut, sie freute sich über diese Lösung für ein verzwicktes Problem, es war, wie das Klo des Hausmeisters zu benutzen oder Kleider im Badezimmer zu waschen und über Nacht auf den Heizkörper zu hängen.

»Ist die Wäsche bald fertig?«, rief er aus dem Wohnzimmer, und in seiner Stimme lag eine Spur von Schlaf.

»Bald!«

Rasch brachte sie Gläser und Besteck auf die Anrichte, sie ahnte schon, dass ihm das mit dem Spülwasser nicht gefallen würde, wenn er dahinterkäme. Das Geschirrtuch war schmutzig, sie hätte es in die Waschmaschine stecken müssen. Auch den Wischlappen hatte sie vergessen. Frau Salvesen weichte Wischlappen und Geschirrtücher in Chlorin ein, sie sagte, dann würden sie sauberer als mit der Waschmaschine. In ihrer Küche roch es dann wie im Schwimmbad. Ab und zu kochte sie die Lappen in einem riesigen Topf, den sie »Wäschebottich« nannte.

Es half, die erwachsenen Frauen zu beobachten. Aber einen so großen Topf könnte sie nie im Leben allein hochheben.

Der Vater kam in die Küche, seine Haare klebten am Hinterkopf.

»Können wir Chlorin kaufen, Papa?«

»Warum das denn?«

»Es ist gut, wenn man das in der Küche hat. Für Spüllappen und so was. Die werden dann sehr sauber.«

»Das weiß ich. Chlor desinfiziert. Chlor tötet alle Bakterien ab genau wie Hitze. Das ist die pure Chemie.«

»Weißt du auch ganz viel über Chemie, Papa?«

»Nicht ganz viel. Aber auch nicht ganz wenig. Jetzt müssen wir mangeln. Stell dich hin.«

Sie lief in den Verschlag, holte die große Bütte und roch ganz schnell daran, als sie zurücklief. Es roch so gut, kaltes Metall und Seifengeruch. Sie quetschte sich zwischen Waschmaschine und Wand, hielt die Bütte mit ausgestreckten Armen vor sich hin und presste sie auf den kleinen dreieckigen Platz auf dem Boden. Da war es sehr staubig, der Staub würde an der Bütte hängenbleiben, wenn sie die nachher aufhob. Sie strich ihn ganz schnell mit den Fingern weg.

»Jetzt kommt das Erste«, sagte er.

Das Wasser klatschte in die Bütte, als er das erste Handtuch durch die Rollen presste und zu einem flachen weißen Streifen aus fast trockenem Stoff zusammenquetschte. Sie nahm es entgegen, das Handtuch sah aus wie ein langer Wurm. In ihrer engen Ecke war kein Platz zum Ausschütteln, und der Vater schüttelte die Sachen sowieso nie richtig aus, bevor er sie zum Trocknen aufhängte, wie die Frauen das machten. Deshalb waren ihre Handtücher immer ein wenig eingeschrumpft. Wenn sie eines Tages zu den Wäscheleinen hochreichte, würde sie die Handtücher ausschütteln, bis sie ganz glatt wären. Und auch die Bettwäsche.

Die Hauswirtschaftslehrerin in der Schule hatte den älteren Kindern gesagt, Handtücher und Bettwäsche müssten gebügelt werden, ja, alles, was Hitze vertrug, müsste gebügelt werden. Aber sie hatten gar kein Bügeleisen. Die Hemden des Vaters waren alle kariert, da sah man die Knitter nicht so richtig. Und Tischdecken hatten sie nicht. Das einzige Mal im Jahr, wo das Bügeln wirklich wichtig war und wo sogar in den Illustrierten, die sie bei Irene lesen durfte, darüber geschrieben wurde, war der Nationalfeiertag am 17. Mai. Dann sollten die Kleider »gepresst« werden. Das hieß nicht, dass sie zusammengepresst wurden wie die nassen Sachen in der Mangel, sondern dass man einen feuchten Lappen zwischen Kleider und Bügeleisen legte, während man die Trachtenhemden und Männerhosen und Trachtenschürzen und Schleifen in den norwegischen Farben bügelte. Aber dann waren sie immer bei den Großeltern, weil der Vater es am 17. Mai zu Hause nicht aushielt. Er sagte immer, wie froh er sei, dass er Fachlehrer war und nicht Klassenlehrer, so dass er nicht »wie sonst ein Idiot« mit seinen Schülern im Festzug mitmarschieren müsste. Und bei den Großeltern gab es keinen Festzug, es gab nur Zuckereier und Sahnetorte mitten am Tag, und die Großmutter trug immer eine wunderschöne Brosche aus Silber mit der norwegischen Flagge in der Mitte, eine Art Metallfahne. Die Großeltern und der Vater hatten »den Krieg erlebt«, deshalb redeten sie am 17. Mai den ganzen Tag über den Krieg. Es machte Spaß, ihnen zuzuhören, es war fast wie ein Märchen. Und es war ein seltsamer Gedanke, dass der Vater einmal ein kleiner Junge gewesen war und dass die Großeltern damals seine Eltern gewesen waren.

Sie hatten auf der kleinen Rasenfläche vor dem Haus eine hohe weißgemalte Fahnenstange. Dort hisste der Großvater die Flagge immer ganz früh am Morgen, ehe sie und der Vater mit dem Bus kamen. Die Großmutter bügelte die Flagge schon am Vorabend. Vielleicht »presste« sie sie sogar?

»Wollen wir die Betten nicht neu beziehen, Papa?«

»Nein.«

»Das ist aber schon ganz schön lange her.«

»Nein, habe ich doch gesagt! Zwei Maschinen reichen ja wohl für einen Abend.«

Sie musste die Bütte mit den weißen Würmern und den kleinen weißen Keksen, zu denen die Unterhosen des Vaters geworden waren, hochheben. Er nahm sie und verschwand damit im Wohnzimmer. Sie hörte seine Schritte in der Diele, hörte, wie er die Kommodenschublade nach dem Beutel mit den Wäscheklammern durchwühlte, dann die Wohnungstür, die hinter ihm zufiel. Sie quetschte sich aus der Ecke hinter der Waschmaschine hervor und lief zum Kühlschrank, um einen Klumpen Marmelade aus dem Glas zu fischen, bevor sie alle bunten Kleider in die Maschine steckte.

Der Geschmack von Preiselbeeren füllte ihre Mundhöhle, sie stand ganz still und mit geschlossenen Augen da, während sie ihr Bewusstsein bis zum Rand von jedem kleinsten Bestandteil des Geschmacks füllen ließ, bitter und süß und scharf dunkelrot. Sie merkte, dass ihr Herz ganz schnell schlug. Es war ein richtig schöner Tag geworden, und morgen würde es Omelett geben! Sie wollte auch noch mehr an den 17. Mai denken, es dauerte ja nicht mehr so lange. Sie aßen immer Schweinebraten, ehe sie mit dem Bus nach Hause fuhren, das war das leckerste Essen auf der Welt. Heiße Kartoffeln, die unter einem sauberen, gebügelten Geschirrtuch ruhten, bis sie sich zum Essen hinsetzten, und Soße und Erbsen zusammen mit dem warmen, braunen Fleisch. Die Soße schmeckte ein wenig süß, und die Erbsen waren sogar sehr süß. Es war so seltsam, dass braunes und grünes Mittagessen süß sein konnte, Mittagessen schmeckte sonst doch immer salzig. Und zum Nachtisch gab es den Rest der Sahnetorte, das war ganz phantastisch. Sie öffnete die Augen, schluckte den letzten kleinen Geschmack der Marmelade hinunter.

Sie könnte doch Geschirrtuch und Lappen zusammen mit diesen Sachen waschen? Die mussten bei sechzig Grad gewaschen werden, reichte das, um den Lappen ganz sauber zu machen? Vermutlich nicht. Und wenn er das Chlorin vergessen würde, könnte sie anbieten, in den Laden zu gehen. Vielleicht dürfte sie dann auch Klopapier und rosa Lux-Seife kaufen, sie hatten von beidem nicht mehr viel. Frau Salvesen klebte den letzten kleinen Rest des alten Seifenstückes immer an das neue, das war so schön. Einmal hatten sie eine große neue grüne Seife mit einem kleinen rosa Stück an der Seite, ein andermal war die größere Seife hellblau und oben klebte ein kleiner weißer Rest Altseife. Wenn sie eine rosa Seife kaufen dürfte, würde sie versuchen, es so zu machen wie Frau Salvesen. Sicher brauchte sie nur zu warten, bis beide Seifen ganz nass wären, die kleine und die große, dann müsste sie sie fest aufeinanderpressen und sie drehen und unter heißem Wasser reiben, bis sie ganz sicher war, dass sie jetzt endlich aneinanderklebten. Ja. Das mit dem Chlorin würde sie erst wieder erwähnen, wenn der Vater morgen von der Arbeit kam und schon eingekauft und das Chlorin ganz sicher vergessen hatte.

Sie hörte seine Schritte auf den beiden letzten Treppen. Er schloss die Tür ab, als er hereingekommen war. Sie wusste sehr gut, dass er sie nicht aussperrte, wenn er das tat. Er sperrte sich selbst ein. Aber sie begriff nicht, warum. Das war eins der Dinge, nach denen sie ihn oft fragte, in ihren Gedankengesprächen. Dann antwortete er, er habe Angst vor Dieben. Aber was könnten die denn mitnehmen, überlegte sie. Die Betten? Die Kochtöpfe? Den Herd? Sie hatten keine Bilder an der Wand und nur ihre eigenen Kleider, warum also hatte er Angst vor Dieben? Sie begriff das nicht.

»Verdammt.«

»Ich hab die restlichen Kleider schon reingelegt«, sagte sie.

»Verdammtes Weiberpack! Stehen da und kommentieren die *Dicke* meiner Handtücher! Kichern und behaupten, sie könnten die Zeitung da durch lesen! Ich werde so ein Gestell kaufen, das man auseinanderklappen kann, und das kann dann mit der Wäsche auf dem Balkon stehen. Ich hab, verdammt noch mal, keinen Nerv mehr, mich mit den verdammten Weibsbildern und der Wäsche herumzuärgern, wenn ...«

»Waren das viele?«

»Die leihen sich doch gegenseitig die Wäscheleinen! Meine Leine ist ganz rechts, das steht deutlich auf der Stange, 4 b steht da. Und dann komme ich nach unten, und da hängt, verdammt noch mal, alles Mögliche, Knüpfteppiche und Wolldecken, und natürlich reiße ich das runter und werfe es auf den Kies. Niemand hat mich um Erlaubnis gebeten, meine Leine zu benutzen! Frau Rudolf und Frau Åsen und Frau Larsen und Frau Du-kannst-mich-mal, die stehen da und rauchen und machen sich mit den Wäscheklammern wichtig und plappern, plappern, plappern! Scheiße!«

»So ein Gestell wäre schön, Papa.«

Eigentlich wusste sie jedoch, dass im großen Trockenschrank Platz genug für alles wäre, wenn sie nur öfters waschen würden. Der Schrank reichte doch fast bis an die Decke und hatte vier kleine Etagen mit quer gespannten Leinen.

»Aber Scheiße, dass die sich in alles einmischen müssen!«

»Frauen sind eben anders, Papa.«

Er holte tief Luft, schloss für zwei Sekunden die Augen und schaute auf sie herab. Er sah eigentlich nicht böse aus, sondern vor allem traurig. Er tat ihr auch leid, alle anderen Männer hatten Frauen, die diese Frauensachen für sie erledigen konnten.

Er versuchte zu lächeln, aber das gelang ihm nicht. Er wusste, er hätte es schaffen müssen, es war ein seltsames und überraschendes Gefühl, dass sie ihm plötzlich ein wenig leidtat. Vielleicht weil sie so erschöpft aussah und so klein war. In einem oder schon in einem halben Jahr würde sie die Kleider an die Wäscheleine hängen können, man wusste doch nicht, wie schnell so ein Mädchen in die Höhe schoss, er musste die Daumen drücken. Ein aufklappbares Gestell für den Balkon könnte absolut eine Lösung sein, aber er würde es schrecklich finden, wenn seine Kleider zur allgemeinen Belustigung vor seinem Wohnzimmer hingen.

Das Mädchen war überall nass, sogar ihre Haare, was zum Teufel hatte sie nur angestellt?

Gespült natürlich, Tassen und Teller und Besteck. Oh verdammt, wie er diese Scheißweiber hier im Treppenhaus hasste, selbstgerechte Besserwisserinnen, die sicher für die eigenen Ehemänner nicht die Beine breitmachten, sondern mit einer Zigarette zwischen den Fingern dalagen und alles darauf schoben, dass sie von der Hausarbeit müde wären.

Anna hatte das nie getan.

Mit ihr war es immer so schön unter den Decken gewesen. Und dann hatte sie ihn im Stich gelassen und war gestorben. Als ob der Teufel sich hereingeschlichen und sie an sich gerissen hätte. In seiner großen Freude hatte er die Tür weit offenstehen lassen, aus purem Glück, und um alle an seinem Glück teilhaben zu lassen, denn es war fast nicht zu fassen gewesen. Die schöne Anna mit dem blanken Bauch und einem trampelnden Leben hinter der gespannten Hautschicht, und dann starb sie einfach. Und er hatte der Welt nichts mehr zu zeigen.

Er spürte am ganzen Leib, dass er seinen Mittagsschlaf nicht gehalten hatte. Es schien auch viele Jahre her zu sein, dass er eine Nacht mit richtigem Schlaf hinter sich gebracht hatte. Verdammt. Wenn er nur ein wenig entkommen könnte, einfach nur existieren. Nicht mehr fühlen oder denken. Das Mädchen könnte im Sommer einige Wochen bei seinen Eltern in Rissa verbringen, und er würde wegfahren, um zu sich zu kommen. Weit weg von Klassenarbeiten, die korrigiert werden mussten, weit weg vom Dasein als Witwer mit einer Tochter und Weibsbildern, denen er leidtat. Ihm war ja klar, dass sie Mitleid mit ihm hatten, auch wenn sie lachten und über dünne Handtücher redeten. Vielleicht sollte er am nächsten Tag nach der Arbeit in einen Laden gehen und Handtücher und Kissen kaufen, es einfach hinter sich bringen. Vor aller Augen teppichdicke Handtücher aufhängen, damit sie an ihrer Kritik erstickten, damit sie sahen, dass er wusste, was er tat.

»Dann weiter mit der nächsten Runde«, sagte er und legte den Deckel auf den bunten Kleiderhaufen in der Wäschetrommel.

»Ich kann inzwischen das Geschirr abtrocknen und einräumen. Willst du dich aufs Sofa legen?«

»Nein. Wie geht es übrigens mit dem Winkel?«

»Dem Winkel?«

»Zwanzig Grad.«

»Das ist doch lange her«, sagte sie.

»Du hast aufgegeben?«

»Nicht aufgegeben, aber... Das geht doch nicht, Papa.«

Er steckte sich eine Zigarette an. Der Raum war erfüllt von den Geräuschen der Waschmaschine, die Trommel bewegte sich hin und her, und der Deckel zitterte. Verdammt, sie war so klein und dünn. Es war nicht zu fassen, dass dieser kleine Körper, dieser kleine Kopf so viel begriff. Es war unmöglich, einen Winkel von zwanzig Grad zu konstruieren, trotzdem hatte er sie dazu aufgefordert, nachdem er ihre mathematische Begabung erkannt hatte. Er selbst hatte als Junge auf der Realschule Wochen mit diesem Versuch zugebracht.

»Es geht einfach nicht mit Zirkel und Lineal, Papa.«

»Wenn du zwei Punkte auf einem Lineal hast und das gleiten lässt... zwei Zielpunkte.«

»Aber das wäre Pfusch.«

»Ja. Sogar die alten Griechen haben es mit diesem Trick probiert.«

»Es wäre Pfusch. Das geht nicht.«

Sie stopfte das Geschirrtuch in ein Glas und drehte es um, dann streckte sie die Hand zum Schrank hoch und stellte die Gläser vorsichtig nebeneinander hinein, er rauchte und sah ihr zu. Die Zigarette war gut und stark, richtig trocken. So gefiel es ihm, die Packung hatte zu lange im Laden gelegen, und Tabak rieselte von der Spitze, als er sie anzündete. Er wollte zurück zum Kiosk gehen und die restlichen Packungen kaufen, er hasste frische und feuchte Zigaretten, dann musste man daran ziehen, bis das Zwerchfell wehtat. Vielleicht sollte er mit dem Selberdrehen anfangen. Er könnte einen ganzen Stapel drehen und in den Trockenschrank legen. Ja, das war eine gute Idee.

»Du hast ganz recht. Es geht nicht. Denk an den Kreis. Die alten Ägypter haben versucht, die Quadratur des Kreises zu definieren. Unmöglich. Krumme Linien sind die Hölle. Die Quadratur des Kreises ist unlösbar.«

»Radius und Diameter sind ja...«

»Sicher. Sicher. Aber... warte mal. Ich denke gerade an etwas ganz anderes.«

Ihr fielen zwei Gabeln auf den Boden, und sie hob sie ganz schnell auf. Ihre Füße in der Strumpfhose malten kleine dunkle Flecken auf das blaue Linoleum, wenn sie hin und her lief, eifrig und tüchtig. War er nicht ein guter Vater? War er das nicht? Doch, dachte er, das bin ich. Sie machte einen glücklichen Eindruck. Im Moment ein bisschen müde, aber glücklich und eifrig.

»Jetzt hör mal zu«, sagte er.

Das war das Signal. Das wussten sie beide. Sie stellte sich vor ihm auf, hielt dabei mehrere Teelöffel in der linken und ein schmutziges Geschirrtuch in der rechten Hand. Alles an ihr war nass: Haare, Kleider, was sie in der Hand hielt, das ganze Mädchen tropfte vor Arbeitseifer, und jetzt würde sie herausgefordert werden hinter der blanken kleinen Mädchenstirn. Er konnte sich ein Lächeln nicht verkneifen. Es war unglaublich, wie sie alle anderen Aufgaben vergaß, wenn er die magischen Worte sprach: »Jetzt hör mal zu.«

»Ja?«, fragte sie.

Die Teelöffel tropften auf den Boden.

»Vielleicht solltest du erst fertig abtrocknen?«

»Nein.«

»Na gut.«

Er zog energisch an der Zigarette, ging zu den Küchenfenstern und blies den Rauch dagegen, schaute hoch zum Himmel, der von blassem Aprilblau war, hörte, dass sie sich hinter ihm überhaupt nicht bewegte. Aber vermutlich tropfte es noch immer von dem Besteck, das sie in der linken Hand hielt.

»Zehn Menschen. Zehn Bananen. Die sollen sie teilen. Das wäre natürlich eine Banane für jeden, wenn man es theoretisch berechnet. Aber was, wenn einer dieser zehn Menschen alle zehn Bananen an sich reißt? Wie fängt man das mathematisch auf?«

»Einer, der alle zehn nimmt?«

»Ja.«

»Da ist ungerecht«, sagte sie.

»Sehr ungerecht.«

»Dann teilen sie doch gar nicht.«

»So ist die Welt. Das kann vorkommen.«

»Aber ...«

»Das heißt Statistik«, sagte er. »Und es ist gerade total aktuell, über den Durchschnitt zu sprechen. Wenn es zum Beispiel um Fernseher geht. Wie viele Fernseher sind verkauft worden, und wie viele Menschen leben in Norwegen? Dann spricht man darüber, wie viele Fernseher sich durchschnittlich im Land befinden.«

»Aber niemand hat zehn Fernseher.«

»Jetzt stellst du dich dumm. Hör mir doch zu. Wie stellt man in Zahlen dar, dass das mit dem Durchschnitt eine total unbrauchbare Information über die Wirklichkeit ist, wenn wir nur diese Durchschnittszahl hören?«

»Dann ... dann muss man ausrechnen ... wie ...«

Er stand ganz still da. Ihm fehlten die winterliche Dunkelheit und sein eigenes Spiegelbild, wenn er so dastand und rauchte.

»... dass das für alle, die von all den Bananen oder Fernsehern nichts abgekriegt haben, ganz anders ist. Wo die doch gedacht haben, sie würden auch etwas kriegen.«

Sie hatte es begriffen. Ganz intuitiv hatte sie das Prinzip der Standardabweichung erfasst.

Anna, dachte er. Anna, wenn wir dieses kleine Wundertier doch nur zusammen erleben könnten, dann würde ich mich sogar trauen, ihr Schach beizubringen.

Die Globoid-Schachtel lag im Badezimmerschrank, sie war so erleichtert. Im Trockenschrank waren alle Wäscheleinen gefüllt, und sie hatten zwei Hosen des Vaters über die Tür zwischen Wohnzimmer und Diele gehängt. Sie schluckte mit lauwarmem Wasser aus dem Hahn zwei Tabletten hinunter, putzte sich die Zähne, zog sich aus und legte sich ins Bett unter die Decke. Die war eiskalt und alles andere als sauber. Zehn Bananen. Einer nahm alle. Das war ungerecht, aber eigentlich auch wieder egal. Das war eben Mathe.

Zehn Bananen. Einer nahm alle. Während man geglaubt hätte, jeder würde eine bekommen.

Ihr Kopf wurde ruhig, sie wusste genau, wie lange das dauerte, nachdem sie die Tabletten geschluckt hatte. Es war so schön. Wie eine kleine Kuschelstunde zwischen den Tabletten und dem Schlaf. Zehn Bananen. Und vor dem Einschlafen dachte sie immer an Peggy-Anita Foss und ein wenig an Frau Salvesen. Aber vor allem an Peggy-Anita Foss. Wenn sie doch nur so sein könnte wie sie. Oder *sie* sein könnte, eine Erwachsene, die selbst bestimmen durfte. Oder Barbie, aber ohne Ken. Jetzt hingen überall saubere Kleider und Handtücher. Das war ein schöner Gedanke, alles war sauber, Kleider und Gläser und Messer und Gabeln. Und morgen würde sie Chlorin kaufen und rosa Seife und Klopapier, ja, das würde sie, ja, das würde sie, vielleicht. Es würde Omelett geben. Die anderen neun, die keine einzige Banane bekamen, mussten doch wohl auch eine Art Durchschnitt haben? Das würde sie schon noch herausfinden.

Dann bekommst du Zuckerzeug und Scho-ko-lade

Sie fand es schön, den Küchenboden zu bohnern, sie stand gern barfuß vor dem großen blauen Meer, das von Schritten und Verschleiß matt geworden war, um es dann mit klarem Bohnerwachs zu bedecken und zu sehen, wie bei jedem Strich mit dem Schrubber die blaue Farbe stärker und klarer hervortrat. Sie hatte mit Bindfaden ein Geschirrtuch am Schrubber befestigt. Aber zuerst wurde der Boden mit Salmiak geputzt und zweimal gespült. Dadurch wurde er richtig entfettet, und das Bohnerwachs haftete viel besser und hielt länger.

Alle anderen bohnerten ihren Boden vor Weihnachten, aber das tat sie nie, denn dann war es draußen und drinnen so dunkel, dass doch niemand etwas merkte. Aber wenn das Licht zurückkehrte, stellte sich auch der Drang ein, es in der Wohnung von Grund auf sauber und schön zu haben. Sie hatte schon die Decken in jedem Zimmer gesäubert mit einem Lappen und einem Besen. Die Decken waren aus bemaltem Beton und wurden ein wenig fleckig, aber eben doch sauber. Wenn die Böden fertig wären, würde sie mit den Fenstern anfangen, nicht nur draußen und drinnen, sondern auch von innen. Dafür mussten sie mit dem Schraubenzieher geöffnet werden, und Steingrim freute sich immer so, wenn er nach Hause kam und sah, dass sie das allein geschafft hatte. Er nannte es Männerarbeit. »Nein, Männerarbeit ist es, Reifen zu wechseln und unter der Decke meine Zehen zu wärmen«, sagte sie dann immer.

Sie machte eine so große Sweetmint-Blase, dass sie nicht mehr richtig sehen konnte. Die Blase platzte und klebte ihr an Oberlippe und Nase. Sie lachte ein wenig über sich selbst, als sie das Kaugummi losriss und wieder in den Mund stopfte, ehe sie den letzten Rest Boden in der Diele bohnerte.

Das Radio war voll aufgedreht, sie summte zu »500 miles away from home« und richtete sich gerade auf. Ihr Kreuz tat weh, offenbar war Tante Rosa im Anmarsch. Sie schaute an ihren Oberschenkeln hinunter, aber noch schien alles dicht zu sein. Dann hatte es auch in diesem Monat wieder nicht geklappt. Sie hätten ein Weihnachtskind bekommen können, rechnete sie rasch aus.

Sie wollte nicht traurig sein, sie war ja daran gewöhnt. Und eigentlich, wenn sie nach einem oder zwei Cognac-Soda laut mit sich selbst vor dem Badezimmerspiegel sprach, fehlte ihr das Kind auch nicht. Sie war so gern allein zu Hause, wenn Steingrim unterwegs war. Er sagte immer, wenn sie ein Kind bekämen, würde er sich in der Stadt eine Stelle suchen, und das würde bedeuten, dass sie *nie wieder* allein zu Hause sein würde, *bis an ihr Lebensende*.

Sie hielt den Behälter mit dem Bohnerwachs unter den Schrubber, damit es nicht tropfte, trug alles ins Badezimmer und stellte es in eine Ecke, dann stieg sie in die Badewanne und drehte die Dusche am blauen Hahn voll auf. Kaltes Wasser brauste über Haare und Körper, sie stellte sich mit nach oben gerichtetem Gesicht unter den Duschkopf, das war die Belohnung.

Sie ließ das kalte Wasser mehrere Sekunden lang strömen, dann drehte sie auch das heiße auf und griff nach der Seife. Als sie sich am ganzen Leib eingeseift hatte, gab sie ein wenig Loxene in ihre Hand und rieb die Haare damit ein. Sie blieb unter dem Wasser stehen, bis es lauwarm wurde, es spielte keine

Rolle, ob der Tank leer war. Er heizte sich innerhalb weniger Stunden wieder auf, und sie hatte vor, sich mindestens genauso lange gemütlich hinzusetzen.

Draußen schien wunderbar die Sonne. Und sie wärmte auch schon sehr gut. Gott, wie sehr sie die Sonne liebte.

Sie zog ihren Morgenrock an, wickelte sich ein Handtuch um die Haare und schob die Füße in die Frotteepantoffeln. Schon vorher hatte sie ein Tablett vorbereitet und auf den Beistelltisch im Wohnzimmer gestellt, da sie erst in zwei Stunden die Küche wieder betreten konnte. Eine Thermoskanne mit frisch gekochtem Kaffee, eine Tasse mit einem Schuss Sahne, zwei Scheiben Weißbrot mit italienischem Salat, den Aschenbecher und die Zigaretten, einige Illustrierte und die Dose mit der Niveacreme. Sie trug das Brett auf den Balkon. Vielleicht wäre ein Cognac-Soda jetzt gut. Das gönnte sie sich durchaus bisweilen, wenn sie allein war und den Tag für sich hatte. Zwei Cognac-Soda und zu wunderschöner Musik im Radio tanzen. Dann fiel ihr ein, dass sie weder Soda noch Selters im Haus hatte, und wenn sie es gehabt hätte, dann wären die Flaschen in der Küche, die jetzt Sperrgebiet war. Der Cognac stand im Barschrank im Wohnzimmer, aber Cognac trank sie nicht pur, jedenfalls nicht mitten am Tag. Also würde es wie geplant Kaffee auf dem Balkon geben. Der Balkon war schon vom Winterstaub befreit worden, und auch die beiden Stühle und den kleinen Tisch hatte sie mit grüner Seife gesäubert. Es war so schön, im dritten Stock zu wohnen. Niemand konnte zu ihr hereinschauen, alle anderen wohnten unter ihr, und weder Herr Karlsen von gegenüber noch seine Tochter waren oft auf ihrem Balkon. Nur die Kleine saß dort manchmal im Sommer auf einem Küchenstuhl, fast vollständig angezogen, unscheinbar, ohne irgendetwas anderes zu unternehmen, als sie heimlich zu beobachten.

Sie merkte, dass der Betonboden ein wenig kalt war. Die Aprilsonne stand so tief, dass der Boden im Schatten lag. Vielleicht sollte sie einen Teppich auslegen, einen Flickenteppich, der Regen vertragen könnte. Der einzige Nachteil daran, im dritten Stock zu wohnen, war natürlich, dass sie keinen anderen Balkon als Dach über sich hatten.

Dann fiel ihr Tante Rosa ein, der Morgenrock war fast neu.

Sie lief ins Badezimmer, befestigte eine Binde am Hygienegürtel und legte ihn sich um den Bauch. Sie sollte wohl auch noch eine Unterhose anziehen, damit Binde und Gürtel nicht verrutschten. Er würde sicher erst in fünf Tagen nach Hause kommen, bis dahin hatte Tante Rosa sich verzogen, das kam ihr wie gerufen. Es war so seltsam, über Frauen zu lesen, die Tante Rosa als Grund vorschützten. Frauen, die es offenbar nicht wollten. Aber das waren sicher solche Ehepaare, die es nie schafften, einander richtig zu vermissen so wie sie und Steingrim.

Sie schloss die Augen in der Sonne und zündete sich eine Zigarette an, zog einige Male daran, ehe sie sich Kaffee einschenkte. Dann legte sie die Zigarette auf den Rand des Aschenbechers, öffnete die Cremedose und rieb sich einen Klecks kreideweißer Creme ins Gesicht, es roch nach Sommer.

Während der Geschmack von Kaffee und Weißbrot mit italienischem Salat sich in ihrem Mund vermischte, griff sie zur Zigarette und machte wieder die Augen zu. Sie hatte solches Glück, konnte einfach hier sitzen und die Sekunden genießen, *ihren* Tag und *ihre* Tätigkeiten in *ihrem* Tempo genießen. Nie, nie, nie wollte sie so leben wie ihre Mutter. Denn wenn sie und Steingrim eines Tages ein Kind machen könnten, würde das eine reichen. Sie hoffte, es würde ein Junge, damit auch Steingrim fände, eins reiche. Die Mutter hatte erst aufgehört, als sie am

Esstisch sieben runde Gesichter hatte sehen können, dazu das des immer gleich schlecht gelaunten und strengen Vaters.

Als einzige Tochter und Älteste mit sechs Brüdern war sie immer in die vielen Tätigkeiten ihrer Mutter, die nie ein Ende nahmen, einbezogen worden. Sie konnte sich nicht erinnern, dass die Mutter sich je den Luxus gegönnt hatte, einen Boden glänzend rein zu bohnern, um danach so wenig in der Küche zu tun zu haben, dass die geschlagene zwei Stunden leer stehen konnte.

Sie schaute auf das Gemeinschaftsgelände zwischen den Blocks, die Rasenflächen und die Gehwege und den Block gegenüber. Der kehrte ihr den Rücken und somit die Schlafzimmerfenster zu, die Balkons lagen auf der anderen Seite und schauten in dieselbe Sonnenrichtung wie ihrer. Die Kinder waren gerade aus der Schule gekommen und hatten die Ranzen in die Treppenhäuser gepfeffert. Ungefähr ein Dutzend Mädchen war mit Gummitwist und Himmel und Hölle beschäftigt, einige Jungen mühten sich mit einem Fußball und einer Fahrradpumpe ab. Hinten beim Altersheim machte eine weitere Gruppe von Jungen sich für eine Runde Messerwerfen bereit, sie hatten mit einem Zweig einen langen Strich in den Sand gezeichnet und schritten jetzt die Strecke ab, an deren Ende der Werfer stehen sollte.

Eine der Bewohnerinnen des Blocks gegenüber kam aus dem Aufgang B mit einem um den Kopf gewickelten Handtuch und mit einer weißen Papiertüte in der Hand, sie überquerte den Rasen, sicher wollte sie zu Frau Larsen, um sich die Haare machen zu lassen. Es war schon so spät, dass die Haare sicher nicht getrocknet und gelegt werden konnten, sondern nur gewickelt, um dann unter dem Kopftuch bis zum nächsten Morgen selbst zu trocknen.

Eigentlich hatte sie auch Lust, sich bei Frau Larsen einen Termin geben zu lassen, tat es dann aber doch nicht. Frau Larsen wirkte durchaus sympathisch, englisch und irgendwie anders. Aber die bloße Vorstellung, dort drinnen den Klatschbasen aus dem Haus zu begegnen, war ihr zuwider, auch wenn sie auf die anderen Hausbewohnerinnen durchaus neugierig war. Sie wusste kaum, wie die hießen, von den Nachnamen mal abgesehen. Diese Klatschbasen waren sicher allesamt Busenfreundinnen und redeten über sie.

Sie waren so *muttihaft*! Lag das daran, dass sie verheiratet waren oder dass sie Mütter waren? Aber Frau Åsen aus dem Erdgeschoss hatte keine Kinder und führte sich trotzdem auf wie eine Mutti, was Kleidung und Frisur anging. Formlose hässliche Kittelschürzen und strenge Erwachsenenfrisuren, Frau Larsen war ein bisschen die Ausnahme, aber auch sie machte sich nicht weiter hübsch. Waren ihnen ihre Männer wirklich dermaßen selbstverständlich? Dass sie es wagten…

Steingrim sah richtig gut aus, und täglich ging er in Läden und Großküchen ein und aus, war umgeben von Frauen, wohnte im Hotel und war als Handlungsreisender für den Moment frank und frei. Er erzählte, der Tonfall zwischen ihm und den Damen sei neckisch und scherzhaft, er kannte die meisten ja schon, und das sei ihm bei der Arbeit eine Aufmunterung. Sie fragte ihn nie, ob sie richtig flirteten oder ob er eine von diesen Damen zum Essen einlud. Er war zu ehrlich. Es war besser, keine Fragen zu stellen. Und er rief sie ja an, sooft er konnte. Ferngespräche waren teuer, deshalb nutzte er jede Möglichkeit, sie aus den Büros der Kunden anzurufen, auch wenn sie dann nur wenige Sätze wechseln konnten. Wo er gerade sei, und was für Wetter sie hätten, bei ihm und bei ihr. Sie ging deshalb jeden Tag um dieselbe Zeit einkaufen, um zwei, kurz bevor die Kinder aus der Schule kamen. Dann war es im Laden ziemlich ruhig, und die meisten Muttis aus dem Block hatten ihre Einkäufe schon erledigt. Die Ausnahme war Frau Åsen aus dem Erdgeschoss, die offenbar keine feste Einkaufszeit hatte. Sie war wirklich ärgerlich neugierig, wenn sie dort stand und die Waren aller anderen in Augenschein nahm.

Für Steingrim war es wichtig zu wissen, wann sie tagsüber nicht im Haus war. Sie wollte ihn auch nicht vergeblich anrufen lassen. Und wenn er angerufen hatte, konnte sie machen, was sie wollte. Dann fuhr sie vielleicht mit dem Bus in die Stadt und schlenderte durch die Geschäfte.

Ein- oder zweimal auf jeder Reise gönnte er sich ein richtiges Abendgespräch aus einer Telefonzelle oder dem Telefonkabinett des Hotels, in dem er wohnte. Dann konnten sie mehrere Minuten miteinander sprechen. Und dann sang er leise für sie: »Warte nur, bis ich nach Hause komme, denn dann *bekommst du Zuckerzeug und Scho-ko-la-de, ich geh mit dir ins Kino und dann Arm in Arm zur Promen-a-de, und du sitzt dann ganz fein auf meinem Knie...*

Aber sie gingen nicht gerade oft zur Promenade. Sie fuhren mit dem Auto los. Wenn er zu Hause war, hatte er immer einige Tage frei, dann musste er sich an Buchführung und Bestellungen setzen, aber vorher konnten sie mit dem Auto losfahren. Sie kochte Kaffee für die Thermoskanne, füllte eine Milchflasche mit kaltem O'Boy und wickelte sie in ein Handtuch, Steingrim trank so gern Schokomilch, wenn er Durst hatte. Und sie schmierte leckere Brote, am liebsten hatte er Zervelatwurst und gekochte Eier. Dann fuhren sie nach Lust und Laune in ihrem kleinen hellblauen VW-Käfer durch die Gegend, mit der Autodecke, die immer auf dem Rücksitz lag, zusammen mit allen Warenproben für Aprikosen- und Backpflaumensuppe und Bouillon und den Tüten mit dem Soßenpulver.

Es war schön, auf der Decke zu sitzen, wenn sie die mitgebrachten Leckereien aßen, und Steingrim machte aus allen Winkeln Bilder von ihr. Dann fühlte sie sich reich wie in einer Zigarettenreklame aus den USA. Sie rauchte auf allen Fotos, die er von ihr machte, und sie hielt die Zigaretten wie auf den Anzeigen mit starren Fingern auf Gesichtshöhe, die Lippen geschminkt, die Knöchel gekreuzt und die Augen in der Sonne geschlossen und mit einem Lächeln, das Steingrim verführerisch nannte.

Die Bilder hängten sie im Schlafzimmer auf, klebten sie mit Fotoleim direkt auf die Tapete, sie sahen sie beide zu gern an. Und sie freute sich auch über die Bilder, wenn sie abends allein schlafen ging. Dann dachte sie daran, dass sie auch zwei Fotos von ihm gemacht hatte. Immer im Mantel, den Hut tief in die Stirn geschoben, die Pfeife in der Hand. Er durfte nicht lächeln, wenn sie fotografierte, er gefiel ihr besser, wenn er ein wenig düster aussah. Aber ein Bild an der Wand zeigte sie gemeinsam. Sie hatten es mit Selbstauslöser aufgenommen. Dort sahen sie so anders aus, dass es ihr fast nicht gefiel. Er lachte schallend, und ihr Gesicht war vor Lachen fast verzerrt, die Kamera war nämlich kurz davor, von dem Baumstumpf zu fallen, auf den sie sie gestellt hatten, weshalb das Bild auch schief war. Sie sahen so jung aus, so weit vom Erwachsenenleben entfernt, wie das überhaupt nur möglich war.

Sie wünschte, sie hätten ein offizielles Hochzeitsbild gemacht, das hätte sie beruhigt, aber sie hatten es sich damals nicht leisten wollen nach der Stippvisite beim Standesamt. Sie hatte keine große Hochzeit gewollt, hatte sich nicht für ihre bäurischen Eltern und Brüder schämen wollen. Es hätte in der Kirche und danach im Restaurant nach Stall gerochen.

Sie setzte sich auf dem Balkonstuhl gerade. Hatte es geklingelt? Sie lauschte. Doch, es klingelte noch immer. Sicher Kinder, die Maiblumen zu fünfzig Öre das Stück verkauften. Um diese

Jahreszeit rannten sie ihr die Bude ein, die Mädchen bekamen die Maiblumennadeln in der Schule und trugen sie an einer Schnur um den Hals, und schließlich wollten sich ja alle etwas verdienen. Kaum ein Junge verkaufte, was sicher von Vorteil war. Männer waren so viel aufdringlichere Verkäufer und nahmen kein Nein hin, wie Mädchen das machten. Und es gab doch Grenzen dafür, wie viele Maiblumen sie am Glockenstrang in der Diele befestigen konnte.

Sie hielt ihren Morgenrock mit der linken Hand zusammen, als sie aufmachte, um eine weitere Maiblume abzulehnen. In diesem Jahr waren sie meist rosa und hatten in der Mitte einen grünen Fleck.

Ein lächelnder Mann stand vor der Tür und hatte den Filzhut kess zur Seite gerückt.

»Störe ich, gnädige Frau? Ja, bestimmt... wenn Sie krank sind, will ich Sie nicht weiter belästigen.«

»Ich bin doch nicht krank, nur weil ich nach der Hausarbeit dusche.«

»Nein, nein, natürlich nicht, ich wollte nicht...«

»Aber was wollen Sie?«

»Hausarbeit, ja. Haben Sie einen Staubsauger, wenn es nicht unverschämt ist, danach zu fragen?

»Verkaufen Sie Staubsauger?«

»Ja, das ganz neue phantastische Modell von Philips. Sie haben vielleicht die Anzeigen in einer Illustrierten gesehen?«

»Ich glaube schon«, sagte sie.

»Wenn Sie die Anzeigen bemerkt haben, dann tippe ich, dass Sie selbst keinen Staubsauger haben«, sagte er mit strahlendem Lächeln, als sei er ein alter Bekannter.

»Ich brauche keinen Staubsauger. Ich trage die Teppiche nach unten und schüttele sie aus.«

»Das ist aber viel Arbeit für eine junge Dame wie Sie. Ich würde das Männerarbeit nennen. Sie wohnen doch im dritten Stock, mit zwei Treppen zwischen jeder Etage.«

Er lächelte wieder. Seine Haare glänzten feucht, vermutlich durch Brylcreme, und er hielt den Hut jetzt in der rechten und eine Aktentasche in der linken Hand. Er wirkte wie ein Ehemann auf dem Heimweg von der Arbeit, was er in einigen Stunden sicher auch sein würde. Solche Vertreter kamen immer tagsüber, wenn die Frauen allein waren, dachte sie. Während die, die Bücher, Werkzeugkästen, Telefonanschlüsse und Fernseher anboten, den Herrn des Hauses antreffen wollten und deshalb nur abends erschienen.

»Haben schon andere im Haus einen gekauft?«, fragte sie.

»Noch nicht. Ich fange immer ganz oben an und arbeite mich dann abwärts.«

Seltsamerweise klang das wie eine Art Kompliment. Sie beugte sich zur Seite und sah hinter ihn. Dort saß die Kleine von gegenüber auf der zweitobersten Treppenstufe, den Ranzen neben sich und die Zeitung bei den Comics aufgeschlagen.

»Da scheint noch niemand zu Hause zu sein«, sagte sie.

»Nein«, sagte er. »Aber ziemlich bald wird da wohl der Vater erwartet.«

Er drehte sich um. »Heißt du nicht Nina?«, fragte er.

»Nina Karlsen. Aber Papa will bestimmt keinen«, sagte sie ganz leise, ohne aufzublicken.

»Können Sie einen Moment warten, während ich mir etwas anziehe?«

»Natürlich, gnädige Frau. Ich kann mich so lange mit der jungen Dame hier unterhalten.«

»Wir kaufen trotzdem keinen«, flüsterte Nina.

Also hieß sie Nina, dieses arme Treppenkind. Sie hatte nie gehört, dass jemand sie mit diesem Namen gerufen hätte. Auf dem Türschild stand nur Karlsen. Und sie war nie auf die Idee gekommen zu fragen. Es war doch nur ein kleines Mädchen, das im Weg saß, wenn sie vom Einkaufen kam und ihre Wohnungstür aufschließen wollte, ein kleines Mädchen, das so vernachlässigt wirkte, dass sie ihr im Vorübergehen manchmal einen Leckerbissen aus ihrer Einkaufstüte zusteckte.

Sie schloss ihren BH und streifte ein Sommerkleid über den Kopf. Sie war gerade dabei, die Sommergarderobe aus dem Keller zu holen, um sie zu waschen und zu bügeln und Knöpfe und Nähte zu überprüfen. Bei diesem war sie schon fertig, es roch frisch und sauber, war knallgelb mit großen orangen Blumen als Muster, ärmellos, aber oben hochgeschlossen. Steingrim hatte es in Namsos für sie gekauft, er kannte ihre Größe genau. Sie streckte die Arme auf den Rücken und konnte den Reißverschluss das erste kurze Stück hochschieben, dann hob sie die Arme hinter den Nacken und zog ihn ganz hoch.

Ihre Haare waren feucht und unordentlich, als sie das Handtuch abnahm, sie band sich locker ein gelbes Chiffontuch darum, knotete es im Nacken und trug Lippenstift auf. Sie spritzte Eau de Toilette hinter jedes Ohrläppchen, blieb einige Sekunden stehen und musterte ihr Spiegelbild. Dann griff sie nach einem Waschlappen, feuchtete ihn an und wischte das leichte Parfüm wieder ab. Den Waschlappen warf sie in den Korb für die schmutzige Wäsche.

Es war ein wenig seltsam, in der Wohnung hochhackige Schuhe zu tragen, und da die Pantoffeln alt und hässlich waren, würde sie barfuß gehen müssen, der Nagellack an den Zehen war erst wenige Tage alt und blätterte noch nicht ab.

»Bitte sehr, treten Sie ein.«

»Tausend Dank, gnädige Frau. Ich muss schon sagen, für so

kurze Zeit ist das eine umwerfende Veränderung. Gestatten Sie mir übrigens, mich vorzustellen: Roar Ånevik Hansen.«

Sie schüttelten einander kurz die Hand. Es war ein energischer Händedruck, aber nicht zu hart.

»Frau Peggy-Anita Foss.«

Sie schloss die Wohnungstür hinter ihm und wies auf die offene Wohnzimmertür.

»Hier durch und dann auf den Balkon, schlage ich vor. Der Küchenboden ist frischgebohnert. Kaffee?«

»Ja, bitte. Gern. Wenn es keine Mühe macht.«

»Nein, durchaus nicht. Der ist schon fertig.«

»Sie haben also gewusst, dass ich komme?«, fragte er und schaute sich mitten in einem kleinen Lächeln um, während er an seinen Schnürsenkeln zog und die Schuhe abstreifte. Sie war angenehm überrascht davon, dass er nicht einmal gefragt hatte, ob er seine Schuhe in der Wohnung anbehalten dürfe. Das zeigte doch, dass er ihre ewige Arbeit im Haushalt respektierte. Oder ... da er ja ausgerechnet Staubsauger verkaufte, gehörte es wohl zu seiner Verkaufsstrategie, sich auf diese Weise mit ihr gutzustellen. Sie war ja nicht von gestern.

Seine Socken waren dunkelblau und seine Füße größer als die von Steingrim. Es war seltsam zu sehen, wie sie über die Schwelle ins Wohnzimmer stiegen, als ob sie dort zu Hause wären.

Sie konnte keine Tasse aus dem Küchenschrank holen, deshalb nahm sie zwei von den schönen und fast durchsichtigen Tassen aus chinesischem Porzellan, die sie in ihrem kombinierten Bar- und Porzellanschrank im Wohnzimmer aufbewahrte. Sie mussten doch gleiche Tassen haben, alles andere wäre fast unhöflich oder jedenfalls auffällig und seltsam. Sie sah, dass er seinen Hut auf den Sessel neben der Balkontür gelegt hatte.

Sie stellte die Tassen auf den kleinen Balkontisch und nahm

ihre eigene halbvolle von vorhin weg. Die Weißbrotscheibe mit dem italienischen Salat, die noch auf dem Teller lag, wirkte seltsam intim, sie nahm Tasse und Brot und stellte beides auf den Beistelltisch im Wohnzimmer. Dann schenkte sie Kaffee ein, setzte sich, schlug die Beine übereinander. Der Balkonboden war kalt unter ihren nackten Fußsohlen, sie vermisste ihre Pantoffeln, aber es war doch wichtiger, gut auszusehen. Wenn sie überhaupt etwas wusste, dann ja wohl das. Sie steckte sich eine Zigarette an und hielt die Hand gerade hoch, den Ellbogen an ihre rechte Brust gedrückt, wie in der Zigarettenwerbung, und wie Steingrim es immer wollte, wenn er auf ihren Ausflügen Fotos von ihr knipste.

Er hatte es sich schon gemütlich gemacht und wirkte auf dem kleinen Balkonstuhl groß und wuchtig, genau wie Steingrim sonst. Gott sei Dank hatte er sich auf den hinteren Stuhl gesetzt, da streifte sie ihn nicht, wenn sie den Kaffee einschenkte, der Balkon war ja so klein.

»Hier haben Sie es wirklich schön in der Sonne«, sagte er. »Vollen Überblick. Von hier oben entgeht Ihnen wohl nicht viel?«

»Hier gibt es aber nicht viel zu sehen. Nur die Kinder da unten. Ich habe auch Kekse, aber wie gesagt, der Boden ist frisch gebohnert. Das gilt leider auch, wenn Sie Sahne oder Zucker im Kaffee nehmen.«

»Das ist doch wunderbar so, tausend Dank«, sagte er und trank zum Beweis rasch mehrere große Schlucke Kaffee. »So eine Thermoskanne ist wirklich genial. Früher musste man den verflixten Kessel ja immer wieder aufwärmen. Und das hat ganz schön viel Strom verschlungen.«

»Ja. So eine Kanne ist wirklich ein Fortschritt. Und die alten Thermosflaschen waren doch hässlich. Die passen gar nicht zu einem hübschen Kaffeetisch.«

»Aber einen Staubsauger haben Sie nicht«, sagte er.

»Ich glaube nicht, dass ich einen brauche. Mir hat er jedenfalls noch nicht gefehlt.«

»Aber Sie haben wohl Kühlschrank und Waschmaschine. Auch eine Tiefkühltruhe?«

»Nein, keine Tiefkühltruhe.«

»Aber vielleicht Dampfbügeleisen und Fernseher?«

»Keinen Fernseher...Aber ein Bügeleisen haben doch wohl alle?«

»Ja, aber nicht unbedingt ein Dampfbügeleisen. Und ich kann Ihnen versichern, wenn Sie erst anfangen, diesen unglaublich guten und zuverlässigen Staubsauger von Philips zu benutzen, werden Sie sich sehr bald fragen, wie in aller Welt Sie zurechtgekommen sind, ehe Sie ihn hatten.«

»Glauben Sie?«

»Ob ich das glaube? Ich *weiß* es«, sagte er. »Nehmen Sie nur meine Frau. Wenn die Kinder mit Keksen und Broten herumkleckern. Früher musste sie dann Eimer und Besen holen...«

Sie ließ ihn weiterreden und hörte nicht zu. Er hatte also Frau und Kind. Zu ihnen kehrte er jeden Nachmittag mit seinen glänzenden Haaren und der Aktentasche zurück. Die Kinder vor dem Block gegenüber tobten noch immer herum. Sie drückte ihre Zigarette aus.

»... und nach dem kurzen Blick zu urteilen, den ich auf Ihr Wohnzimmer werfen konnte, haben Sie ein schönes Zuhause.«

»*Wir* haben ein schönes Zuhause, mein Mann und ich«, sagte sie.

»Natürlich. Aber jetzt kann man ja so viele schöne Teppiche kaufen. Perserimitat. Die sind zu schwer, um viele Treppen hinuntergetragen zu werden, vom Ausschütteln ganz zu schweigen. Ein Staubsauger würde es Ihnen ermöglichen, sich einen solchen Teppich anzuschaffen. Denn Sie könnten ihn dort reinigen, wo er immer liegt.«

»Verkaufen Sie auch Teppiche?«

»Nicht doch. Aber Sie dürfen die Matratzen nicht vergessen ... und Sofa und Sessel.«

»Beim Staubsaugen meinen Sie?«

»Sie wischen sicher mit einem feuchten Lappen und fegen in den Ecken unter den Kissen?«

»Natürlich«, sagte sie.

»Mit einem Staubsauger ist das in Sekundenschnelle erledigt.«

»Daran habe ich noch gar nicht gedacht.«

»Und die Matratzen sind danach vollkommen staubfrei. Stellen Sie sich das vor, gnädige Frau.«

Wieder lächelte er strahlend und zündete sich eine Zigarette aus der Packung in seiner Brusttasche an. Er rauchte Teddy ohne Filter. Seinen Mantel hatte er sich über die Knie gelegt. Sein Sakko war an den Ellbogen blank, vielleicht verdiente er nicht so gut, vielleicht müsste er ihr sogar ein wenig leidtun. Steingrim war immer traurig, wenn ein Geschäft nicht klappte. Vor allem auf dem Lande waren die kleinen Kaufläden altmodisch und zurückhaltend und mochten nicht das bestellen, was sie als »Schnellprodukte« bezeichneten. Sie kochten ihre Soßen von Grund auf selbst, behaupteten sie zumindest. Eigentlich konnte er nur bei Bergenser Fischsuppe sicher sein, dass er sie verkaufen könnte.

»Werden Sie viele solche Staubsauger los?«, fragte sie.

»Das kommt darauf an. Kurz vor Weihnachten ist die beste Zeit dafür. Im Moment haben wir die zweitbeste, wenn der Frühjahrsputz anfängt. Und das ist eigentlich ein wenig seltsam, Hausarbeit muss doch jeden Tag gemacht werden.«

»Aber die Leute nehmen eben Handfeger und Kehrblech und Eimer und Besen. Jedenfalls für die Fußböden.«

»Aber mit dem Staubsauger ist es doch so viel einfacher! Und dann haben sie Zeit, um stattdessen so viele andere und vielleicht angenehmere Dinge zu tun. Die Zeit einer Hausfrau ist kostbar. Und sie hat wirklich allen Fortschritt verdient, den wir jetzt haben.«

Sie steckte sich wieder eine Zigarette an. Eine leichte Brise schnappte sich den Rauch, als sie ihn ausblies. Sie merkte, dass sie am Rücken ein wenig fror, obwohl die Sonne sie von vorn wärmte. Sie verspürte den heftigen Drang, an ihm zu schnuppern, und zog den Rauch so energisch ein, dass sie husten musste. Steingrim war jetzt seit fünf Tagen unterwegs. Vermutlich stimmte etwas an ihr nicht, wofür sie Tante Rosa nicht verantwortlich machen konnte. Sie spürte, dass er sie von der Seite musterte, und konzentrierte sich auf ein Mädchen, das auf einem Fuß Himmel und Hölle hüpfte. Es war die letzte und schwierigste Phase, wo der eine Fuß den Stein schieben musste, ohne dass sie das Gleichgewicht verlieren oder auf die Kreidestriche zwischen den Vierecken treten durfte. Sie musste plötzlich an eine Geschichte aus der Illustrierten denken, in der ein Trupp von Zigeunern in ein kleines Dorf in Südnorwegen gekommen war und die junge Bauersfrau von einem der größten Höfe mit einem Zigeuner durchbrannte, der so schön war, dass die Vögel in den Bäumen sangen, wenn er unter ihnen entlangging.

»Sie rauchen Savoy?«, fragte er. »Das tut meine Frau auch. Sie findet die Schachtel so modern. Dass man sie oben aufschnippen kann. Sie behauptet, dass sie sehr viel mehr raucht, seit es diese neue Schachtel gibt, weil es ihr solchen Spaß macht, sich eine Zigarette herauszuschütteln.«

Sie zog abermals heftig an ihrer Zigarette und behielt den

Rauch so lange in der Lunge, dass sie im Zwerchfell einen Stoß von Übelkeit verspürte.

»Ich weiß nicht, ob die so kostbar ist«, sagte sie und musterte weiter das einbeinige Mädchen.

»Verzeihung, was denn?«

»Die Zeit der Hausfrau.«

»Sie müssen sagen, wenn ich ungelegen komme, ich wollte mich nicht aufdrängen«, sagte er nach einer kleinen Pause.

Sie drehte sich zu ihm hin, schaute ihm in die Augen. »Nicht aufdrängen? Sagen Sie mal, sind Sie nicht Vertreter? Dann ist es doch Ihr Beruf, sich aufzudrängen?«

Er wich auf dem kleinen Stuhl zurück, drückte sich den Mantel fester gegen den Bauch, schaute weg.

»So verkaufe ich nicht«, sagte er. »Ich will, dass die Kundschaft das Gefühl hat ... wirklich das Gefühl hat, ein gutes Geschäft zu machen. Nicht nur ich. Wenn Sie verstehen, was ich meine.«

»Natürlich verstehe ich, was Sie meinen, ich bin ja nicht ganz dumm«, sagte sie.

»Aber ich habe wirklich nicht gesagt, dass Sie...«

»Mein Mann ist Vertreter. Ich weiß alles darüber, wie man Waren verkauft. Und ich weiß alles darüber, wie man sie kauft. Ich bin nicht von gestern. Und jetzt erzählen Sie mir endlich von Ihrem Staubsauger.«

»Soll ich das wirklich?«

»Ja.«

Er legte den Mantel auf das Balkongeländer und hob die Aktentasche auf seine Knie, drückte auf die beiden Metallschlösser, die sofort aufsprangen. Das Leder war abgenutzt, dort, wo seine Daumen lagen.

Er reichte ihr eine glänzende Broschüre. Eine elegante Frau in rotem Kleid und mit dunklem Bubikopf stand lächelnd in einem schönen Wohnzimmer mit einem Staubsauger auf einem Perserteppich, ob es ein Imitat war, konnte sie unmöglich beurteilen.

»Der hat einen Schwingkopf«, sagte er. »Damit können Sie in alle Richtungen saugen, ohne den Sauger umzudrehen! Und Sie können ihn ganz einfach hinter sich her ziehen, das liegt an einem drehbaren Rad darunter. Er ist leicht auszuleeren, Sie wechseln einfach den Papierbeutel. Und Sie können ihn mit dem Fuß ein- und ausschalten.«

»Mit dem Fuß?«

»Ja. Sehen Sie den roten Knopf da oben? Darauf drücken Sie mit dem Fuß. Und auch auf das Mundstück drücken Sie mit dem Fuß, dann hebt oder senkt sich die Bürste. Wenn die Bürste oben ist, saugen Sie die Teppiche, und wenn Sie das Linoleum reinigen wollen, senken Sie die Bürste. Und der Motor hat nicht weniger als fünfhundertundfünfzig Watt.«

»Ich weiß nicht, was Watt ist, aber es klingt nach sehr viel. Der macht keinen Kratzer ins Linoleum?«

»Absolut nicht. Alles ist doch trocken. Und Sie würden ihn ja nicht benutzen, wenn Ihnen ein Glas Milch auf den Boden gefallen ist.«

»Nicht?«

»Nein. Er hat doch einen Motor. Man gießt keine Milch in einen Motor.«

»Das sollte nur ein Witz sein«, sagte sie. »Was kostet der?«

»Er ist in Rot, Schwarz oder Grau lieferbar. Rot würde Ihnen gut stehen, glaube ich.«

Sie steckte sich noch eine Zigarette an, registrierte, dass die Hand, mit der sie das Streichholz hielt, ein wenig zitterte, aber das sah er nicht, er war vertieft in seine Broschüre.

»Und was kostet dieses Wunder?«

»Sie können ihn auf Raten haben, zu nur neunundzwanzig

Kronen im Monat über zwölf Monate. Oder in bar zweihundertneunzig.«

»Aber niemand hat doch wohl zweihundertneunzig Kronen herumliegen«, sagte sie.

»Vielleicht nicht. Aber das mit den Raten funktioniert sehr gut.«

»Dann nehme ich einen roten.«

»Wirklich? Ein weiser Entschluss, gnädige Frau. Sie werden es nicht bereuen. Dann brauchen wir nur das hier auszufüllen, dann wird Ihnen der Staubsauger innerhalb einer Woche vor die Tür gestellt.«

Gemeinsam füllten sie Namen und Adresse aus, er wollte auch Steingrims Namen und beider Geburtsdatum. Er war jetzt eifrig.

»Und dann brauchen Sie nur noch zu unterschreiben«, sagte er.

Als sie den Kugelschreiber vom Papier hob, lächelte er sein breites Vertreterlächeln, riss die Kopie unter dem Durchschlagpapier ab und reichte sie ihr.

»Meinen Glückwunsch«, sagte er.

»Danke.«

»Sie erhalten mit der Post zwölf Überweisungsscheine. Und wenn Sie in der Lotterie gewinnen, können Sie alles auf einmal bezahlen, das ist ganz und gar Ihnen überlassen.«

Als ob er ihr einzigartige Möglichkeiten und Chancen geboten hätte, mit denen er nur sie allein überschütten könnte. Das war Verkaufen. Es gefiel ihr.

»Noch Kaffee?«

»Vielleicht einen kleinen Schluck, ehe ich im Treppenhaus nach unten gehe. Oder ... zuerst Ihnen gegenüber, auf der anderen Seite.«

»Den können Sie gleich vergessen. Der ist nicht gerade ein Staubsaugertyp.«

»Da gibt es keine ... Hausfrau?«

»Nein, er ist mit der Tochter allein, ich habe da noch nie eine Frau gesehen. Nur ganz selten eine ältere. Zusammen mit einem älteren Mann, ich nehme an, das sind seine Eltern.«

»Aber es ist einen Versuch wert«, sagte er. »Auch manche Männer wissen saubere Böden zu schätzen, wenn sie das Gegenteil kennengelernt haben.«

»Das sagt mein Mann auch immer.«

»Das mit den sauberen Böden?«

»Nein«, sagte sie und lachte leise. »Sondern, dass es immer einen Versuch wert ist.«

»Und was verkauft er?«

»Er reist für Toro.«

»Dann würde meine Frau begeistert von ihm sein.«

Er lächelte breit. Er war froh. Vertreter waren immer froh, wenn ein Geschäft besiegelt war.

»Und wenn ich es bereue?«, fragte sie.

Sofort verschwand sein Lächeln.

»Dann ...« Er wühlte ein wenig in seiner Tasche. »Dann rufen Sie diese Nummer an.«

Er reichte ihr eine kleine weiße Karte, auf der in großen blauen Buchstaben über einer Adresse und einer Telefonnummer PHILIPS stand.

»Dann rufen Sie innerhalb von drei Tagen diese Nummer an und sagen, dass Sie sich die Sache anders überlegt haben.«

»Wir haben ein Telefon.«

»Ach was. Das ist aber praktisch. Und es ist die Nummer unserer Zentrale in Oslo.«

»Ferngespräch also.«

»Ja, aber das ist ja schnell gesagt«, sagte er. »Für Ihren Mann liegt die Zentrale in Bergen, nicht wahr?«

»Ja.«

»Da hat er sicher eine spannende Aufgabe. Aber man kann ja nicht im ganzen Land herumreisen, wenn man Kinder hat.«
»Nein, das wäre dann auch zu viel für die Mutter«, sagte sie.

Als er seine Schnürsenkel wieder zugebunden hatte und sie die Tür hinter ihm schließen konnte, hockte sie sich an den Rahmen der Küchentür und betastete den blauen Boden, aber der war noch längst nicht trocken. Ihre Handfläche war ein wenig klebrig, als sie die Hand wieder hob. Sie ging ins Badezimmer und ließ lange das kalte Wasser laufen, dann trank sie drei Zahnputzbecher leer. Danach überprüfte sie die Binde. Doch, die Tante war da, so tiefrot wie ein Philips-Staubsauger auf Raten.

Eigentlich müsste sie sich Arbeit suchen. Sie hatten noch fast drei Jahre, bis der Pelz abbezahlt wäre. Immer wenn sie vorschlug, sich eine Stelle zu suchen, entgegnete Steingrim, dass er sich dann nicht mehr darauf freuen würde, von seinen Handelsreisen nach Hause zu kommen, denn dann würde er eine zerstreute und erschöpfte kleine Frau vorfinden. Und außerdem verdiene er doch gut.

Und er verdiente ja wirklich nicht schlecht. Seit im Vorjahr die Bergenser Fischsuppe auf den Markt gekommen war, war seine Provision über dreißig Prozent gestiegen, die Suppe war Toros größter Erfolg aller Zeiten. Aber er verdiente vielleicht doch nicht gut genug für Pelz und Staubsauger. Himmel, was hatte sie da nur getan. Er hatte an diesem Tag schon einmal angerufen aus Hammerfest, in aller Eile, und erzählt, dass dort Schneeregen fiel. Wenn er an diesem Abend anrief, würde sie es vielleicht sagen. Dass sie die Sache bereute, dass sie aber eine Nummer in Oslo anrufen und alles rückgängig machen könnte. *Alles rückgängig machen...*

Sie zog ihr Kleid aus und ging in Unterwäsche auf den Balkon. Sie war so weit oben, hier konnte niemand sie sehen. Das Kleid war zu hochgeschlossen, um sich darin zu sonnen. Und was war eigentlich der Unterschied zwischen Unterwäsche und Bikini?

Lange schaute sie seine weiße Kippe an, die in alter Asche zerdrückt zwischen ihren eigenen lag. Der Stummel hob sich von ihren mit Lippenstift bedeckten Filterresten deutlich ab. Seine Kippe wirkte nackt und rein, er hatte sie aufgeraucht, bis sie fast seine Fingerspitzen berührt hatte, so sah es aus. Er war wirklich von der gierigen Sorte. Frau und kleine Kinder zu Hause, eine Frau, die sich sicher in neuen Staubsaugermodellen suhlte, so wie sie selbst sich in Soßen und Suppen suhlen könnte, wenn sie wollte. Aber wenn Steingrim nach Hause kam, wollte er nur selbstgekochtes Essen, am liebsten Wal in Sahnesoße oder Leber in Sahnesoße mit einer Menge Zwiebeln und Erbsen und einem Berg von Kartoffeln, die er in der Soße zerquetschen konnte, weil er das als Kind nie gedurft hatte. Sie würde es ihm sagen müssen, wenn er abends anrief, dass sie morgen ein Ferngespräch nach Oslo führen und das Geschäft rückgängig machen wollte.

Man müsste auf einen Staubsauger deponieren können wie auf ein Kleid, dachte sie. Ihn einen Abend benutzen und das Gefühl auskosten, das Ergebnis bewerten, um sich dann in aller Ruhe zu entscheiden, ohne dass ein Mann mit zurückgekämmten Haaren in der Frühlingssonne vor einem saß.

Der Wind hatte die Illustrierten auf den Balkonboden geweht. Die eine lag aufgeschlagen da. Julie Andrews war in zwei Teile geknickt, sie trug ein rosa-weiß gemustertes Mary-Poppins-Kleid und hatte einen Tüllschirm in der behandschuhten Hand über der rechten Schulter liegen. Sie war schön, eine der Frauen im Laden hatte behauptet, sie sehe ihr ähnlich.

Sie hatte den Artikel schon gelesen, darin stand, dass Audrey

Hepburn ihr die Rolle der Eliza in *My Fair Lady* vor der Nase weggeschnappt hatte und dass Julie Andrews ihrerseits Audrey Hepburn den Oscar vor der Nase wegschnappt hatte. Herrgott, wenn sie doch nach Amerika fahren, umherreisen und das große Leben erleben könnte. Sie hatte keine Lust, die Illustrierten aufzuheben. Sollte Julie Andrews doch da liegen, unschön in zwei Teile geknickt. Auf der Rückseite der anderen Illustrierten lächelte Ursula Andres, weil neun von zehn Filmstars Lux verwendeten.

Sie selbst nahm Lano, weil sie fand, der Schaum sei weicher und trockne die Haut nicht so aus wie Lux.

Lange saß sie da und musterte Ursula, sah sie vor sich in einem Badezimmer in Hollywood mit einem schäumenden nassen Stück Seife in der Hand. Vielleicht nahm der zehnte Filmstar Lano? Wenn es in Amerika überhaupt Lano gab.

Sie und Steingrim hatten Ursula im Kino gesehen, in dem James-Bond-Film, wo sie in einem weißen Bikini und einem an der Bikinihose befestigten Messer aus dem Meer kommt. Steingrim hatte noch Wochen danach darüber geredet und sicher genießerisch von ihr geträumt.

Sie sprang auf und ging ins Wohnzimmer, blieb mitten im Raum stehen. Ach verflixt, dass dieser Mann aufgetaucht war. Und dass sie ihn hereingelassen hatte. Nur weil sie für einen Moment in der Sonne gesessen hatte und froh gewesen war.

Sie ging ins Badezimmer und zog das Kleid wieder an, griff nach hinten und schloss den Reißverschluss. Im Schlafzimmer standen die Kartons mit den Wintersachen auf Steingrims Seite des Doppelbettes. Sie trug immer einen Karton nach unten in den Keller, wenn sie einkaufen ging oder wenn die Post kam, aber jetzt wollte sie einen nach unten bringen, auch wenn sie nichts anderes vorhatte. Er wog nicht viel. Sie hatte darauf geschrieben, was er enthielt. Es waren nur ihre Sachen: Skikleidung, Fausthandschuhe und Mützen und Schals. Steingrim brauchte seine Winterkleider noch, wenn er so hoch im Norden unterwegs war. In dem kleinen VW war es eiskalt.

Sie schob die Füße in die weißen Schuhe mit den mittelhohen Absätzen, in denen sie ihre Einkäufe im Laden erledigte.

Die kleine Nina saß nicht mehr auf ihrer Treppenstufe. Vom zweiten Stock und abwärts bewegte sie sich durch die Gerüche, die aus Larsens Wohnung strömten, auch wenn die Tür geschlossen war. Aber die ging auf, als sie gerade vorbeikam, die Tochter schlüpfte heraus in einem süßen Schwall von Shampoo-, Tabak- und Kaffeeduft, wie eine Mischung aus Frisiersalon und Café. Die Kleine lief über den Gang und klingelte bei Familie Rudolf. Der Karton mit den Wintersachen war so groß, dass sie fast nicht vorbeikam.

»Könntest du nicht...«

»Ach ja«, sagte die Kleine und presste sich an die Wand, als Frau Rudolf mit ausdruckslosem Gesicht die Tür öffnete. Sie nickten einander zu, ohne zu lächeln.

»Darf ich zu Rickard?«, fragte die Kleine.

»Frag mal, ob er überhaupt Besuch haben will«, sagte Frau Rudolf.

Sie hätte gern gewusst, ob Roar Ånevik Hansen sich in einer der Wohnungen aufhielt.

Im Erdgeschoss stand Frau Åsen und wienerte den blanken Deckel des Müllschachts mit etwas, das aussah wie eine alte und verfärbte lange Unterhose.

»Guten Tag.«

»Guten Tag«, sagte Frau Åsen. Ihr ganzer Leib zitterte im Takt, während sie die Metallfläche rieb. Sie roch nach Schweiß und machte nur ganz wenig Platz, als sie den Pappkarton an ihr vorbeibugsieren wollte.

»Der sieht schwer aus«, sagte Frau Åsen. »Damit sollten Sie warten, bis Ihr Mann nach Hause kommt.«

»Das sind nur Winterkleider, die wiegen fast nichts.«

»Ist das der Pelz?«

»Nicht doch. Das geht doch nicht. Der kommt ins Kühllager von Fyhn unten im Zentrum. Hier im Keller ist es nicht kalt genug.«

»Ja, ja. Von solchen Pelzen habe *ich* wirklich keine Ahnung«, sagte Frau Åsen.

Die Kellertür aus massivem Metall war schwer, und sie musste mit beiden Händen dagegendrücken. Sie hatte den Karton auf den Boden gestellt, jetzt schob sie ihn mit dem Fuß über die Schwelle und ließ die Tür hinter sich ins Schloss knallen. Es roch nach Äpfeln und Beton, Schimmel und Öl, alten Büchern, Zeitschriften und feuchtem Staub. Sie mochte diesen Geruch, diesen Mischmasch aus geheimen Inhalten hinter großen Hängeschlössern. Doch man konnte hineinschauen, wenn man ein Auge dicht vor die Risse in der undichten Bretterwand hielt. Die Hängeschlösser sahen eigentlich ziemlich albern aus, da die Bretter im Handumdrehen zu entfernen waren. Aber nur die Hausbewohner hatten einen Kellerschlüssel.

Eigentlich wäre es ihr lieber gewesen, dass die Kellerräume der einzelnen Aufgänge voneinander getrennt gewesen wären, aber der Keller war ein einziger langer Korridor, und alle Räume lagen auf seinen Seiten, während es am einen Ende den großen Fahrradkeller für alle und am anderen den Hobbyraum gab. Die Kinder der Familie in der Sozialwohnung im Aufgang B konnten hier also nach Belieben kommen und gehen. Nie im Leben würde sie den Pelz hier unten aufbewahren, und wenn der Keller noch so kalt wäre. Unter dermaßen unsicheren Verhältnissen würde sie hier überhaupt keinen wichtigen Gegenstand aufbewahren.

Sie stellte den Karton in ihr Kellerabteil und ließ das Schloss wieder zuschnappen. Jemand hustete im Hobbyraum. Die niedrigen Kellerfenster ließen leeres, staubiges Licht über die kiefergelben Budenwände und den grauen Betonboden rieseln, sie ging zur Tür zum Hobbyraum und stieß sie mit einem Finger auf.

»Buh!«, sagte sie.

Herr Larsen drehte sich zu ihr um.

»Guten Tag«, sagte er.

»Musste nur sehen, wer hier ist. Ich war in meinem Keller.«

Er arbeitete an einem Lampenschirm, wickelte breite, zitronengelbe Plastikbänder um ein schmales Metallskelett. Eine Spule mit lachsrosa Plastikstreifen stand auf dem Arbeitstisch neben einer mit tiefschwarzen Streifen.

»Lampenschirm?«, fragte sie.

»Ja. Ich nehme den alten Stoff weg und wickele Plastik in verschiedenen Farben darum.«

»Sieht gut aus.«

»Danke. Es wird davon auch ziemlich hell. In unterschiedlichen Farben. Ja, wie gesagt.«

»Ist das Ihre Arbeit? Ich meine, es ist doch erst … also …«

»Nein. Ich übersetze Bücher. Kann meine Zeit selbst einteilen. Aber zu Hause ist so viel Betrieb.«

»Ja, Ihre Frau ist Friseuse.«

»Ja, das ist sie. Aber ich habe in der Stadt ein Büro.«

»Ich muss wieder hoch. Nehmen Sie Bestellungen an?«

»Für Lampenschirme?«

»Ja?«

»Bringen Sie mir einfach einen Schirm, den Sie satthaben, und sagen Sie, welche Farben Sie möchten, dann erledige ich den Rest.«

»Meine Güte. Und das kostet …?«, fragte sie.

»Sie bezahlen für die Plastikstreifen. Mir macht diese Arbeit Spaß.«

»Vielleicht mache ich es eines schönen Tages wirklich.«

»Pst«, sagte er und erstarrte.

»Was?«

»In der Mauer. Hören Sie nur.«

Sie horchte, hörte leises Rascheln.

»Was ist das?«, flüsterte sie.

»Mäuse, vielleicht, aber dieses Haus ist ja ungeheuer hellhörig.«

»Das war jedenfalls in der Wand«, sagte sie. »Oder in der Grundmauer, oder wie das heißt.«

»Mindestens anderthalb Meter unter der Erde. Sicher Mäuse. Aber in den letzten Wochen habe ich das mehrmals gehört. Seit der Frost verschwunden ist.«

»Widerlich«, sagte sie.

»Haben Sie Angst vor Mäusen?«

»Nein. Keine Angst. Aber die können doch Krankheiten übertragen.«

»Ja, solange sie draußen sind und nicht hier drinnen.«

»Sie haben hier nie welche gesehen? Bei unseren Kellerabteilen?«, fragte sie.

»Nie.«

»Nein, denn dann müssten es doch alle erfahren. Viele bewahren hier unten ja Obst und Kartoffeln auf.«

»Ich werde die Augen offenhalten, Frau Foss. Verlassen Sie sich auf mich.«

»Dann bis bald. Danke für den Tipp. Ich werde mal nachsehen, ob ich alte Lampen habe, die aufgefrischt werden müssten.«

Er stand da und blickte auf die Plastikstreifen in seinen Händen, bis er hörte, wie die Kellertür hinter ihr zufiel, dann senkte er die Schultern und atmete mehrere Male tief durch. Worüber hatte er da geredet?

Über Lampenschirme.

Er hätte ihr stattdessen erzählen können, was man aus Plastik alles herstellen konnte, es gab keine Grenzen, ganze Häuser konnte man aus Plastik herstellen. Namhafte Forscher gingen davon aus, dass die Menschen im Jahr 2000 in aus Plastik bestehenden Häusern wohnten, was die Heizkosten auf ein Minimum reduzieren würde. Stattdessen hatte er sie auf dieses andauernde Rascheln in der Grundmauer aufmerksam gemacht, und dabei wohnte sie doch ganz oben im dritten Stock, was konnte dieses Wissen ihr also nützen!

Was bist du doch für ein Trottel, dachte er, und weiter: Gott möge mir helfen, was ist sie wunderbar, was für ein Glückspilz muss ihr Mann sein. Was musste es für ein Glück sein, sie nachts im Bett zu haben. Barbara war ja auch reizend. Aber was half das schon, wenn sie unter ihrer eigenen Decke lag, mit dem Rücken zu ihm, und ihm ihren schönen Hintern zukehrte, unzugänglich und in seinen eigenen Träumen eingeschlossen, falls ein Hintern denn träumen konnte. Sie lag da mit ihren Händen, die von den Chemikalien rot und aufgesprungen waren, obwohl sie den ganzen Nachttisch voller Handcreme hatte. Er hatte angefangen ihre Hände zu hassen, und er versuchte, sie nicht richtig anzusehen. Nie im Leben würde Barbara auf die Idee kommen, hier im Haus ein so elegantes, hübsches Kleid und hochhackige Schuhe anzuziehen.

Wenn sie sich eine Stelle in einem Frisiersalon suchte, dann müsste sie sich hübsch machen, für den Salon repräsentativ wirken. Das wäre ein phantastischer Bonus dazu, dass er tagsüber die Wohnung für sich hätte und sein schreckliches Arbeitszimmer aufgeben könnte. Peggy-Anita Foss. Allein schon der Name. Da könnte man doch ein Lied über sie dichten, vielleicht würde er eines Tages genau das tun, wenn er erst mit seinem eigenen Schreiben loslegen könnte und nicht mehr die Sätze anderer übersetzen müsste. Wenn er alles aus der eigenen Phantasie nehmen könnte, ganz zu schweigen von…

Er bewahrte in seinem Kellerraum etliche Nummern der Zeitschrift *Cocktail* auf. Barbara konnte die nicht leiden. Ab und zu setzte er sich auf den Kofferstapel und vertiefte sich in die Zeitschriften, während er mit gespitzten Ohren alle drei Türen weiter sowie zum Fahrradkeller am anderen Ende des Ganges lauschte.

Er schaute auf die Armbanduhr. Er hatte Zeit genug. Dieser Lampenschirm lief ja nicht weg. Er ging zu seinem Kellerraum und schloss die Tür hinter sich. Das Hängeschloss hing offen am Haken am Türrahmen, aber er würde ja hören, wenn jemand kam, lange bevor jemand das offene Schloss entdeckte und begriff, dass er hier war. Rasch ging er den Stapel aus Zeitschriften durch und fand eine, die ihm besonders gut gefiel, mit einer entzückenden Bilderserie mit einer Blondine mit Perlenkette und Stöckelschuhen und wenig sonst, die sich auf einem Eisbärenfell vor einem Kamin räkelte. Er machte es sich auf den Koffern gemütlich und merkte, wie heiß seine Augen waren und wie unheimlich schnell sein Herz schlug, um Blut in jeden kleinen und großen Körperteil zu pumpen.

Frau Moe mühte sich gerade mit der Tür ab, als sie die Kellertreppe betrat. Mit der einen Hand hielt sie die Tür offen, mit der anderen Hand versuchte sie, den Kinderwagen hereinzuschieben.

»Moment, ich helfe Ihnen.«

Herrgott, wie sie aussah. Die Haare dünn und fettig, keine Schminke, nicht einmal Lippenstift. Sie trug einen beigen Mantel über etwas absolut Unförmigem – einer dunkelblauen Hose und einem Pullover mit V-Ausschnitt, der sicher ihrem Mann gehörte. Alles hing einfach von ihren Schultern nach unten wie eine vom Winde verwehte Zeltplane über einer einsamen Stange.

»Tausend Dank«, sagte Frau Moe und bugsierte den Wagen herein.

Sie hatte keine Ahnung, was sie zu ihr sagen sollte. Was sagte man zu einer solchen Jammergestalt mit einem fast neugeborenen Baby?

»Heute war ein Staubsaugervertreter hier. Vielleicht ist er noch da.«

Frau Moe schob den Wagen in die Ecke unter den Briefkästen und gab keine Antwort. Ihr Hinterkopf war kugelrund, sie konnte hier und dort die Kopfhaut durchsehen, weil die Haare so fettig waren.

»Tausend Dank«, sagte Frau Moe noch einmal, mit leiser, vager und aufgesetzt munterer Stimme. Sie wollte offenbar nicht reden, jedenfalls nicht mit ihr und jedenfalls nicht über Staubsaugervertreter. Sie fing an, das Kind aus den vielen Decken zu wickeln, und rechnete offenbar nicht mit Blicken oder netten Worten von anderen. Wollten denn nicht alle Mütter ihre Kinder vorführen, das schönste Kind, das je geboren worden war? Frau Moe signalisierte jedenfalls nicht diesen Wunsch, als sie mit dem Rücken zu ihr dastand, ohne ein Lächeln, und unerbittlich so tat, als wäre sie beschäftigt.

Sie stieg die Treppe hoch, der Deckel des Müllschachts zwischen Åsens und Moes funkelte wie Trachtensilber. Sie war unendlich erleichtert darüber, dass sie nicht Frau Moe war. Lieber Tante Rosa als Frau Moe, dachte sie und rannte los, sie rannte gern alle Treppen in einer zusammenhängenden Anstrengung hoch.

Wenn sie hörte, dass eine Tür geöffnet wurde, musste sie sofort tun, als gehe sie ganz normal. Sie fand es schön, außer Atem zu geraten, zu spüren, wie ihr Zwerchfell sich zusammenzog, um heißen Atem loszujagen. Vielleicht sollte sie sich ein Fahrrad kaufen. Nein, jetzt nichts mehr kaufen. Oder wenn, dann ein uraltes gebrauchtes. Das Beste aber wäre natürlich ein himmelblaues DBS, das Allerbeste wäre eines mit einem weichen, rot-, weiß- und blaugestreiften Stoffnetz hinten, das das Hinterrad auf beiden Seiten halb bedeckte. Das sah so hübsch aus. Und vorn mit einem Korb für eine Flasche Saft und ihr Portemonnaie und den Lippenstift.

Er rief um kurz nach sechs an.
»Hallo, Süße!«
»Hallo, mein Held. Bist du im Hotel?«
»Na ja, ich würde wohl eher Motel dazu sagen. Der Standard ist nicht gerade wie zu Hause, um das mal so zu formulieren. Aber zum Essen gab es einen sehr guten Fischauflauf. Eine Menge Makkaroni und zerlassene Butter mit Speckwürfeln. Und dann habe ich ein Bier dazu getrunken, ich habe heute gut verkauft. Komischerweise, weil vor zwei Monaten ein Haus abgebrannt ist, wo die Hausfrau Bratensoße kochen wollte und die Mehlschwitze in der Pfanne vergaß. Braune Frikadellensoße aus der Tüte ist seit dem Brand ziemlich beliebt geworden.«
»Wie schön für dich.«
»Und auf den Höfen hier in der Gegend gibt es viele Junggesellen. Die haben jetzt Toro entdeckt. Ein Ladenbesitzer sagt ihnen immer, ein Schrank voller Suppentüten wäre wie eine eigene Köchin, das ist zu komisch. Vielleicht könnten wir das in der Werbung verwenden, ich muss mit Bergen darüber reden.«
»Es geht dir also gut?«

»Jaaaa ... Scheißwetter, aber ... Und wie ist es bei dir? Sonne und Sommer?«

»Hab mich heute wirklich ein wenig gesonnt. Und dann packe ich jetzt die Winterkleider weg.«

»Das klingt wunderbar.«

»Und ich hatte Besuch.«

»Ach, von wem denn?«

»Einem Vertreter.«

»Und der verkaufte ...«

»Staubsauger.«

»Hast du einen gekauft?«

»Ich habe ein Papier unterschrieben. Aber morgen rufe ich an und sage, dass ich mir die Sache anders überlegt habe.«

»Aber warum um alles in der Welt hast du dir die Sache anders überlegt?«

»Das macht neunundzwanzig Kronen im Monat, Steingrim. Und wir müssen doch schon den Pelz abstottern.«

»Das können wir uns leisten. Natürlich brauchst du einen Staubsauger, mein Schatz.«

»Ich habe doch wirklich Zeit genug, um auf die ... anstrengende Weise sauberzumachen.«

Sie hörte ihre eigenen Worte. Kein einziges Mal bis zu diesem Tag hatte sie das Putzen für anstrengend gehalten, sie war doch einfach daran gewöhnt.

»Nein, nein, nein. Du machst das nicht rückgängig. Wir können uns das leisten. Ich werde auch mit einer neuen Arbeit anfangen, die mir größere Provision einbringt.«

»Ach? Was denn?«

»Sie haben speziell angepasste Zehnportionstüten entwickelt, und ich soll jetzt auch Großküchen besuchen, nicht nur Läden.«

»Große Küchen? In Krankenhäusern und so?«

»Krankenhäuser und Altersheime, Hotels und Kantinen. Das

bringt dann immer gleich eine Menge ein. Klar bekommst du einen Staubsauger, das wäre ja noch schöner.«

»Ja, wenn du ganz sicher bist.«

»Bin ich. Und in fünf Tagen komme ich nach Hause. Zu dir und zur Sonne.«

»Heute ist Tante Rosa gekommen.«

Er schwieg einige Sekunden. Sie sah ihn vor sich, in einer hässlichen kleinen Hotelhalle, mit Schneeregen an den Fenstern, und der kleine VW war bestimmt schon eingeschneit. Wie schön, dass er gut gegessen hatte, immerhin.

»Jetzt bist du traurig.«

»Nicht doch. So ist es eben.«

»Wenn du nach Hause kommst, machen wir einen Ausflug. Vielleicht soll ich Brot backen? Wir können dann selbstgebackene Brote als Proviant mitnehmen.«

Er lachte schallend.

»Darauf fall ich nicht rein, du!«

»Versprochen!«

»Nein, du hast viel zu große Angst um deine langen Nägel, um Brot zu backen, mein Schatz.«

»Dann muss ich sie eben schneiden.«

»Untersteh dich! Wir machen einen Ausflug mit gekauftem Brot und roten Nägeln.«

»Du fehlst mir, Steingrim. Ich freue mich so sehr darauf, dass du nach Hause kommst.«

Sie fing an zu weinen, sowie sie aufgelegt hatten und er nicht mehr bei ihr war.

Sie war immer so seltsam, wenn Tante Rosa sich einstellte, aber das war doch nur Unsinn, welchen Grund hätte sie schon zum Weinen, großer Gott.

Ihr Unterleib schmerzte, sie holte die Globoid-Schachtel und nahm zwei mit lauwarmem Wasser. Der blaue Küchenboden um ihre Füße glänzte.

Sie würde ein wenig bügeln und dabei Radio hören, bis sie müde genug wäre, um ins Bett zu gehen und um dann auf die Geräusche aus den Wohnungen unter ihrer zu horchen und ihre Bilder an der Schlafzimmerwand anzusehen. Vielleicht könnte sie mit Gummihandschuhen Brot backen? Sie würde es jedenfalls ausprobieren. In dem Kochbuch, das die Mutter ihr nach der Hochzeit mit der Post geschickt hatte, gab es viele Brotrezepte.

Sie stellte das Bügelbrett auf, schaltete das Dampfbügeleisen ein und stellte einen sauberen Aschenbecher auf den Küchentisch. Sie wollte Steingrims Hemden so glatt und sorgfältig bügeln wie eine in einer professionellen Wäscherei.

Gegen Unruhe, 3 x tägl. 1 Tablette

Sie saß still da und sah das Kind an, das in eine Decke gewickelt mitten auf dem Sofa schlief. Halvor hielt im Schlafzimmer seinen Mittagsschlaf. Alles war gut, nichts war mehr gefährlich, die Tablette wirkte. Das Kind trug ein kurzärmliges Hemdchen und einen langärmligen Pullover, saubere Windeln. Der Po war mit Silul eingerieben, die Stirn gegen Milchausschlag mit Spenol. Wieso konnte das Kind überhaupt Milchausschlag bekommen, wo sie doch fast keine Milch hatte?

Sie versuchte eine Weile mit dem Kind im Takt zu atmen, aber ihr wurde schwindlig, der Atem war zu schnell.

Halvor merkte nichts. Der war mit seinen Autos beschäftigt. Doch da er jetzt seit drei Tagen keinen VW verkauft hatte, hielt er besonders lange Mittagsschlaf, vielleicht um das zu vergessen. Egal wie lange er nachmittags schlief, er konnte auch nachts schlafen. Während sie wach lag.

Aber seit sie wieder mit den Tabletten angefangen hatte, war sie auf gute Weise wach. Sie hielt die Augen geschlossen und schwamm in Seide, fast hatte sie Angst vor dem Einschlafen, denn sie wollte keine einzige Seidensekunde versäumen. Nicht einmal die Vorstellung, wie müde sie am nächsten Tag sein würde – denn um ihre alltäglichen Aufgaben zu bewältigen, durfte sie tagsüber keine Tabletten nehmen –, nicht einmal diese Vorstellung konnte ihre Erleichterung und ihr Glücksgefühl stören.

Vorsichtig erhob sie sich. Das Kind war zu klein, um vom Sofa zu kullern, es war außerdem zu müde, um sich sonderlich viel zu bewegen.

Sie ging ins Badezimmer, zog Gummihandschuhe an und begann langsam die in einem Eimer mit kaltem Wasser eingeweichten Flanellwindeln durchzuspülen. Die Windeln waren nicht stark verschmutzt, die paar Flecken rochen nach saurer Milch und Erbrochenem und waren von hellem Senfgelb. Als sie selbst ein Baby gewesen war, hatte ihre Mutter solches Windelwasser der Nachbarin gegeben, und die hatte damit ihre Rosensträucher gegossen. Das sei der beste Dünger aller Zeiten, behauptete sie. Wenn das Kind anfing, normal zu essen, sei jedoch Pferdedung besser geeignet. Es war fast ein schöner Gedanke, dass ihre Exkremente zu üppig blühenden Rosensträuchern geworden waren.

Als die Windeln ausgespült waren, steckte sie sie in den Bottich, der in der Ecke auf dem Boden stand, zusammen mit den Windelbezügen aus Gaze, Hemdchen, Pullovern und drei weißen Baumwollstrampelhosen. Alles war weiß, bis auf die hellblauen Mäusezähnchen an den Hemdchen. Sie trug den Bottich in die Küche und stellte ihn auf den Herd. Sie konnte später Wasser dazugeben. Wenn sie den Abwasch erledigte.

Das Kind hatte sich nicht bewegt. Natürlich nicht. Vielleicht sollte sie etwas Kaffee kochen. Halvor würde sich vielleicht über Kaffee freuen, aus seinem Mittagsschlaf war nicht viel geworden. Über ihrem Kopf wurde herumgetrampelt und gesprungen, jemand zog das Klo ab, sie hörte Lachen.

Fischklöße aus der Dose in klumpiger Soße nur mit Kartoffeln, das hatte sie ihm vorgesetzt. Sie hatte vergessen, Möhren zu kaufen, sie hatte so dringend wieder nach Hause gewollt.

Sie ging zu dem Kind und hob es hoch, drückte es an ihre Brust, fuhr mit dem Finger über den flaumigen Schädel, berührte die Haut mit den Lippen. Das taten Mütter, und jetzt hatte sie es getan, jetzt konnte sie ihn wieder hinlegen.

Morgens im Bus hatte ein Mann ihren Namen genannt. Einer, mit dem sie vor einigen Jahren auf der Berg-Schule in eine Klasse gegangen war. Es war so seltsam, ihn das sagen zu hören. *Aud*. Seltsamer Name, etwas mit einem »au« oder einer Andeutung von »autsch«. Warum gab man einander überhaupt Namen, gab kleinen Babys Namen, ohne zu ahnen, wie die ihren Namen tragen würden? Obwohl man keine Ahnung hatte, wie es das Kind in erwachsenem Alter erleben würde, so angesprochen zu werden, gab man ihm doch einen Namen zu einem Zeitpunkt, wo dieser später erwachsene Mensch einfach noch niemand war.

Sie hatte im Bus in Richtung Innenstadt gesessen. Sie saß da mit ihrem Körper, in ihren Kleidern, dem beigen Mantel, den sie schon während der ganzen Schwangerschaft getragen hatte.

Sie saß da und war einfach vorhanden. Jedenfalls war sie ein Gewicht auf dem Bussitz. Ihre Knöchel wurden weiß, wenn der Bus sich bewegte, obwohl die Bremsen des Kinderwagens vorgelegt waren und die nagelneuen Gummireifen des Wagens an dem wogenden Busboden festzukleben schienen.

Im Bus waren nur Fremde, wenn sie die Augen geschlossen hätte, hätte sie nicht einen dieser Menschen beschreiben können, von denen sie wusste, dass sie dort saßen. Sie schaute aus dem Fenster. Es war Frühling, registrierte sie. Aber welcher Tag es wohl war? Sie dachte, dass sie vielleicht an diesem Tag mit dem Kind zur Kontrolle gemusst hätte.

Die Decke im Wagen bewegte sich ein wenig.

Dann kam das Geräusch. Ein dünnes kleines Jammern aus einer rosa Menschenkehle, die nicht viel größer war als die eines Kätzchens. Sie schaukelte den Wagen, obwohl der Bus ihr diese

Arbeit eigentlich abnahm. Das Geräusch verstummte. Vor einer Dreiviertelstunde hatte sie ihn gestillt, das hatte sie getan, vor einer Dreiviertelstunde, eine Dreiviertelstunde war nicht lang. Aber sie wusste nicht so recht, wie viel er abbekommen hatte.

Noch zwei Haltestellen, dann müsste sie aussteigen. Ob sie es schaffen würde aufzustehen? Das Gewicht auf dem Sitz, war sie das? Diese Wärme um die Schultern, kam die von ihrem alten Mantel? Das Einzige, dessen sie sich bewusst war, war ihre Hand. Die Hand, die hielt, die sie an den Wagen kettete, die absolut wichtigste Hand hier im Bus, die einzige Hand hier im Bus. Sie war eine Hand, alles in ihr war Hand, das Einzige in ihr. Sich auf nagelneue Gummiräder und Wagenbremsen zu verlassen, war lächerlich, wäre die Hand nicht, die festhielt, wäre es schwer zu sagen, was aus dem Kind werden würde. Es könnte gestohlen werden. Nur ein Augenblick würde reichen, wenn sie aus dem Fenster schaute und die Bustür sich öffnete und eine Verrückte, die kein eigenes Kind bekommen konnte, das Kind an sich riss. Oder der Wagen könnte umkippen, und das Kind würde auf den verschmutzten Boden kullern, und jemand würde darauftreten.

Ihr Unterarm tat ihr schon weh, und sie fasste den Wagengriff mit der anderen Hand, ließ aber mit der rechten erst los, als die linke fest zugepackt hatte. Es war wie das Überreichen der Stafette. Und nach einer Weile, wenn die verrückte und unfruchtbare Frau das Muttersein satthätte, könnte sie einfach eine Stecknadel holen und sich auf die Fontanelle des Kindes konzentrieren.

Sie dachte oft an die Fontanelle, immer kam das Bild zu ihr, wenn sie das Kind wiegte, mit ihrem Mund an dieser Fontanelle. Die Geschichte war zu einem Gefühl geworden, einer Gewissheit, etwas Lebensgefährlichem. Es ging um eine Frau in England vor langer Zeit, die ausgesetzte neugeborene Babys und Waisenkinder zu sich nahm und das Geld für das erste Jahr in einer großen lukrativen Summe ausgezahlt bekam, egal ob die Kinder dieses Jahr überlebten oder nicht. Die Hälfte starb dann auch recht bald. Sie wagte wohl nicht, bei mehr als der Hälfte das Schicksal herauszufordern, und das tat sie, indem sie Stecknadeln in die Fontanelle bohrte, diese kleine Vertiefung im Schädel, wo die Knochen noch nicht zusammengewachsen waren und das Gehirn weich und offen gleich unter der Haut lag. Drei oder vier Stecknadeln pro Baby, berichtete die Geschichte. Es war nur herausgekommen, da ein Besucher des Pflegeheims es entdeckt hatte. Ein Baby war durch einen Irrtum im Pflegeheim dieser Frau gelandet, es hatte eben doch Verwandtschaft, und als dieser Verwandte den Kopf des Babys gestreichelt hatte, hatte er einige kleine Knubbel bemerkt und dann plötzlich eine feuchte und fettglänzende Stecknadel in der Hand gehabt.

Herzzerreißend grauenhaft, das hatte sie gedacht, als sie diese Geschichte gehört hatte. Sie war damals noch schwanger gewesen, es war zu Beginn der Schwangerschaft, sie war erfüllt und stolz, war eine andere, eine Frau, der etwas gelang. Als sie kürzlich wieder an diese Geschichte gedacht hatte, war ihr die seltsam vorgekommen. Seltsam, dass die Frau keine Nähnadeln genommen hatte. Eine Nähnadel wäre einfach durch die Haut geglitten, ohne oben Knubbel zu hinterlassen, die jemand berühren und entdecken, entlarven könnte. Denn damals wurden Waisenkinder in England sicher nicht obduziert, warum hätten sie das tun sollen, wenn niemand diese Kinder betrauerte? Warum hatte sie also Nadeln mit Kopf benutzt?

Und dann stieg ihr ehemaliger Klassenkamerad in den Bus. Hieß er nicht Ivar? Doch, so hieß er.
 Sie hatte den Wagen nicht losgelassen. Sie hielt ihn fest, auch wenn sie nur weglaufen wollte. Aber sie erkannte ihn und blickte

ihn an. Später meinte sie sich zu erinnern, dass sie noch versucht hatte, ein Lächeln hervorzubringen, aber da war sie sich nicht ganz sicher. Er trat in den Mittelgang und schien alles mit seinem breiten, sorglosen Körper zu füllen, er erwiderte ihren Blick und ging weiter, ehe er sich zwei Reihen hinter ihr hinsetzte.

Er hatte sie nicht erkannt. Denn sie war eine andere geworden. Ein Schatten. Nur eine Hand, mehr war sie nicht.

Sie hatte die Decke im Wagen angestarrt. Jetzt müsste sie an der Schnur ziehen. Sie musste aussteigen, sie spürte den Geschmack von Magensäure ganz hinten im Mund, sie würde mitten auf die hellblaue Decke kotzen, die Halvors Mutter in einer komplizierten Technik gehäkelt hatte. Einzelne Maschen hoben sich als gewölbte Blasen von einem flachen Boden aus festen Maschen ab, ein anspruchsvolles Muster.
    Der Fahrer schien nicht aufstehen zu wollen, um ihr mit dem Wagen zu helfen. Er war ein widerlich fetter Mann mit seinem weißbehemdeten Bauch über dem Lenkrad. Er schaute aus dem linken Fenster und wich dem Rückspiegel aus, um nicht aufstehen zu müssen.
    Dann kam er. Ivar. Sprang hilfsbereit aus dem Bus und wartete auf dem Bürgersteig, um den Wagen anzunehmen.
    »Tausend Dank«, sagte sie, als der Kinderwagen auf dem Asphalt stand.
    Er hob den Blick und sah sie an, sie konnte seinem Blick nicht ausweichen und merkte, wie in seinem etwas erwachte.
    »Bist du das? Bist du das wirklich? Wie nett, dich mal wiederzusehen, Aud, wir haben uns ja ewig nicht gesehen!«, rief er und lächelte plötzlich breit und hielt ihren Blick noch immer fest.
    »Und du bist Mutter geworden, ist das dein erstes?«

Sie nickte. Er musste wieder in den Bus springen, zum Glück wollte er hier nicht aussteigen. Sie ja eigentlich auch nicht, aber lieber würde sie den ganzen Weg nach Hause zu Fuß gehen. Sie hatte in der Innenstadt doch nichts verloren, ein Ausflug in die Stadt war nur ein Versuch, die Stunden träge verstreichen zu lassen unter Menschen mit normalen Leben.

»Wirklich nett, dich zu sehen, Aud!«, rief er, ehe die Tür sich schloss und dicke schwarze Busreifen sich vorüberwälzten, nur Dezimeter vom Kinderwagen entfernt. Was, wenn sie den Wagen genau in diesem Moment umgestoßen hätte, so dass das Kind daruntergekullert wäre? Keine Bewegungen. Ein plattgepresster Körper, aus dem es rot aus den Kleidern quoll. Schreie, Ohnmacht, Bremsgeräusche, Sirenen. Er hatte ihr durch das Busfenster zugewinkt, sein Lächeln war so breit wie das Glas, sie stand da, und der Wagen stand da wie vorher, sie klammerte sich daran, um nicht zu fallen, mit beiden Händen hielt sie ihn fest und ließ nicht los.

Der Kinderwagen war wie ein riesiges Fahrzeug gewesen, an dem sie festhing.

Das Kind lag jetzt still da, mit geschlossenen Augen und kleinen kurzen Atemzügen, ein winziges Herz, das beunruhigend schnell schlug. Aber sie wusste ja, dass das normal war. Sie liebte ihn nicht genug, das musste der Grund für alles andere sein. Dass ihre Milch vertrocknete. Dass sie immer wieder an diese Fontanelle dachte.

Bist du das, Aud? Bist du das wirklich?

Sie hatte sich im Gebüsch hinter einem Trafohäuschen erbrochen, hatte ein wenig Linella-Papier aus dem Fußende des Wagens gezogen und sich Mund und Augen gewischt. Sie brauchte sich keine Sorgen wegen verlaufener Wimperntusche zu machen, sie hatte sich schon seit Monaten nicht mehr geschminkt. Wie sah sie überhaupt aus? Ihre Haare. Sie berührte ihre Haare. Spürte die tote Kälte, die darin lag. Wie konnten Haare leben, dünne Halme ohne Platz für Blut? Das ergab doch keinen Sinn. Was sollte das? Warum war er gerade heute in den Bus gestiegen?

Aber er hatte sie nicht sofort erkannt.

Er war einfach an ihr vorbeigegangen, so war das gewesen. Weil sie nur eine Hand gewesen war, wie hätte er eine einzelne Hand in der Menge von Händen im Bus erkennen sollen?

Wie ein träger Roboter war sie weitergegangen, bis sie nach Hause und zum Block und zum Treppenhaus gekommen war. Wie schafften Mütter es, nach einem langen Fußmarsch Kinder und Einkaufstaschen eine Treppe nach der anderen hochzuschleppen? Sie hatte nur sechs Stufen und war doch jedes Mal erschöpft.

Bist du das wirklich, Aud?

Halvor würde nie auf die Idee kommen, so etwas zu sagen.

Sie hörte ihn im Schlafzimmer husten, er war also wach. Sie stand auf, füllte den Kaffeekessel zur Hälfte mit Wasser und drehte die hintere Kochplatte an, die schneller heiß wurde als die andere, schnitt zwei Scheiben Graubrot ab und bestrich sie mit Margarine, fand im Kühlschrank ein Glas Marmelade, drehte den Deckel herunter und steckte einen Esslöffel hinein, stellte Brote und Marmelade auf den Küchentisch zu einer sauberen Kaffeetasse. Sie müsste spülen, da stand auch noch das schmutzige Geschirr vom Morgen. Sie hatte kein Wasser in den Kochtopf mit den Soßenresten gegeben, das tat sie jetzt. Sie spritzte gerade graues Zalo ins Wasser, als Halvor die Küche betrat.

»Das Nickerchen hat gut getan«, sagte er.

Sie lächelte ganz schnell. Er setzte sich an den Küchentisch.

»Möchtest du keinen Kaffee? Hier steht ja nur eine Tasse.«

»Nein, mir ist nicht so gut«, sagte sie. »Bin so weit gelaufen. Ich bin an der falschen Haltestelle ausgestiegen.«
»Wie hast du das denn geschafft?«
»War wohl in Gedanken versunken«, sagte sie.
»Hm.«
»Ich setze mich ins Wohnzimmer und stille ein bisschen.«
»Ist er wach?«
»Nein.«
»Weckst du ihn zum Stillen?«
»Ja, bei so kleinen Babys muss man das.«

Sie ließ sich neben dem Kind auf das Sofa sinken, erschöpft von dem Gespräch, ihr war schwindlig.
»Jetzt kocht der Kaffee!«, rief er.
»Ach, den hatte ich vergessen. Ich komme schon. Da ist nur Wasser drin.«

Sie maß mit dem gelben Plastiklöffel sechs Löffel Kaffee ab, schob den Kessel wieder auf die Platte und ließ das Wasser richtig durch die Decke aus schwimmenden Kaffeekörnern aufbrodeln, ehe sie mit einer Gabel umrührte, bis sich alles vermischt hatte. Dann zog sie den Kessel von der Platte, schaltete die Platte aus und gab einen Schuss eiskaltes Wasser aus dem Hahn dazu. Sie schob den Kessel wieder auf die ausgeschaltete Platte, die noch heiß war.
»Du musst ihn noch zehn Minuten ziehen lassen«, sagte sie.
»Ich kann das Teesieb nehmen, das geht schon«, meinte er.
»Willst du wirklich keinen? Ich kann dir eine Tasse bringen, während du stillst.«
»Das ist nicht nötig.«
»Nicht nötig? Das ist doch keine große Arbeit, Aud. Willst du Kaffee, oder willst du nicht?«

»Halvor...«

»Okay. Von mir aus. Du musst ja nicht.«

»Das ist es nicht. Ich bin nur so müde.«

»Und wann hätte eine Tasse Kaffee *nicht* geholfen, wenn man müde ist? Es ist außerdem gemütlich, beim Nachmittagskaffee ein bisschen zu plaudern.«

»Halvor...«

»Schon gut, schon gut. Geh jetzt zu dem Kleinen.«

Sie setzte sich wieder auf das Sofa, lehnte den Hinterkopf an die tapezierte Betonwand und spürte die Kälte in dem kleinen Punkt, wo der Kopf die Wand berührte. Sie legte die Hand auf die Decke, in die das Kind gewickelt war. Im Atemrhythmus des Kleinen wanderte ihre Hand fast unmerklich auf und ab. Aber er atmete und atmete und atmete jedenfalls, das musste doch gut sein.

Sie wickelte ihn aus der Decke, er reagierte nicht. Sie legte ihn quer über ihre Knie, sein Kopf ruhte schräg auf ihrem Oberschenkel, während sie den Pullover hochstreifte und den BH auf der linken Seite nach unten zog. Sie legte ihn an die Brust. Mit noch immer geschlossenen Augen begann er, die Lippen zu bewegen, sie spitzten sich, aber sie waren ziemlich aufgesprungen, sah sie. Vaseline, sie müsste sie mit Vaseline einreiben, wenn sie ihn nachher fertig machte. Seine Lippen legten sich rund um ihre Brustwarze, versuchten, sich festzusaugen, sie half mit den Fingerspitzen nach, spitzte die Brustwarze und schob sie zwischen seine Lippen. Er saugte ein wenig, aber noch immer ohne die Augen zu öffnen. Die Brustwarze brannte, die Haut war die ganze Zeit rot und wund. Sie hatte im Krankenhaus gelernt, dass sie ein wenig Muttermilch auf der Haut verreiben sollte, wenn sie mit dem Stillen fertig war, das sei besser als jede Salbe. Aber es kam ja fast nie genug Milch zum Verreiben heraus.

Nun merkte sie, dass die Milch kam, und er schluckte vorsichtig einige Male, fast wäre sie vor Erleichterung eingeschlafen, und sie lehnte wieder den Hinterkopf an die Wand. Aber es war das Kind, das jetzt einschlief, plötzlich und schlaff, sie legte die Hand um seinen Kopf und presste ihn an ihre Brust. Konnte er denn nicht wieder wach werden? Sie hatte ja auch noch die rechte Brust, auch dort gab es ein wenig Milch.

»Ich dachte, ich müsste ein Bild von euch machen.«

Sie hatte nicht gehört oder gesehen, dass er ins Wohnzimmer gekommen war, da stand er groß und lebendig und ganz normal mit seiner Kamera in der Hand, die er bei der Arbeit als Belohnung erhalten hatte, nachdem er hundert Volkswagen verkauft hatte. Er war derselbe wie immer. Was hatte er für ein Glück.

»Nein«, sagte sie. »Ich sehe doch unmöglich aus.«

»Unsinn. Ihr seid so schön, wenn ihr so dasitzt. Wenn du stillst.«

Schön…? Sie schaute auf das Kind hinab, sorgte dafür, dass es durch die Nase Luft bekam.

Bist du das, Aud? Bist du das wirklich?

Sie hielt den Kopf des schlafenden Kindes weiterhin in der Hand, schaute zu ihm auf, er machte drei Bilder, eines mit Blitzlicht.

»Anfangs hat er geweint, wenn er Hunger hatte«, sagte er.

»Er ist ja jetzt ein wenig älter. Er verlässt sich sicher darauf, dass ich alles im Griff habe.«

Aber das hatte sie, verdammt noch mal, gar nicht. Nichts hatte sie im Griff! Wie schwer konnte es eigentlich sein, ein kleines Kind zu haben? Hier stand er tagaus, tagein und erklärte einem blöden Erstkäufer nach dem anderen Boxermotoren und deren Vorteile auf winterlicher Fahrbahn, sah sie kommen und gehen, grübeln und rechnen, zeigte ihnen kleine Musterkarten mit den verschiedenen Lackfarben, Sitzbezügen und Ratensystemen, redete sich den Mund fusselig darüber, warum Gangschaltung und Differentiale vor dem Boxermotor lagen, über Betriebssicherheit und Haltbarkeit und billige Ersatzteile, und sie konnte nicht einmal ein normales Mittagessen auf den Tisch stellen.

Verdammt, was hatte sie ihm heute für einen Müll vorgesetzt? Kein Wunder, dass sie selbst nichts aß. Mir ist schlecht, schlecht, schlecht, das war ihr dauerndes Gequengel. Ja, *ihm* war auch schlecht. Ihretwegen. Wegen des Hauses hier. Wegen des Essens, das sie kochte. Und wegen der Vorstellung, wie lange es dauern würde, bis das kleine Kind der Sohn würde, den er sich wünschte. Im Moment durfte er ihn ja kaum anfassen. Das schlafende Gesicht war alles, was er sah. Wenn sie ihn zurechtmachte, wollte sie allein im Badezimmer sein.

Er steckte die Kamera wieder in ihre Tasche. Jetzt hatte er jedenfalls seine Schroffheit von vorhin wiedergutgemacht, er hatte die beiden fotografiert und noch dazu die Lüge aufgetischt, es sei schön, sie so sitzen zu sehen. Aber Herrgott, wie lange sollte das noch so weitergehen? Sie konnte ja nichts vertragen, war wieder so eine Mimose geworden wie vor ihrer Schwangerschaft.

Er ging ins Wohnzimmer und schaltete den Fernseher ein, sie war im Badezimmer verschwunden, und er hörte das Wasser laufen. Seltsam, dass das Kind nie weinte, aber was wusste er denn schon über Babys? Das Bild kam, aber es wackelte, er schlug auf den Apparat, und das Bild blieb zitternd stehen. Er versuchte, herauszufinden, worum es ging, es war dieser Bjørn Nilsen, der einen Typen mit Südwester interviewte, sicher etwas über Fischer und Fischfabriken im Norden, etwas anderes schien den Kerl ja nicht zu interessieren. Etwas später sollte es eine Sendung über den Kings-Bay-Skandal geben, das könnte sich vielleicht lohnen.

Er ging auf den Balkon und steckte sich eine Zigarette an. Sie wollte nicht, dass er in der Wohnung rauchte, wo das Kind doch da war. Als ob Rauch Kindern je geschadet hätte, er selbst war auf der Rückbank eines Autos aufgewachsen, während die Eltern vorn ununterbrochen geraucht hatten. Aber er wusste noch, dass seine Schwester immer gekotzt hatte. Im Auto war ihr immer schlecht geworden, eine Mimose genau wie Aud.

Und wenn er daran dachte, dass es seine Idee gewesen war, das mit dem Kind! Sie hatte warten wollen. Eine Ausbildung machen. Zur Handelsschule gehen. Aber er – was war er doch für ein Idiot – war überzeugt gewesen, dass sie stark und reif werden würde, wenn sie erst Mutter wäre. Dass sie nicht mehr so verdammt abhängig von allem Möglichen anderen wäre, fast nicht im Stande, auch nur eine eigene Meinung zu haben.

Vor dem Nachbarblock wechselte ein Mann bei einem grauen Volvo PV die Reifen.

Es war doch paradox, dass er zwar Autos verkaufte, sich selbst aber keins leisten könnte. Zwar würde er sehr gute Konditionen bekommen, aber es wäre trotzdem ein wenig zu teuer. Vorher müsste er sein Taifun-Motorrad verkaufen, aber das verschob er immer wieder. Er liebte dieses Motorrad, und Aud hatte wie angeklebt an seinem Rücken gesessen und ihre Ausflüge ebenfalls geliebt. Doch, ja, da hatte sie gesessen. Oh verdammt. Und jetzt war doch Frühling und die Straßen trocken und Motorradzeit.

Sie war so viel kleiner als er, dass sie sich immer ein kleines Sofakissen unter den Hintern geschoben hatte, damit sie über seine Schulter schauen konnte. Einmal, als sie beide bei einer vom Frost aufgebrochenen Stelle in die Höhe gehüpft waren, war das Sofakissen wie ein Geschoss ins Unterholz gejagt. Sie hatten hinterherrennen und danach suchen müssen und sich am Ende an einem Baumstamm geliebt, im Stehen, er hatte ihre Beine um die Hüften gehabt. Es war eine wunderbare Erinnerung, das einzige Mal, dass sie es draußen gemacht hatten. Oder überhaupt an einem anderen Ort als dem Bett.

Aber jetzt war damit ja Schluss, und er hatte auch gar keine Lust mehr auf sie. Ihre Brüste gehörten dem Kind. Und ihren Schoß wagte er nicht zu berühren, den verband er jetzt nur noch mit Blut.

Er ging in die Küche und goss sich noch einen Kaffee ein, aß das eine Marmeladenbrot, das dort lag. Die Marmelade war hart, sicher hatte sie zu lange ohne Deckel dagestanden und war eingetrocknet. Er ließ das warme Wasser laufen, bis es glühend heiß war, gab ein wenig ins Marmeladenglas und rührte energisch um, so dass die Marmelade weich und flüssig war, als er die zweite Brotschnitte bestrich. Er sah sich in der Küche um, während er dastand und kaute. Es sah verdammt noch mal unmöglich aus. Musste er jetzt auch doch den Abwasch übernehmen, wo sie doch den ganzen Tag zu Hause herumsaß?

In ihrer Schwangerschaft war sie phantastisch gewesen. Das habe ich wirklich geschafft, hatte sie oft gesagt, und ihre blauen Augen strahlten, ihre Haare glänzten, sie setzte die Tabletten ab, die sie sonst nahm, wenn sie besonders nervös war, und sie fing mit rosa Nagellack an und hörte auf zu rauchen, weil sie in einer Illustrierten gelesen hatte, dass das dem Kind in ihrem Bauch schaden könnte. Ihre Brüste wurden groß und fest, er war so glücklich und stolz auf sie. Aber als ihr Bauch dann groß wurde, wollte sie nicht mehr hinten auf der Taifun aufsitzen.

Klar könnte er die Taifun auch gleich verkaufen. Sie würde ja doch nie mehr hinten aufsitzen.

Er blieb ganz still stehen und spürte, wie der Matsch aus Brot und Marmelade in seinem Mund wuchs.

Nie wieder. Ja, so war es doch, oder?

Nie mehr würde sie hinter ihm ein Bein über das Motorrad schwingen, sich das kleine Kissen unter den Hintern schieben und die Absätze auf die Fußstützen stellen, ehe sie die Arme um seine Taille legte und ihm heiß und eifrig in den Nacken pustete.

Nie wieder. Diese Vorstellung war unerträglich.

Er war zweiundzwanzig Jahre alt, und *nie wieder* würde eine Frau hinter ihm auf einem Motorrad sitzen. Er könnte auch nicht mit ihr darüber sprechen, es würde wie Kritik klingen, das begriff er sofort. Du hast es doch so gewollt, würde sie antworten. Und damit hätte sie recht.

Aber das hier hatte er nicht gewollt.

Er öffnete die Tür unter dem Ausgussbecken und spuckte den Brotmatsch in den Mülleimer, warf das letzte Stück Brot hinterher, räumte den Tisch ab und dachte an den Ausdruck in ihren Augen, als er nach der Geburt endlich zu ihr hineingedurft hatte. Ihre Augen waren so tot gewesen, dass er fast nicht geglaubt hatte, dass sie atmete. Es hätte ihn nicht überrascht, wenn die Krankenschwester ihr die Augen zugedrückt und ihr die Decke über den Kopf gezogen hätte. Und mit dem kleinen roten Klumpen in einem weißen Stoffstück konnte er nun überhaupt nicht umgehen. Etwas Verschrumpeltes, das plötzlich einen rosa Schlund aufriss und einen Ton ausstieß, der ihm Gänsehaut machte.

Ihre toten Augen hatten alles zerstört, er hatte sich nicht freuen können, nicht mal am Abend, als die Kollegen ihn mit Bier und Whisky vollgeschüttet und ihn auf ihren Schultern durch ein Lokal getragen hatten, dessen Decke absolut nicht für frischgebackene Väter gedacht war, die auf Schultern getragen wurden. In dieser Nacht allein im Doppelbett mit einer Beule auf der Stirn, die im Takt seines Herzens pochte, hatte er begriffen, dass von jetzt an alles anders sein würde.

Aber das mit der Taifun war ihm erst jetzt so richtig klargeworden.

Gerade jetzt, verdammt.

Er war Vater, Ehemann und Familienversorger. Und Väter und Familienversorger fahren nicht auf Motorrädern durch die Gegend, das wussten doch sogar kleine Drecksgören.

Er griff zur Spülbürste und hielt sie in den Kochtopf, in dem die Fischklöße gekocht worden waren. Das Wasser war milchig weiß mit geronnenem Seifenschaum ganz oben. Er hob die Bürste, die plötzlich mit Soße und Kloßresten verschmiert war. Hatte sie denn, verdammt noch mal, die Essensreste nicht ausgekippt, ehe sie den Topf eingeweicht hatte?

Er goss alles in den Ausguss und fing an, den Boden des Kochtopfs mit einem Messer abzukratzen. Der Boden war überall angebrannt und braun, das Messer zog lange Metallstreifen in das Dunkelbraune. Und das nannte sie dann eine Mahlzeit.

Sie bügelte auch nicht mehr. Er würde sich weiße Nylonhemden kaufen müssen, die man einfach waschen und aufhängen und am nächsten Tag anziehen konnte, wie er das in seinem gemieteten Zimmer getan hatte, als er sie noch nicht kannte. Diese Hemden waren jetzt alle verschlissen, er hatte drei Stück gehabt und jedes zwei Tage lang getragen, dann mit Seife gewaschen und sie über Nacht auf einem Kleiderbügel über einigen Zeitungen aufgehängt. Dieses System funktionierte gut für einen möblierten Herrn, und jetzt würde es auch wieder funktionieren. Müssen.

Wenn er nur wüsste, wie er sie reparieren könnte. Da reichte es nicht, Zündkerzen auszutauschen oder Öl zu wechseln oder den Vergaser zu erneuern, und schwupp, schon wäre das Problem gelöst.

»Spülst du?«, fragte sie.

»Sieht doch unmöglich aus hier.«

»Ich wollte gerade anfangen. Er schläft.«

»Sag mal, ist mit diesem Kind alles in Ordnung?«

»Sicher. Gib mir die Spülbürste.«

»Er schläft doch die ganze Zeit.«

»Das tun Babys eben«, sagte sie.

»Woher weißt du eigentlich so viel über Babys?«

»Gib mir die Spülbürste, Halvor, und setz dich mit deinem Kaffee vor den Fernseher.«

»Heute Abend gibt es eine Sendung über Kings Bay. Vielleicht möchtest du die auch sehen?«

»Kings Bay? Was ist das?«

»Dieses grauenhafte Bergwerksunglück auf Spitzbergen vor drei Jahren. Nach dem Gerhardsen zurücktreten musste.«

»Weiß ich nicht mehr«, sagte sie.

Ihre Haare waren so fettig, als ob sie Brylcreme hineingeschmiert hätte. Er dachte, er könnte sie ein wenig in den Arm nehmen, er ließ die Bürste los und tat es, sie wich sofort zurück.

»Noch nicht, Halvor.«

»Noch ...? Wovon redest du da?«

»Wir können nicht ... du weißt schon, was ich meine.«

»Aber verdammt, ich wollte dich nur kurz in den Arm nehmen.«

»Halvor ...«

»Dann nicht. Reg dich ab. Reg dich doch einfach ab.«

Er setzte sich an den Küchentisch, statt ins Wohnzimmer zu gehen, und merkte, dass das sie nervös machte, sie schaute immer wieder zu ihm herüber, während sie das Spülbecken mit heißem Wasser füllte.

»Willst du nicht fernsehen?«, fragte sie.

»Das fängt noch nicht an. Wir können doch ein bisschen reden.«

»Worüber denn?«

»Worüber denn? Worüber Ehepaare eben reden!«

»Bist du böse?«, fragte sie.

»Nein. Aber ein bisschen resigniert, vielleicht.«

»Resigniert?«

»Ich weiß ja, dass du dir alle Mühe gibst, aber...«

»Das tue ich.«

Sie fing an zu weinen. Natürlich tat sie das.

»Und ich bin die ganze Zeit so müde.«

»Das weiß ich doch, Aud. Aber auch ich kann ziemlich müde sein.«

»Du hast doch deine Arbeit. Kannst mit Leuten zusammen sein und...«

»Bei dir hört sich das an wie eine Art Luxus. Das ist meine *Arbeit*!«

Er öffnete das eine Küchenfenster sperrangelweit, zog die Zigarettenpackung aus der Brusttasche seines Hemdes und steckte sich eine an. Sie schaute zu ihm herüber, sagte aber nichts. Es war nicht zu fassen, dass die Frau, die er hier ansah, sich jemals an einem Baumstamm hatte nehmen lassen. Sie kam ihm alt vor wie seine Mutter. Sie schniefte und sah so armselig aus, dass er Lust bekam, richtig gemein zu ihr zu sein.

»Vielleicht sollten wir eines Tages mal meine Eltern einladen«, sagte er.

»Nein!«

»Nein?«

»Wir müssen... wir müssen noch etwas warten. Bis die Wohnung in Ordnung ist und...«

»Sie haben ihn doch nur im Krankenhaus gesehen. Mutter ruft mich immer wieder im Geschäft an und fragt, wann sie kommen können.«

»Das ist zu früh. Hier muss alles in Ordnung sein. Sie müssen weit fahren, und dann wollen sie sicher eine Weile bleiben.

Bestimmt einen ganzen Samstag oder Sonntag. Dann muss hier alles in Ordnung sein.«

»Und wann ist das so weit?«

»Ich weiß nicht...«

Sie flennte wieder los.

»Flennen bringt dir gar nichts. Ich darf dich ja nicht mal in den Arm nehmen, das willst du ja auch nicht.«

»Das war doch nicht so gemeint...«

»Und die Taifun kann ich auch gleich verkaufen. Du willst ja nie mehr mitfahren.«

»Die Taifun?«

»Herrgott, bist du ganz blöd? Das Motorrad!«

Sie weinte heftiger, hielt sich mit beiden Händen und gesenktem Kopf am Beckenrand fest, das Wasser lief jetzt über.

»Ich glaube, du hast genug Wasser«, sagte er.

Sie drehte den Hahn ganz schnell zu und packte wieder den Beckenrand.

»Also kann ich sie auch gleich verkaufen«, sagte er.

»Aber ich kann doch nicht einfach... weggehen und ihn alleinlassen...«

»Ja, *wen* kannst du eigentlich nicht alleinlassen?«

»Wen...?«

»Wir haben noch keinen Namen für den Kleinen. Er muss doch getauft werden. Und dann müssen meine Eltern jedenfalls kommen dürfen. Deine auch. Die wirken nicht gerade sonderlich interessiert.«

»Die haben doch den Hof... und fünf Stunden mit dem Zug. Ich schreibe ihnen doch Karten und Briefe...«

»Wie oft hast du das schon getan?«

»Zweimal, glaube ich.«

»Sicher nur einmal.«

»Kann sein. Ich weiß es nicht mehr.«

»Was meinst du denn, wie er heißen soll?«

»Ich weiß nicht«, sagte sie. »Hör auf.«

»Es stehen so viele Namen zur Auswahl, weißt du. Ketil und Ola und Sigmund und Harald und Kjell und Geir und ...«

»Warum bist du so?«

Sie drehte sich um und sah ihn an. Ihr Gesicht war ein einziger Matsch aus Tränen und Haut, er stand auf und ging zu ihr. Ihre Augen waren so wenig blau, wie das überhaupt nur möglich sein konnte. Sie sahen aus wie das Waschwasser, in das er jetzt seine Kippe hielt, ehe er die Schranktür öffnete und die Kippe in den Mülleimer warf, ohne sie auch nur zu streifen, obwohl sie nur wenige Zentimeter von ihm entfernt war. Sie dachte sicher, er werde jetzt ins Wohnzimmer gehen und sie in Ruhe den Abwasch hinter sich bringen lassen, also setzte er sich wieder auf seinen alten Platz. Sie griff zur Spülbürste und hielt sie ins Wasser.

»Halvor, vielleicht...«

»So soll der Kleine heißen, meinst du?«, fragte er.

»Ja?«

»Dann wird das Klein-Halvor. So hab ich verdammt noch mal mein halbes Leben lang geheißen, *das* möchte ich ihm ersparen. Zwei Halvore hintereinander sind mehr als genug.«

Sie wühlte jetzt im Spülwasser herum.

»Dann weiß ich nicht«, sagte sie.

»Das arme Kind.«

»WIE MEINST DU DAS?«

Sie fuhr zu ihm herum. Er schaute sie überrascht an. Woher um alles in der Welt nahm sie diese Energie?

»Was meinst du mit *das arme Kind*?«

»Wenn seine Mutter nicht einmal weiß, welcher Name zu ihm passt«, sagte er.

»Und was meinst du mit *nicht einmal*?«

»Reg dich ab. Ganz ruhig jetzt. Ich meine nur, was ich sage.

Und ich habe alles so unglaublich satt. Einfach so satt, zu dem Ganzen hier nach Hause zu kommen.«

»Ich bin die ganze Zeit hier. Und du wolltest doch ein Kind!«

»Ich wollte, dass du …. dass du vielleicht …«

»Ja, was wolltest du?«, fragte sie.

»Dass du erwachsen wirst.«

Sie drehte sich wieder zum Spülbecken um, hielt sich daran fest, senkte den Kopf.

»Genau«, sagte sie.

»Wieso denn genau.«

»Was ist mit dir?«, fragte sie.

»Wie meinst du das?«

»Wann wirst *du* denn erwachsen?«

»Aber verdammt. Ich habe Arbeit. Ich versorge uns. Ich … Jetzt redest du nur Blödsinn.«

»Geh jetzt fernsehen. Ich muss spülen.«

»Nein. Ich fahre lieber eine Runde.«

»Jetzt?«

»Ja. Jetzt. Es ist Frühling. Alle sind mit ihren Motorrädern unterwegs.«

Er fand den Schlüssel ganz hinten in der obersten Kommodenschublade in der Diele. Er hatte sie dieses Frühjahr noch nicht überprüft. Die Drähte waren nicht geschmiert, und er hatte weder Öl noch Zündkerzen gewechselt oder die Batterie aufgeladen. Das mit der Batterie war wohl die größte Unsicherheit, es war durchaus zweifelhaft, ob der Motor überhaupt anspringen würde. Andererseits war der Fahrradkeller, wo sie den ganzen Winter gestanden hatte, geheizt. Er hatte wohl vor dem Winter auch vergessen, Benzin nachzufüllen, aber ein kleiner Rest war sicher noch im Tank. Wenn nur alle Götter ihm beistanden, so dass er starten und von hier wegkommen könnte, dann würden ihm alle Möglichkeiten offenstehen.

»Aber Halvor...«

Sie hielt noch immer die Spülbürste in der Hand.

»Die tropft«, sagte er.

»Du darfst nicht... nicht...«

»Ich will nur eine Runde fahren. Was ist das Problem, eigentlich?«

»Eine Runde? Jetzt...«

Er konnte ihren Anblick nicht ertragen, er zog eine Jacke an. Er wusste sofort, dass die zu dünn sein würde, aber er hatte keine Ahnung, wo seine lederne Motorradjacke lag. Sie packte unbeholfen seinen Ärmel.

»Aber Halvor... können wir nicht...«

»Nein«, sagte er, riss sich los und öffnete die Tür. Das Waschweib aus der Wohnung gegenüber schaute mit einem Lappen in der Hand auf. Er nickte kurz und rannte die Treppenstufen hinunter, merkte, dass er sich auf gefährliche Weise freute, auch wenn die fehlende Säuberung und das nicht ausreichende Öl die Lager zum Teufel schicken und ihm einen Haufen Scheißarbeit machen könnten. Oder vielleicht freue ich mich ja gerade deshalb, dachte er.

Sie ließ die Bürste fallen, die auf dem Linoleum einen feuchten Schwapplaut machte, ging in das kleine Zimmer, das sie nie benutzte, und griff in einen Pappkarton voller Dias. Die Bilder lagen in Stapeln in kleinen gelben Plastikschachteln mit durchsichtigem Deckel. Ganz unten in dem Pappkarton fand sie das braune Pillenglas und nahm zwei heraus, blieb einige Sekunden stehen und musterte ihre Fingerspitzen, die die Pillen hielten, ließ die eine dann wieder ins Glas fallen und steckte sich die andere in den Mund. Es schmeckte bitter und tröstlich, sie konnte sie schon auf dem Weg in die Diele hinunterschlucken ohne Hilfe von Wasser, sicher weil sie so viel geweint hatte, dass ihr Hals verschleimt war.

Sie ging ins Schlafzimmer und schaute auf Klein-Halvor hinab.

»›Zwei Halvore sind mehr als genug.‹ Das hat er gesagt. Auch wenn er dich doch haben wollte.«

Das Kind bewegte sich nicht, sie legte eine Hand auf den verblüffend kleinen Brustkorb. Er atmete.

Die schöne Frau aus dem zweiten oder dritten Stock stand in ihrem Kellerraum und stemmte Pappkartons, die eigentlich ziemlich leicht aussahen. Sie trug ein Kleid, aber keine Nylonstrümpfe. Nackte Haut, es sah fast ein wenig widerlich aus, mehrere kleine Leberflecken punktierten die weiße Haut auf der Rückseite ihrer Waden. Ihre Bewegungen wirkten entschieden und energisch, es bestand also kein Grund, mit ihr ins Gespräch zu kommen. Er lief durch den langen Kellergang, es roch hier unten so gut, trocken und kalt und nach allen möglichen Dingen, die die Leute in ihren Räumen hatten. Jetzt war er im Fahrradkeller, hier stand sie.

Er hatte die Tür zur Fahrradrampe, die nach oben führte, noch nicht aufgeschlossen, als er innehielt und lauschte. In der Wand war ein Rascheln. Was zum Teufel? Es waren ganz leise Geräusche, aber sie waren da. Widerlich, dachte er. Das letzte Lemming-Jahr war noch nicht lange her, und sicher waren es Lemminge. Diese ganze Siedlung mit den vielen Blocks war doch auf Ackerland errichtet worden, das verärgerten Bauern weggenommen worden war, das hatte er jedenfalls gehört. Klar waren das Lemminge, die nicht begriffen, dass hier jetzt Leute wohnten. Wenn sie sich in zottigen Wogen ins Meer stürzen wollten, konnten sie das von ihm aus gern tun, sie waren widerlich. Er packte den Lenker der Taifun, spürte den feinen Winterstaub an den Handflächen, kein einziges Mal im Winter war er hier unten gewesen, um nach ihr zu sehen. Aber jetzt war er da.

Er drehte den Choke voll auf und trat auf den Starter, dreimal, dann ein viertes Mal, und wirklich, sie sprang an! Es knallte einige Male, ehe der Motor hustend und würgend in Gang kam. Er gab vorsichtig Gas und drosselte den Choke, schloss die Tür zur Fahrradrampe auf, zog das Rad vom Ständer, schob es hinaus und knalle die Tür hinter sich zu.

Sie spülte alle Teller und Töpfe, das ganze Besteck, alle Gläser und Kaffeetassen, füllte den Wäschebottich mit Wasser. Sie machte das langsam mit wunderbarer Seide im Leib. Einige Kinder versuchten draußen, auf den Balkon zu klettern, doch sie ging einfach hinaus und lächelte, und schon waren sie verschwunden. Jetzt saß er auf seinem Motorrad, das war ein guter Gedanke. Ja, wirklich ein guter Gedanke. Sie ging ins Wohnzimmer und drehte den Fernseher aus. Der elfenbeinfarbene, viereckige Knopf war so schwer einzudrücken, dass der Fernseher sich auf seinen dünnen Beinen ein Stück rückwärts bewegte.

Es wurde so still, als das Fernsehbild erlosch. So ungeheuer still. Sie hörte nicht einmal den Lärm der verrückten Familie im Erdgeschoss auf der anderen Seite der Mauer, das war seltsam. Oder vielleicht auch nicht. Manchmal konnte sie nicht richtig hören, wenn sie die Tabletten genommen hatte. Sie hätte sich vorhin von ihm umarmen lassen sollen. Aber was, wenn sie ganz zusammengebrochen wäre? Alles wäre in Stücke gebrochen genau wie die neuen Milchgläser, die nicht nur in drei oder vier Stücke zerbrachen, sondern in tausend, in tausend winzig kleine Scherben, die aussahen wie Diamanten, aber ohne jeglichen Wert.

Er würde ja bald nach Hause kommen und dann wäre er froh, so wie er das früher immer gewesen war, wenn er eine Runde gedreht und auf seinem Motorrad im hohen Tempo viel Schönes erlebt hatte.

Teil Zwei

Wie man Besuch vermeidet

Es war fast nicht zu fassen. Oh, verdammte Hölle, was für ein Job!

Seine Kumpels, soweit er überhaupt welche hatte, besaßen nur eine vage Vorstellung davon, was er machte. Er hatte furchtbare Angst vor Konkurrenz, die goldene Nase wollte er sich ganz allein verdienen. Und seine Mutter glaubte kein Wort, nicht eine Sekunde lang.

Als er ihr erzählt hatte, was er verdienen würde, hatte sie laut gelacht und gesagt, er solle nur weiterträumen, es sei ihrer Ansicht nach ganz natürlich für junge Leute, von einem Vermögen zu träumen, für das man keinen Finger rühren müsse.

Es kam ihm sehr gelegen: ihr Lachen und ihr Unglaube. Da er noch immer zu Hause wohnte mit neunzehn Jahren, was eigentlich recht peinlich war, konnte er sich in Gedanken mit diesem ungeheuer lukrativen Job brüsten, über den er mehr oder weniger zufällig gestolpert war. Sie putzte und räumte jeden Tag sein Zimmer auf, wusch seine Kleider und legte sie frischgebügelt in den Schrank. Und jeden Tag stand für ihn und den Vater gutes Essen auf dem Tisch. Weshalb er, nachdem er ihr so leichtsinnig ehrlich verraten hatte, was er vielleicht verdienen würde, keinen Grund sah, ihr auch zu sagen, dass er wirklich so viel verdiente.

Wenn sie nur wüsste. Es hatte viele Vorteile, ein Nachkömmling zu sein. Er wusste, dass sie im tiefsten Herzen nicht wollte, dass er auszog. So wie sie ihn umhätschelte. Und er hatte ja, verdammt noch mal, auch nicht darum gebeten, der Nachkömmling zu werden. Aber das war er nun einmal. Und die Vorteile lagen auf der Hand. Nur sein Vater nervte ab und zu, wenn er ein paar Cognac-Soda getrunken hatte, was er denn einmal werden wolle. Dann antwortete er vage, dass er irgendwo eine Lehre machen würde... so irgendwann... wenn es sich gerade ergab.

Eine Lehre machen! Dann hielt der Vater die Klappe, er ahnte ja kaum, was das bedeutete, in der Familie gab es keinen einzigen Handwerker. Die beiden älteren, sehr viel älteren, Brüder waren Jurist und Arzt. Aber er selbst schaffte es fast nicht, sie als Brüder zu sehen, sie waren eher zwei zusätzliche Exemplare der Spezies Quengelvater.

Er wusste, dass der Vater eigentlich auch nicht wollte, dass er so bald auszog. Sie waren doch beide so alt, die Mutter war zweiundsechzig und der Vater fünfundsechzig. Sie hatte ihn mit dreiundvierzig bekommen, es sei fast eine Schande gewesen, hatte er sie am Telefon ihrer Schwester zuflüstern hören.

Aber er sah ja, dass sie sich jetzt über seine Existenz freuten. Er merkte das immer, wenn er abends ins Wohnzimmer kam oder zum Essen in die Küche, oder in den Garten, wenn sie sich dort mit Harke und Schubkarre beschäftigten, dass sie erleichtert waren, wenn sie ihn entdeckten. Dass sich das Leben für sie zu öffnen begann, leichter, heiterer und verbindender wurde. Er kannte seine Rolle, er wurde der Spaßmacher und der Clown und der Quatschkopf, und sie lachten beide aus vollem Hals über ihn, tauschten nachsichtige und frohe Blicke miteinander. Sie brauchten ihn. Und das war ein gutes Gefühl. Dass er benötigt wurde, dass sie ihn brauchten. Sie brauchten ihn! Sie brauchten ihn absolut mehr, als er sie brauchte. Und zu Hause mangelte es ja auch nicht gerade an Wohnraum.

Die Mutter hatte so viele leere Zimmer in der riesigen Villa, dass sie sie in wildem Tempo immer neu einrichtete. Einmal machte sie ein Nähzimmer und schob die Singer-Maschine mit dem Nähtischchen auf den kleinen Gummirädern hinein, zusammen mit Stoffrollen und Körben und Stoffresten. Am nächsten Tag wollte sie aus einem anderen Zimmer eine Wintergarderobe oder ein Bügelzimmer machen. Dann strich sie ein Zimmer weiß an und stellte mitten hinein eine Höhensonne auf einen winzigen wackligen Tisch vor einen Sessel.

Dieses viele Hin und Her ging ihm wahnsinnig auf die Nerven, konnte sie nicht einfach zur Ruhe kommen? Sie war alt, sie konnte doch einfach dasitzen und älter werden und alle in Ruhe lassen. Wenn sie die Höhensonne nahm, wurden ihre Runzeln scharf und blaubraun, das sah hässlich aus.

Aber ihm Geld zu geben, dafür waren sie zu geizig und zu verantwortungsbewusst. Deshalb hatte er viele kleine Jobs angenommen, seit er nach der neunten Klasse die Schule verlassen hatte, ohne eine weiterführende Schule im Auge zu haben und ohne sich irgendwo zu bewerben, was einen Schock für die erfolgreichen großen Brüder und die Eltern bedeutet hatte.

Er hatte im Lager verschiedener Autowerkstätten aufgeräumt, Zeitungen ausgetragen, im Sommer gemeindeeigene Rasenflächen gemäht, er hatte sogar die Betonbecken einer Zuchtanlage für Forellen draußen in Trolla saubergekratzt, glitschige Algenschichten, die als lange Fäden vom Besen gehangen waren. Nicht für einen Moment dachte er weiter in die Zukunft als zwei Monate, in Wirklichkeit nicht mehr als einen. Aber ab und zu dachte er ein wenig an die Sache mit dem Erbe, sie könnten beide sterben, die Alten, jederzeit. Dann würde er gar nicht wenig bekommen. Vielleicht.

Aber aller Wahrscheinlichkeit nach würden die Brüder alles

übernehmen, an sich reißen, das würde ihn nicht eine Sekunde lang wundern. Er konnte sie nicht ausstehen. Sie waren fast zwanzig Jahre älter als er, und auch sie waren alt. Erwachsene Männer, total unerträglich. In hässlichen engen Anzügen mit ewigem Schweißgeruch und seltsamen, scharf rasierten Bartformationen und beide mit Siegelringen, die sie vom Vater zur Konfirmation bekommen hatten. Hans Erik, der Älteste, der Jurist, war jetzt so fett, dass er den Siegelring an den kleinen Finger stecken musste. Seine Frau, ein kleines, verängstigtes Holzstück, erwiderte niemals auch nur einen Blick. Und die Kinder, drei an der Zahl, huschten herum wie verschreckte Nerze.

Ja, doch, ein Erbe würde es schon geben. Er dachte oft daran. Er war doch ein Drittel, auch wenn er noch so jung war. Das Haus musste doch, verdammt noch mal, einiges wert sein.

Aber *jetzt* brauchte er Zaster! Oh verdammt. Wenn sie nur wüssten. Wenn sie das nur wüssten.

Er bewahrte das Geld in einem Schuhkarton unten in seinem Kleiderschrank auf, dem Karton des besten Weihnachtsgeschenks, das er in seinem ganzen Leben je bekommen hatte – ein Paar Adidas Telstar 2 TRX FG Junior mit Traktionsstollen. Er hatte sich diese Schuhe gewünscht, seit er sie unten im Zentrum im Fenster von Ballangrud gesehen hatte. Deshalb hatte er das Gefühl, dass dieser Schuhkarton Glück und Erfolg bedeutete. Die Schuhe hatte er schon längst verschlissen und damit sicher zwanzig Tore geschossen. Immer löste sich an Fußballschuhen zuerst die Spitze, und die Spitze des rechten Schuhs hatte sich selbst ins Tor katapultiert zusammen mit dem letzten Ball, den er in diese Richtung geschossen hatte.

Dienstags, wenn er ins Büro von Henriksen ging, der für den Verkauf in der Stadt verantwortlich war, und wenn ihm das

Geld in die Hand gedrückt worden war, nachdem er den Stapel Quittungen für die verkauften Türspione vorgezeigt hatte, dann sah er die drei weißen Adidas-Streifen auf schwarzem Grund schon vor sich. Sie waren einfach wunderbar, die drei Streifen quer über dem Gesicht von Henriksen, der da saß und das Geld hinblätterte.

Und jedes Mal, wenn er den Deckel vom Schuhkarton nahm und neue Geldscheine und Münzen hineinlegte, zählte er, was er hatte. Bis jetzt fast elfhundert Kronen. Wenn seine Mutter die gefunden hätte, hätte sie ihn für einen Bankräuber gehalten.

An diesem Tag konnte er lange schlafen. Verkäufer hatten vor zwölf Uhr nichts an den Wohnungstüren verloren, aber dann waren die Hausfrauen in Schwung gekommen und hatten ihre Einkäufe erledigt. Auch der Abend war eine gute Verkaufszeit, wenn er nur die Nachrichten aussparte. Doch er arbeitete lieber tagsüber. Die Männer waren nicht so neugierig wie die Weibsbilder und glaubten, keinen Türspion zu brauchen.

Er freute sich jeden Vormittag, wenn er die Augen aufschlug. Die Leute saßen mit ihren Losen und Lottoscheinen herum und hofften auf einen Gewinn, den sie doch eh niemals bekamen. Er selbst hingegen konnte langsam und gemächlich in seinem eigenen Tempo aufstehen, ein Brot mit Ei und Sardellen verzehren, Milch mit ein paar großzügigen Löffeln O'Boy trinken und sich das bohrende und nie verstummende Gerede seiner Mutter anhören, oder besser gesagt eben nicht anhören. Und danach fuhr er dann auf seinem Crossmaster-Fahrrad zu dem Wohnblock, der für diesen Tag eingeplant war, und zog jedes Mal das Siegerlos in Form von Quittungen für den Verkauf. Das Rad war jetzt zu klein und kindisch mit dem blöden Speedwaylenker, aber er fuhr gern damit. Die beiden Plastikwimpel hinter dem Sitz waren inzwischen verschossen. Die bunten Zündkabel mit dem Kupferkern, die er in die Speichen des Hinterrades geflochten hatte, waren vom Verschleiß zerfranst, doch das spielte auch keine Rolle. Der Vater hatte sogar angeboten, ihm ein Herrenrad zu kaufen, ein ganz normales DBS mit Stange, aber er hatte dankend abgelehnt und behauptet, für ein leichtes Motorrad zu sparen und lieber das Geld zu nehmen als das Herrenrad. Der Vater hatte sich ausschütten wollen vor Lachen und gefragt, wie um alles in der Welt er Motorradführerschein und Motorrad zu finanzieren gedenke, ehe er dreißig wäre, bei seinem unsteten Arbeitsleben.

Er würde schon sehen. Oh ja, das würde er.

Denn fast alle kauften.

Die Rechnungen bekamen sie später mit der Post, und niemand bereute je den Kauf. Wenn sie erst einen Spion in der Wohnungstür hatten, wollten sie nicht – wie er es angeboten hatte – , dass er zurückkam und das Loch mit Holzmasse füllte, um es dann zu polieren und zu lackieren, bis nichts mehr zu sehen wäre. Die Tür würde wie neu sein, ganz ohne Kosten, niemand würde ahnen können, dass dort ein Guckloch gesessen hatte. Er machte eine große Nummer daraus, gerade das zu erklären, es machte ihm Spaß, diesen Prozess zu schildern, da er ihn bisher noch nicht hatte durchführen müssen.

Wenn alle Wohnungstüren in der Stadt ihren Türspion hätten, könnte er vielleicht anfangen auf dem Land Ferngläser zu verkaufen. Verdammt, er war nun mal der geborene Verkäufer. Auf dem Land wollten doch alle ein Fernglas auf der Fensterbank stehen haben, entweder in der Küche oder im Wohnzimmer, oder wie wäre es mit beidem? Er könnte auf dem Motorrad von Hof zu Hof fahren, verdammt, es wäre so einfach. Aber in dem Tempo, in dem derzeit neue Wohnblocks hochgezogen wurden, würde er sich so bald nicht aufs platte Land begeben müssen. Denn er glaubte absolut nicht, dass Henriksens Prophezeiung sich über Nacht erfüllen würde.

Henriksen war nämlich immer aufgeregt, wenn er kam, um sein Geld zu kassieren.

»Du musst dich beeilen, Lars«, sagte er. »Mach weiter wie ein Verrückter. Es geht nur noch kurze Zeit. Bald werden die Türhersteller kapieren, dass alle Türspione haben wollen, und dann wird das in der Fabrik zum Standard werden. Und dann sind wir fertig.«

»Aber es sind doch Massen von Blocks gebaut worden ohne Löcher in den Türen, also habe ich genug zu tun. Jetzt bleiben Sie mal ganz ruhig, Henriksen!«

Villen und Reihenhäuser waren jedoch kein Markt. Da konnten die Bewohner aus einem Flurfenster oder einem Fenster im ersten Stock schauen, oder oft gab es ein großes Fenster mit Gardine in der Haustür, sie brauchten also keine Gucklöcher.

In den Wohnblocks dagegen konnten sie nicht sehen, wer vor der Tür stand und klingelte, sie mussten also aufmachen. Und vielleicht war es ein Vertreter, mit dem sie nicht reden wollten, oder die Schwiegermutter auf einem überraschenden und unerwünschten Kontrollbesuch oder ein unangenehm aussehender Mensch, dessen Anliegen sie nicht kannten. Und dann war es zu spät, die Tür stand offen, und sie hatten verraten, dass sie zu Hause waren. Das alles war ihm klar, das alles sah er!

Er war in diesen bald zwei Monaten, in denen er schon Türspione verkaufte, gewaltig stolz auf sich selbst geworden. Er hatte eine natürliche Begabung für den Verkauf, das war ihm klar. Er redete gern mit Leuten, er gab sich Mühe, natürlich und freundlich aufzutreten, und er hatte sich entschlossen, nicht wie ein normaler Verkäufer auszusehen. Den Mantel von der Konfirmation, der noch immer passte, trug er nie und auch keinen Hut bei der Arbeit. Er versuchte auszusehen wie ein geschäftiger und ein wenig verlotterter Handwerker. Vielleicht glaubte seine Mutter deshalb nicht, dass er Geld verdiente.

Er trat auf als normaler und harmloser Handwerker mit Werkzeuggürtel, als ob er ersehnt und erwartet werden würde. Und er wurde von ihnen auch immer gleich geduzt, das war gut, obwohl er selbst immer schön brav beim Sie blieb.

»Hier bin ich«, sagte er immer, und dann waren sie ein wenig verdutzt, Weibsleute und Mannsbilder gleichermaßen. Der Handbohrer hing am Gürtel, die Gucklöcher lagen in einer Plastiktüte, Maßband, Bleistift und Quittungsblock hatte er in einer Tasche mitten auf dem Hintern. Oh verdammt, das war ja so einfach.

»Hat mein Mann dich bestellt?«, fragten die Weibsleute dann. »Oder kommst du von der Genossenschaft?«

Alle Wohnblocks waren neu, die Handwerker liefen noch immer ein und aus, Leitungen und Stromsystem mussten gewartet werden, in allen Schornsteinen musste etwas ausgetauscht werden, diese Bauaktivität war einfach unüberschaubar, er konnte nicht glauben, dass Henriksen Recht behalten würde. Die Firmen, die diese Wohnblocks errichteten, hatten zehntausend andere Dinge zu bedenken statt Gucklöchern in den Wohnungstüren. Nein, auf so eine Kleinigkeit würden sie nicht so schnell kommen.

Jetzt war er seit einer Woche mit den Blocks in Ungdommens Egen Heim beschäftigt, an diesem Tag würde er mit dem zweiten Block anfangen im hintersten Aufgang. Im ersten Block hatten alle gekauft, mit Ausnahme einer Wohnung unten rechts, wo gerade jemand gestorben war. Ein weinendes Gesicht hatte die Tür geöffnet und sie gleich wieder zugeschlagen, und einige Kinder hatten ihm erzählt, dass der Mann, der dort gewohnt hatte, von einem Gerüst gefallen war mit dem Kopf in eine Zementmischmaschine, die sich gerade drehte und drehte und deshalb den Kopf abgerissen hatte. Die Kinder hatten ihm das ausgeschmückt, er hatte den Handbohrer hervorziehen und ihnen damit drohen müssen. Ihm war schlecht geworden von ihren Phantasien darüber, welche Mengen an Blut diese Enthauptung produziert hatte. Und dass der Zement natürlich nicht zu brauchen gewesen war, weil die Farbe nicht mehr stimmte.

Aber jetzt kam der nächste Block.

Die vielen Wohnblocks in Ungdommens Egen Heim hatten zwei Wohnungen auf jeder Seite, in vier Etagen und in drei Aufgängen. Vierundzwanzig Wohnungen insgesamt im ganzen Block. Die Kunden bezahlten neunzehn Kronen pro Türspion, seine Provision waren fünf Kronen pro Guckloch. Ein Block wie dieser brachte ihm hundertzwanzig Kronen. Ein wenig Steuern musste er bezahlen, doch verdammt, ihm blieben mehr als achtzig Kronen für den Schuhkarton. Er fragte sich übrigens, ob Henriksen die Steuern wirklich weiterreichte. Aber ob er das tat oder nicht, war auch egal. Er hatte sich nichts vorzuwerfen.

Er strampelte den letzten Hang nach Ungdommens Egen Heim hoch. Er kannte die Gegend schon gut, weil er die Wege dahinter als Abkürzung benutzt hatte, als er vor einem Monat in der riesigen neuen Siedlung in Moholt gearbeitet hatte.

Die Wohnsiedlung war noch immer von der regen Bauaktivität geprägt. Gräben waren offen, Bagger standen am Rand, die Asphaltwege waren schwarz und rochen nass, und Wasser quoll an

Stellen hervor, wo niemand damit hatte rechnen können, und alles war seltsam flach und neu. Die Bäume standen frisch gepflanzt in Reih und Glied und waren winzig klein. Schön war das nicht. Das Einzige, was normal wirkte, waren die Butterblümchen wie gelbe Tupfen überall, wo niemand sie geplant hatte, sie pressten sich durch den Streusand, der den ganzen Winter von der Straße herübergespritzt war, oder standen hier und da auf den flachen Rasenflächen ganz ohne System.

Die Wohnblocks sahen aus wie lange flache Klötze, und auf den Spielplätzen dahinter wimmelte es vor Kindern, die noch nicht im Schulalter waren. Frauen mit Kinderwagen und Einkaufstaschen oder beidem wanderten herum in hässlichen Kleidern und mit Lockenwicklern unter straff gebundenen Kopftüchern. Es würde vielleicht schwieriger zu verkaufen sein, jetzt wo es so warm geworden war. Was, wenn alle draußen wären und nicht im Haus, wenn er klingelte?

Er hatte seine Mutter am Morgen gefragt, wann Frauen anfingen sich zu sonnen. Es war doch schon Anfang Mai.

»Einige haben schon angefangen«, sagte sie. »Dann liegen sie auf Liegestühlen im Garten. Was du aber fragst. Das weißt du doch.«

»Aber nicht die in den Wohnblocks, oder?«

»Uff, von solchen Blocks habe ich keine Ahnung«, sagte sie.

»Die haben alle Balkons«, sagte er. »Vielleicht sonnen die sich da?«

»Auf einem Balkon kann man sich nicht sonnen«, sagte die Mutter. »Der ist doch überbaut und liegt im Schatten.«

Seine Mutter lag auf einem blau-weiß gestreiften Liegestuhl auf ihrem zweitausend Quadratmeter großen Grundstück, mit Nivea eingeschmiert, glänzend und unbeweglich.

»So ein Balkon ist was Schönes«, sagte er.

»Garten ist besser. Die armen Menschen.«

»Arm? Wieso sagst du das?«

»Solche Blockleute sind doch ziemlicher Pöbel. Die können sich kein eigenes Haus leisten. Das sagt doch einiges. Oder eigentlich alles.«

Er fing unten links an. »Åsen« stand auf dem Schild. Er musste dreimal klingeln, ehe geöffnet wurde und im Türspalt ein Gesicht auftauchte mit einer schweißnassen Stirn über einem neugierigen Blick. »Hallo, hier bin ich! Ich bringe in Ihrer Tür ein Guckloch an. Das dauert nur einen Augenblick.«

»Ein Guckloch? Wie meinst du das?«

»Ein Türspion. Ein Loch, durch das Sie den ganzen Eingangsbereich sehen können, ohne die Tür zu öffnen.«

»Wie soll das denn gehen? Den ganzen Eingangsbereich!«

Er nahm einen Spion aus der Tüte an seinem Werkzeuggürtel und reichte ihn ihr.

»Hier. Schauen Sie mal da durch, dann wissen Sie's.«

Sie hielt das Guckloch an ihr rechtes Auge und kniff das linke zu.

»Oh. Alles scheint sich auszuweiten! Ich sehe ja das ganze …«

»Genau. Dann braucht man die Tür nicht aufzumachen, wenn man keinen Besuch haben will. Man sieht, wer draußen steht, und braucht nicht aufzumachen. Es treiben sich doch so viele seltsame Leute herum.«

»Da sagst du was Wahres«, sagte sie. »Und ich habe dich schon mal gesehen.«

»Ich habe vor einer Woche mit der Arbeit hier in dieser Siedlung angefangen, das ist schon richtig.«

»Nein, es ist länger her. Da bist du wie ein Wilder nachmittags mit dem Fahrrad hier herumgekurvt.«

Er grinste.

»Das war sicher, als ich drüben in Moholt gearbeitet habe …«

»Ja, das weiß ich nicht. Es war jedenfalls sehr schnell.«

»Aber jetzt bin ich hier«, sagte er und lächelte.

Sie war ziemlich dick, aber auf überwältigende Weise attraktiv. Ihre Brüste unter der Kittelschürze waren groß. An die würde er bei einer späteren Gelegenheit denken. Er nickte zu dem Guckloch hinüber, das sie noch immer in der Hand hielt.

»Alle im Block weiter unten haben eins gekauft, alle wollen jetzt so eins. Abgesehen von einem, der tot war«, sagte er.

»Der mit dem Zementmischer?«

»Genau.«

»Was kostet denn so ein Loch?«

»Nur neunzehn Kronen. Die Rechnung kommt mit der Post. Und wenn Sie sich die Sache anders überlegen, komme ich einfach und nehme es wieder heraus und dichte und schleife die Tür ab, damit man nicht mehr...«

»Ich glaube nicht, dass ich es mir anders überlegen werde. Das ist doch großartig«, sagte sie. »Ich habe über solche Dinger gelesen, aber ich wusste nicht, woher ich... Komm rein.«

»Dann sollte ich mich wohl richtig vorstellen«, sagte er und streckte die Hand aus. »Lars Lockert.«

Die Wohnung roch wie ein Putzeimer. Die Türen zu Wohnzimmer und Küche und einem kleineren Raum standen weit offen. Im Wohnzimmer sah er eine Art mehrstöckigen Springbrunnen, der von grünen Pflanzen umstellt war.

»Meine Güte«, sagte er und zeigte darauf.

»Das ist ein Zimmerspringbrunnen«, sagte sie und lächelte.

»Ich muss schon sagen«, sagte er. »Der ist wirklich klasse. Das muss ich meiner Mutter erzählen.«

»Er ist im Winter besonders schön, wenn es draußen dunkel ist, weil es darin ein Licht gibt«, sagte sie.

»Ja, Himmel, das kann ich mir vorstellen. Machen Sie auch Teppiche?«

In dem einen Sessel lag ein fast fertig geknüpfter Teppich, und an der Tischkante waren kleine Häufchen von Wollfäden in unterschiedlichen Blautönen aufgereiht.

»Nein, mein Mann knüpft Teppiche, das ist sozusagen sein Hobby. Der hier ist bald fertig, er arbeitet schon eine ganze Weile daran. Im Frühjahr ist so viel anderes zu erledigen, der Bürgersteig muss abgespritzt werden und so. Und wir haben auch eine Hütte, das ist sehr viel Extraarbeit jetzt, wo der Schnee schmilzt.«

»Schöne Farben«, sagte er. »Sieht aus wie eine Art Explosion.«

»Ach, er macht das in allen Farben«, sagte sie und breitete die Arme aus.

Und er entdeckte überall Knüpfteppiche auf dem Boden und an den Wänden.

»Hat er die alle selbst gemacht? Was für eine Arbeit.«

»Ihm gefällt das. Er macht das, wenn er fernsieht.«

»Er könnte das fast als Beruf machen.«

»Nein, dann wäre es ja kein Hobby mehr, er arbeitet bei der Sparkasse.«

»Ach so. Und ist er normal groß? Etwas größer als Sie?«

»Aber um Himmels willen, warum willst du das wissen?«, fragte sie und trat einen Schritt zurück in Richtung Küche.

»Normalerweise bringt man das Loch bei eins fünfundsechzig an. Die Kinder kommen zwar nicht ran, aber die Höhe passt für die meisten Erwachsenen, sie stellen sich auf die Zehenspitzen oder bücken sich ein wenig.«

»Ach so, ja. Genau. Das klingt vernünftig. Und Kinder haben wir nicht. Noch nicht.«

»Es wird ein bisschen Sägemehl anfallen, wenn ich das Loch bohre.«

»Das macht nichts. Leg einfach los.«

Er maß die Höhe ab. Das Mittelmaß hatte er im Kopf, alle Türen waren gleich. Er malte mit dem flachen Zimmermannsbleistift ein Kreuz und nahm den Bohrer vom Werkzeuggürtel, bohrte rasch das Loch und blies hinein, fühlte mit dem Finger nach. Dann schraubte er den kleinen Metallzylinder auseinander, überzeugte sich davon, dass die Richtung stimmte, und schob von jeder Seite einen Teil hinein, schraubte sie mit den Fingern zusammen und machte die letzte Drehung von außen mit einer kleinen Zange, während er von innen gegen den Zylinder drückte, damit der ruhig lag.

»Da, das war's schon«, sagte er. »Jetzt können Sie sehen.«

Er schloss die Tür, und sofort war ihr Auge da.

»Ja, so was«, flüsterte sie. »Ich sehe ja alles.«

»Ich kann mich mal vor die Tür stellen und klingeln, damit Sie sehen, wie es ist, wenn dort jemand steht.«

Er ging hinaus und klingelte. Das Loch wurde dunkel. Sie öffnete die Tür mit einem strahlenden Lächeln.

»Phantastisch«, sagte sie. »Aber dein Gesicht ist ein bisschen komisch. Und riesig groß.«

»Ja, nicht wahr? Das liegt an der erweiternden Optik. Deshalb kann man durch so ein kleines Loch so viel sehen.«

»Aber die draußen, können die nicht sehen, dass ich ins Loch schaue? Wenn ich zum Beispiel so tue, als ob ich nicht zu Hause wäre?«

»Ein bisschen, vielleicht.«

Natürlich konnten sie das, aber das brauchte er einer so zufriedenen Kundin doch nicht zu verraten.

»Dann schicke ich die Rechnung mit der Post«, sagte er. »Aber Sie müssen hier diese Quittung ausfüllen. Die Adresse habe ich schon. Hier oben Name und Geburtsdatum und auch das von Ihrem Mann, und dann hier unten unterschreiben. Aber die Rechnung geht dann an ihn, wissen Sie.«

Sie lachten beide.

»Ja, Rechnungen sind Männerarbeit«, sagte sie.

Sie legte den Block auf die Waschmaschine und unterschrieb sorgfältig und elegant. Er riss den obersten Bogen heraus und behielt den Durchschlag. Fünf Kronen verdient.

»Dann geh ich mal zur nächsten Tür weiter.«

»Zu Moes?«

Er schaute auf das Schild.

»Ja, Moe, so heißen sie«, sagte er.

»Ich bin ja nicht so sicher, ob sie eins wollen. Sie... denen geht es nicht so gut, glaube ich. Zuerst ist er mit dem Motorrad verunglückt, und dann ist ihr Baby gestorben.«

»Waren sie mit dem Baby mit dem Motorrad unterwegs? Im Beiwagen oder wie?«

»Nein, nein. Er war allein. Und dazwischen lagen einige Tage, glaube ich.«

»Aber vielleicht wollen die ja trotzdem sehen, wer klingelt.«

»Du kannst es ja versuchen.«

Sie schloss die Tür. Das Loch wurde sofort schwarz, natürlich wollte sie den Spion einweihen, wenn er bei Moes klingelte.

Nach einigen Minuten öffnete ein Mann mit einer Krücke. Männer, die tagsüber zu Hause waren, waren fast immer sauer und misstrauisch, weil sie in neun von zehn Fällen krank waren. Dieser war keine Ausnahme, das sah er sofort.

»Was willst du?«

»Ich heiße Lars Lockert, ich kann einen Spion in Ihrer Tür montieren. So einen, wie Frau Åsen gerade gekauft hat.«

Er drehte sich um und zeigte auf die Tür. Sofort war Frau Åsens Auge verschwunden.

»Ach so. Aber ich bin nicht sicher, ob...«

»Dann braucht man nicht Leuten zu öffnen, mit denen man

nicht reden will. Den vielen Kindern, die Maiblumen und Lose und so was verkaufen.«

»Da sagst du was Wahres.«

»Wer ist das?«, fragte eine dünne Frauenstimme aus der Wohnung.

»Nur ein Vertreter. Was kostet das?«

»Nur neunzehn Kronen. Und die Rechnung kommt mit der Post. Und ich bohre und montiere im Handumdrehen. Hier und jetzt.«

»Dann los.«

»Ich muss aber reinkommen, ich bohre lieber von innen.«

»Natürlich.«

Herr Moe riss die Tür sperrangelweit auf.

Seine Frau saß mit den Händen im Schoß am Küchentisch. Sie hatte weder Kaffeetasse noch Zeitung oder Handarbeit vor sich liegen, das sah seltsam aus. Dann fiel ihm das mit dem Baby ein. Es war sicher ganz schön schlimm, wenn ein Baby starb, auch wenn man es irgendwie noch nicht richtig kannte. Bei einem Jugendlichen oder einem Erwachsenen war das etwas ganz anderes. Bei einem Baby konnte man doch einfach ein neues machen.

Er hätte gern nach dem Motorrad gefragt. Vielleicht war das ja zu verkaufen, wo der Mann doch an Krücken ging und sicher eine Zeit lang nicht fahren könnte. Aber Herr Moe wirkte nicht gerade gesprächig, und das mit dem Motorrad durfte er eigentlich gar nicht wissen, das war also nicht so einfach. Ein neues Motorrad konnte an die dreitausend Kronen kosten, ein gebrauchtes könnte man vielleicht für einen Tausender bekommen, aber da war eben die Sache mit dem toten Baby. Ach, verdammt.

Er machte sich an die Arbeit, er konnte jetzt die Größe von beiden abschätzen, und das mit den Kindern, die nicht an das Guckloch heranreichten, brauchte er hier auch nicht zur Sprache zu bringen. Er sah nirgendwo Spielzeug oder kleine Schuhe in der Diele, wo er stand, das tote Baby war offenbar das einzige Kind gewesen.

Der Mann lehnte sich an die Anrichte und rauchte. Er konnte wirklich nicht viel älter sein als er selbst. Und schon hatte er Frau und totes Kind und Motorrad und Wohnung. Der arme Teufel.

»Es fällt ein bisschen Sägemehl an«, sagte er.

»Darum kümmern wir uns nachher«, sagte der Mann.

Die Frau schaute aus dem Küchenfenster. Ihre Haare waren dünn und fettig, fast blank vor Fett. Die Küche war aufgeräumt, aber kein bisschen gemütlich, sie wirkte wie die Küche an einem Arbeitsplatz. Alles, was da sein sollte, war sicher vorhanden, aber das war auch alles. Und es roch muffig und nach Zigaretten, obwohl es draußen so schön und sonnig war. Verdammt, er konnte ja so froh sein, dass er nicht dieser Mann war. Und dann noch diese lahme und hässliche Alte. An die würde er zu einer späteren Gelegenheit jedenfalls nicht denken. Oh Himmel.

»Dann wäre das erledigt. Und wenn Sie die Sache bereuen, komme ich einfach und dichte ab und poliere und …«

»Ist schon gut. Tausend Dank. Wiedersehn.«

»Sie müssen hier auf meinem Block unterschreiben. Name und allerlei Kram plus Unterschrift. Die Adresse hab ich ja.«

Zehn Kronen.

»Rudolf« stand auf dem nächsten Schild im ersten Stock, na gut, auch ein Name. Vielleicht der Vorname eines Mannes, der allein hier lebte, aber das glaubte er nicht. In diesen Blocks wohnten junge Familien, fast alle hatten Kinder in allerlei Größen. Er musste davon ausgehen, dass es ein Nachname war.

Und zum Glück öffnete eine erwachsene Frau.

»So. Hier bin ich. Ich bringe in Ihrer Tür ein Guckloch an. Das geht im Nu!«

»Was soll ich damit?«

»Tja... man kann sehen, wer draußen steht. Und dann brauchen Sie nicht aufzumachen, wenn Sie nicht wollen.«

»Mit so einem Guckloch?«

»Ja.«

Er reichte ihr eins aus seiner Tüte, und sie hielt es sich ans Auge.

»Du meine Güte. Und was kostet das?«

»Neunzehn Kronen. Und wenn Sie sich die Sache anders überlegen, komme ich einfach und...«

»So eins wünsche ich mir schon lange. Dann brauche ich den Buchverkäufern nicht aufzumachen. Mein Mann kauft ein, als ob das umsonst wäre.«

»Dann hat sich das hier schnell wieder rentiert.«

»Genau. Komm rein. Oder machst du das von außen?«

»Nein, ich muss von beiden Seiten bohren.«

»Tut mir leid, dass es so unordentlich ist. Wir haben am Sonntag Konfirmation.«

Die Küche wimmelte nur so von Weißkohlstücken, Apfelschalen, Apfelsinen, Töpfen, Schüsseln und Einmachgläsern. Auf dem Boden lagen plattgetretene Kohl- und Obststücke. Die Küchenmatte war vor dem Küchentisch zu einer Wurst zusammengeschoben worden.

»Ich mache Kümmelkohl. Hausmannskost, dafür ist sehr viel Kohl vonnöten.«

»Ach.«

»Und dann wollte ich zum Nachtisch einen Pudding kochen, aber ich habe so viel Obst bekommen, dass es jetzt Obstsalat gibt. Mit Walnüssen und Sahne.«

»Klingt gut.«

»Mein Mann fährt für die Markthalle, weißt du.«

»Dann kriegt er sicher viel gratis.«

»Das kann man wohl sagen. Zu viel. Möchtest du vielleicht eine Apfelsine?«

»Gern. Wenn ich fertig bin. Das geht schnell. Die Rechnung kommt mit der Post.«

»Muss ich irgendwo unterschreiben? Dann muss ich mir erst die Hände waschen.«

Er legte den Quittungsblock auf die Waschmaschine neben der Tür und schob das Pappstück unter die nächste Quittung. Die Pappe sorgte dafür, dass der Durchschlag nicht auch die restlichen Quittungen erfasste. Sie wusch sich die Hände und trocknete sie sorgfältig ab, dann holte sie einen Kugelschreiber und füllte aus.

»Auch den Namen Ihres Mannes«, sagte er.

»Ja doch.«

Im selben Moment notierte sie etwas auf einen Schreibblock, der an der Wand an irgendeinem bemalten Krimskrams hing.

»Einkaufsliste«, sagte sie. »Mir fällt immer noch was ein. Eben waren es Servietten und Ata.«

»Kommen denn viele Gäste?«, fragte er und machte ein Kreuz auf die Tür. Er hatte keine Lust zu fragen, wie groß ihr Mann war, die meisten waren sicher normal.

»Nur acht. Wir feiern hier zu Hause.«

Das musste er seiner Mutter erzählen. Dass man in einer kleinen Blockwohnung sogar Konfirmation feiern konnte.

»Wir essen im Wohnzimmer. Wir können einen größeren Tisch leihen. Das wird ein bisschen eng, aber ...«

Sie redete wirklich so viel wie seine Mutter. Er ließ ihre Worte einfach vorüberwirbeln, während er das Loch bohrte und den Zylinder anbrachte.

»Jetzt schauen Sie mal«, sagte er.

Sie stürzte zum Loch und presste das Gesicht dagegen.

»Ist das denn möglich? Ich sehe doch das ganze... ganze... bis zu meiner Türmatte. Jetzt wird eine gewisse Person aber überrascht sein, wenn sie anderer Leute Treppen putzt.«

»Ach?«

»Damit will ich dich nicht belästigen. Und hier kommt ja Rickard!«

Sie riss die Tür auf.

»Ich hab dich gesehen!«, rief sie.

»Was denn gesehen? Ich hab doch gar nichts gemacht.«

»Ich hab dich durch das Loch gesehen. Das Guckloch.«

Er ging total gleichgültig vorbei, streifte die Schuhe ab und verschwand in dem kleinen Zimmer, wo die Frau ein Stockwerk tiefer ein Sofa gehabt hatte. Das war sicher der Konfirmand. Und er knallte mit der Tür.

»Ach, der ist in einem solchen Alter, dass ich fast nicht... Und hier stehe ich und tue und mache, aber von Dankbarkeit ist nicht viel zu sehen. WIESO KOMMST DU SO FRÜH NACH HAUSE?«

»Hatten die letzte Stunde frei.«

»WARUM DAS?«

»Weiß ich doch nicht. Haben eben freigekriegt.«

Danach erklang Musik. Die Animals mit »The house of the rising sun«.

»Ich gebe bald auf«, sagte sie.

»In dem Alter war ich auch so«, sagte er.

»Wie alt bist du denn jetzt?«

»Neunzehn.«

»Du siehst jünger aus. Und hier ist die Apfelsine. Und dein Quittungsblock.«

Er hatte keine Ahnung, was er mit der Apfelsine machen sollte, in seinem Werkzeuggürtel war kein Platz dafür, aber er nahm sie und behielt sie in der Hand, während er nach gegenüber ging mit Kurs auf Familie Larsen, wie auf dem Schild stand.

»Ich komme mit«, sagte Frau Rudolf und stellte sich hinter ihn, als er klingeln wollte. Mit der linken Hand hatte sie sich einen riesigen Kohlkopf geschnappt, den sie gegen ihre verschmutzte Schürze presste, und in der rechten Hand hielt sie zwei Apfelsinen.

Eine Frau mit Lockenwicklern öffnete die Tür, hinter ihr erschien eine weitere, aufgeregte Frau mit dunkelbraun verschmierten Gummihandschuhen. Der Geruch von Rauch, Seife, Parfüm und allerlei Chemikalien quoll ihm entgegen.

»Ich färbe gerade Haare. Ach hallo, Karin. Wer ist denn dieser Bursche?«

Die Frau mit den Lockenwicklern verschwand wieder in der Küche. Um alles in der Welt, hatten sie einen Frisiersalon *in* der Wohnung? Das würde seine Mutter nun wirklich hören wollen.

»Er verkauft Gucklöcher«, sagte Frau Rudolf. »Er bohrt einfach durch die Tür und setzt sie sofort ein, es ist genial und kostet nur neunzehn Kronen, du bekommst die Rechnung mit der Post.«

»Neunzehn? Ich weiß nicht. Wir ...«

»Dann brauchst du nicht für Leute aufzumachen, die du nicht zu Besuch haben willst, Barbara. Alle kaufen. Nicht wahr ... Wie heißt du noch gleich?«

»Lars Lockert.«

»Ich hab dir Kohl mitgebracht und Apfelsinen für die Kinder. Du kannst davon deine gute Käbbisuppe kochen.«

»*Cabbage soup*, Karin. Komm rein«, sagte Frau Larsen und hob die verschmierten Gummihandschuhhände.

»Ja, möchten Sie so eins?«, fragte er.

»Das will ich«, sagte Frau Larsen und lief zurück zu einer Frau, die mit teilweise hellbraunen und teilweise dunkelbraunen klebrigen Haaren dasaß.

Frau Larsen sah super aus. In diesem Haus gab es wirklich eine große Palette von Frauentypen. Natürlich alle ziemlich normal, aber doch gutaussehend, wie die im Erdgeschoss und diese hier. Die Frau mit den Lockenwicklern aber sah aus wie eine Hexe, über die er irgendwo gelesen hatte, sicher im Märchen über Hänsel und Gretel, die Hexe, die die beiden fressen wollte. Die Frau mit der braunen Soße in den Haaren war nicht so leicht zu beurteilen. Da sie eine Art rosa Nachthemd um die Schultern liegen hatte, konnte er ihre Brüste nicht richtig sehen, das Gesicht war schon in Ordnung, wenn auch ein wenig langweilig. Aber er konzentrierte sich ja ohnehin nur auf den Körper. Das Gesicht war nicht so wichtig, wenn nur der Körper taugte.

»Nein, kriegen wir Besuch? Und von *sooo* einem feschen jungen Mann?«

»Oi, oi, oi!«

»Hast du eine Freundin, Hübscher?«

»Wie alt bist du? Sicher jünger, als du aussiehst.«

Er flirtete gern mit erwachsenen Frauen. Mädchen in seinem Alter waren fast alle kaugummikauende Kicherlieschen mit zu dünnen Beinen und kleinen Brüsten und flachen Schuhen und zu viel Schminke. Und total hysterisch, wenn er nur den BH-Verschluss an ihrem Rücken berührte. Herrgott. Und er traf auch kaum noch welche, da er nicht zur Schule ging, sondern sich tagsüber in Privatwohnungen herumtrieb. Eine feste Freundin hatte er noch nie gehabt, aber er hatte mit zwei Mädchen geschlafen, beides Schwedinnen, beide Male in den Ferien in Schweden, beide Male unter freiem Himmel auf einem Campingplatz mit der Gefahr, erwischt zu werden, was alles noch extra prickelnd gemacht hatte.

Er fühlte sich eigentlich ziemlich erfahren, und deshalb flirtete er gern mit Frauen, die wussten, was sie taten. Sie waren verheiratet, sie schliefen sicher pausenlos mit ihren Männern, vielleicht abgesehen von der im Erdgeschoss mit dem toten Baby. Oder vielleicht machte gerade sie es, um sich ein wenig zu trösten und um ein neues Kind zu bekommen.

Er glaubte, man müsse sich erfahren fühlen, um gern zu flirten, und er glaubte, dass die Frauen das merkten. Sein Schwanz war überdurchschnittlich groß, jedenfalls demnach zu urteilen, was er in der Schule beim Duschen nach dem Sport hatte sehen können, auch wenn die Schwänze da schlaff nach unten gehangen hatten. Und beide Male mit den Schwedinnen hatte sein Körper genau gewusst, was er zu tun hatte, sein Schwanz und sein Mund und seine Hände. Er hatte von peinlichen ersten Malen gehört, wo es dem Typen kam, lange bevor er überhaupt im Mädchen angekommen war, oder wo er den BH nicht aufbekam oder das Kondom falsch herum überstreifte. Ganz zu schweigen von denen, deren Zahnklammern sich verhakten und die sich trotzdem ein paar Kleidungsstücke überstreifen konnten, ehe sie um Hilfe riefen.

Aber selbst beim ersten Mal hatte er alles richtig gemacht. Da war er sich verdammt sicher.

Im *ABC der Liebe*, das er im Buchladen Bruns gestohlen hatte, indem er es frech und blitzschnell in seinen Hosenbund gestopft hatte, hatte er gelesen, wie Mädchen sich verhielten, wenn sie zum Höhepunkt kamen, und die beiden Schwedinnen hatten mehrere Symptome gezeigt. »Dann hat man als Liebhaber überzeugt«, stand im Buch. Die eine hatte rote Flecken am Hals bekommen und ihre Augen verdreht, als sie ganz zum Schluss gestöhnt hatte. Es sah eigentlich ziemlich scheußlich aus. Die andere hatte die Augen zugekniffen und auf seltsame Weise gegrunzt, was sie bestimmt nie getan hätte, wenn sie sich hätte kontrollieren können, und ihre Möse hatte sich so fest zusammengezogen, dass es ihm gleichzeitig mit ihr gekommen war.

Er konnte auch ziemlich lange machen, das hatte er beide Male bewiesen. Also ja, er würde sich als erfahren bezeichnen. Jetzt musste er sich nur noch Kondome besorgen. Sein Vater hatte die Zeitschrift *FOR ALLE* abonniert, und da gab es Anzeigen, wo man per Nachnahme bestellen konnte. Aber wie hätte das denn ausgesehen? Wenn der Vater entdeckte, dass eine solche Anzeige ausgeschnitten worden war, wo er seinem Sohn noch nicht einmal zutraute, sich ein blödes Motorrad zu besorgen.

Er spielte ernsthaft mit dem Gedanken, eine solche Anzeige abzuzeichnen, dann müsste er sie nicht ausschneiden. Eine Packung enthielt ein Dutzend Kondome, man bekam zehn Prozent Rabatt, wenn man zwei Dutzend bestellte. Aber was zum Henker sollte er mit zwei Dutzend, das waren doch nicht weniger als vierundzwanzig Kondome! Ja, verdammt noch mal, das wäre was, wenn er plötzlich soooo viele gebraucht hätte. Außerdem hatte man die Wahl zwischen verflixt vielen Sorten, deutschen, englischen und amerikanischen. Die amerikanischen hießen »World's Best«, und die teuersten kosteten dreizehn Kronen für eine Packung mit einem Dutzend. Sie hießen »Natural / Hyg. Öl«. Er hatte keine Ahnung, was das bedeutete. *Hyg. Öl?* Sollte er die Frauen einölen? Die billigsten World's Best kosteten nur acht Kronen pro Dutzend. Das war doch hoffnungslos, wie sollte er sich nur entscheiden? Und er würde doch, verdammt noch mal, nicht in eine Apotheke oder zu einem Kiosk gehen, seine Mutter hatte einfach überall Freundinnen, das konnte er gleich vergessen.

»Ich bin neunzehn«, sagte er.

»Herrgott, neunzehn Jahre, Barbara«, sagte die Frau mit der braunen Soße in den Haaren.

»Und ich habe keine Freundin, nein. Ich bin frei wie der Wind.«

Er zog den Bohrer hervor und stand damit da, während er grinste und einer nach der anderen in die Augen schaute.

»Und hier ist also ein Schönheitssalon? Wollen Sie vielleicht Filmstars werden?«

Alle vier lachten glücklich, Frau Rudolf am lautesten, sie hatte sozusagen ein kleines Anrecht auf ihn, weil er bei ihr zuerst gewesen war.

»Werden? Sind wir doch schon«, sagte Frau Larsen und hielt für einige wunderbare Sekunden seinen Blick fest. Sie hatte von »soup« gesprochen und musste entweder Engländerin oder Amerikanerin sein. Was für eine Vorstellung, so wunderbar zu sein und dann noch aus England oder Amerika zu kommen. Und Barbara zu heißen ... Was für ein Glückskerl, der zu so einer Frau nach Hause kommen und einfach zugreifen konnte. Oh verdammt.

»Du verkaufst also peepholes? Meine Mutter in Bristol hat schon längst eins, und jetzt ist die Entwicklung hierzulande also auch endlich so weit gekommen«, sagte Frau Larsen.

»So heißt das auf Englisch? *Piep-Loch?*«, fragte er und zwinkerte.

Sie errötete und schaute rasch auf die Soße. Sieh an, dachte er, ich hab sie zum Rotwerden gebracht.

Er legte die Apfelsine auf ihre Waschmaschine. In diesen Blocks stand die Waschmaschine in allen Wohnungen an der gleichen Stelle. Das war aber auch der logische Platz in Bezug auf Hahn und Ausgussbecken.

»Dann lege ich also mal los. Mit meinem Bohrer«, sagte er und schwenkte den in der Luft.

Wieder folgte hysterisches Kichern.

»Herrgott, was bist du für ein frecher Bengel!«, sagte Frau Larsen. »Ich glaube fast, ich brauche eine Tasse Kaffee zur Beruhigung.«

»Ich habe Mazariner vom Bäcker mitgebracht«, sagte die Frau mit den Lockenwicklern. »Es reicht für alle, vielleicht auch für dich, Don Juan?«

»Ja, danke, nachher vielleicht. Aber ein Glas Wasser nehme ich gern sofort. Mir bricht ja der Schweiß aus, wenn ich so viele schöne Damen auf einmal sehe!«

»Nimm dir ein Glas aus dem Schrank da oben«, sagte Frau Larsen und zeigte mit dem Ellbogen darauf.

Er ließ das Wasser ein wenig laufen, dann leerte er nacheinander zwei Gläser. Frau Rudolf bekam den Quittungsblock und füllte für Frau Larsen aus. Es musste offenbar schnell gehen, das mit der Haarfarbe, da sie keine Pause einlegen durfte. Frau Rudolf ließ sich die Geburtsdaten nennen und die Namen buchstabieren und füllte routiniert die Spalten aus.

Er zog die Feile hervor und putzte die Spitze des Bohrers. Es war wichtig, dass er gleich bei der ersten Drehung ins Holz eindrang, sonst konnte das Loch schief ausfallen. Doch das wollte er diesen Damen hier nicht genauer ausmalen, das würde doch zu weit gehen. Es gab einen Unterschied zwischen Flirten und wirklich zur Sache zu kommen.

Er spürte, dass sie ihn ansahen, als er bohrte. Als er mit dieser Arbeit angefangen hatte, hatte er zu Hause auf dem Dachboden eine alte Latzhose gefunden, die passte perfekt und war so abgenutzt, dass er sicher aussah wie ein erfahrener Handwerker. Und das karierte Flanellhemd trug er mit aufgekrempelten Ärmeln, er fand, dass das maskulin wirkte. Er zwinkerte und flirtete ab und zu ein bisschen, sie lachten, machten Witze und hatten rote Wangen. Auf dem Küchentisch zwischen ihnen stapelte sich allerlei Kram, Kaffeetassen, Teller voller Krümel, Aschenbecher und Zigaretten und Illustrierte. Die Küchenfenster waren verdreckt, das brauchte er seiner Mutter nicht zu erzählen, sie war eine fanatische Fensterputzerin und behauptete immer, das ganze Zimmer wirkte schmutzig, wenn die Fenster schmutzig waren. Er würde ihr auch nicht erzählen, dass der Boden von abgeschnittenen Haarsträhnen bedeckt war.

Als der Zylinder im Loch saß, war offenbar auch die ganze Soße in den Haaren der Dame verrührt, denn Frau Larsen hatte sich die Gummihandschuhe ausgezogen und kam mit einer Zigarette in der Hand nachsehen.

»Ach, wie schön«, sagte sie und hielt das Gesicht ans Loch. »Jetzt kann ich sehen, wer dich besucht, Karin!«

Frau Larsens Hände waren hässlich und rot, es erleichterte ihn, das zu sehen.

»Dann nimm dir ein Stück Kuchen, Hübscher«, sagte die Frau mit den Lockenwicklern.

»Erst die Hände waschen«, sagte er.

»Oi, oi, oi! Ein reinlicher junger Mann. Das lieben wir Frauen.«

»Reinlich, ja? Ich dusche jeden Tag und ziehe mir eine neue Unterhose an.«

Sie heulten vor Begeisterung, sie heulten einander wirklich sekundenlang an, dann prusteten sie wieder los.

Er biss in den Kuchen und zog zugleich eine Zigarette hervor, die er anzündete, während er Mandelmasse und Zuckerglasur kaute.

»Meine Herren die Lerche, rauchst und isst du gleichzeitig?«, fragte Frau Larsen.

»Großer Gott, was für ein gieriger junger Mann!«, rief die Frau mit der Soße in den Haaren. Ihr war jetzt eine Art Plastikplane um die Haare gewickelt worden, und das, was aussah wie ein Nachthemd, hing über der Stuhllehne. Ihre Brüste ragten unter einem türkisen Pullover hervor, und in die hätte er wirklich gern gebissen, oh Scheiße.

Als er die Kippe in das Meer aus bereits toten Filterstummeln in dem riesigen Aschenbecher stopfte, bekam er Frau Larsens Unterschrift auf seinem Quittungsblock.

Zwanzig Kronen.

Und zu seinem Ärger merkte er, dass er jetzt geil war, auch wenn der Anblick ihrer unappetitlich roten Hände zum Glück ein wenig geholfen hatte. Er nahm die Apfelsine von der Waschmaschine, betastete die Krümmung der kühlen Fruchtschale, oh verdammt, wenn man jetzt auf einem Campingplatz im Gebüsch liegen könnte. Er hatte es eigentlich ziemlich satt, geil zu sein, hatte es satt, ständig an Frauen zu denken, das Einzige, was diese Bilder in seinem Kopf nun vertreiben konnte, war der Gedanke an Motorrad und Geld. Er musste sich für den Rest dieses Arbeitstages darauf konzentrieren. Vielleicht lag es am Frühling, und man wurde im Mai geiler. Und der hieß ja auch Wonnemonat. Vielleicht gab es einen Zusammenhang.

»Dann geh ich eine Treppe höher. Danke für das nette Gespräch, die Damen.«

Er machte eine dramatische Verbeugung und zog die Tür hinter sich zu. Diese verdammte Apfelsine. Er konnte sie ja nicht einfach auf die Treppe legen. Oder ... natürlich konnte er das. Er legte sie auf eine Stufe unterhalb des nächsten Absatzes, wo Frau Rudolf sie nicht sehen konnte.

Berg. Was für ein langweiliger Name. Typisch norwegisch. Was für eine Vorstellung, einfach so nach einem Berg benannt zu sein. Total idiotisch.

Das Wasser und der Flirt und der Kuchen hatten ihn aufgemuntert. Zwanzig Kronen bisher, und es war erst halb zwei! Er merkte, dass seine Latte sich beim Gedanken an den Schuhkarton zu Hause im Schrank ein wenig beruhigte, als die Tür einen schmalen Spalt geöffnet wurde und ein verängstigtes Gesicht ihn ansah.

»Wir nehmen nichts«, sagte sie leise, noch ehe er den Mund öffnen konnte.

»Aber Sie wissen ja gar nicht, was ich habe!«, sagte er und breitete die Arme aus.

»Kommst du denn von der Baugenossenschaft?«

»Nicht direkt. Ich verkaufe Gucklöcher zu nur neunzehn Kronen das Stück und ich montiere sie hier und jetzt, und die Rechnung kommt mit der Post. Ist im Handumdrehen erledigt.«

»Warum denn?«

»Warum was?«

»Was soll ich mit so einem?«

»Dann sehen Sie, wer klingelt. Durch das Guckloch. Und man muss die Tür nicht aufmachen, wenn man diesen Menschen nicht zu Besuch haben will.«

»Aber... aber... ich schalte die Klingel ein und aus, mit einem Knopf.«

»Warum das denn?«

»Damit wir sie nicht hören... Dann höre ich nicht, ob geklingelt wird, und dann...«

»Mama! Es raucht!«

»Aber wollen Sie nicht wissen, wer klingelt?«, fragte er, ehe sie die Tür zuknallte.

Er wartete ein wenig, dann klingelte er noch einmal, und sie war sofort wieder da.

»Alle kaufen«, sagte er ganz schnell. »Ist vielleicht Ihr Mann zu Hause?«

»Nein.«

»Ich bin sicher, dass er sich eine Wohnungstür mit denselben Möglichkeiten wie alle anderen im Haus wünscht.«

»Ich weiß nicht... neunzehn Kronen. Ich....«

»Wenn Sie sich die Sache anders überlegen, komme ich zurück und entferne das Loch, ich dichte es ab und poliere es, bis niemand mehr sehen kann, dass es überhaupt da war. Und Sie bekommen das Geld zurück.«

»Das ganze Geld?«

»Das ganze Geld«, sagte er. »Und es geht im Handumdrehen. Montieren und entfernen. Und ich garantiere, Ihrem Mann wird es gefallen. Sie können doch einfach sagen, die Genossenschaft hat angeordnet, dass alle eins haben müssen.«

So hartnäckig musste er nur selten verkaufen. Sie spitzte den Mund und starrte mehrere Sekunden die Fußmatte an, er begriff, dass sie heftig nachdachte, deshalb beschloss er, die Klappe zu halten, während es hinter den platten Locken arbeitete. Sie war eine vollkommen uninteressante Frau, das sah er schon durch den schmalen Türspalt. Vor allem war es wohl der Mangel an Ausstrahlung, die ganze Frau wirkte doch mehr tot als lebendig, der arme Ehemann.

Als sie endlich das Gesicht hob, sagte er: »Sie werden es nicht bereuen. Alle wollen jetzt eins haben. Und Sie brauchen nicht mehr für die Falschen aufzumachen.«

»Kannst du nicht bis morgen warten? Damit ich zuerst mit meinem Mann sprechen kann?«

»Das geht leider nicht. Ich bin nur heute im Haus. Es gilt also, jetzt oder nie.«

»Na gut«, sagte sie leise und öffnete die Tür.

In der Wohnung roch es verbrannt, doch nicht nach Zigarettenrauch. Zwei kleine Jungen saßen am Küchentisch und starrten ihn stumm an, sie hatten Teller mit belegten Broten und halbvolle Milchgläser vor sich. Die Küchenfenster waren glänzend sauber, und alles war tadellos aufgeräumt. Mitten in der Küche stand ein Bügelbrett mit einem Hemd. Auf dem Hemdrücken war der braune Abdruck des Bügeleisens zu sehen. Er sagte nichts dazu, sondern zog sein Maßband hervor.

»Ist Ihr Mann normal groß?«

»Was?«, fragte sie und sah ihn erschrocken an.

»Es geht darum, wie hoch ich das Guckloch anbringen muss, damit er sich nicht zu sehr bücken oder auf den Zehen stehen muss.«

»Er ist eins siebenundachtzig«, sagte sie, und wenn er es nicht besser gewusst hätte, hätte er gesagt, dass sie das voller Stolz mitteilte. Aber welche Frau war denn wohl stolz darauf, wie groß ihr Mann war? Hm, vielleicht war ihm hier ja etwas entgangen, und er hatte über Frauen noch immer ziemlich viel zu lernen.

»Aber ich habe doch gesagt...«

»Sie müssen doch auch sehen können«, sagte er.

»Aber...«

»Wenn Ihr Mann sich siebzehn Zentimeter bücken muss, um durch das Loch zu sehen, dann ist das nur eine kleine Kopfbewegung, das ist kein Problem, ich kenne mich aus«, sagte er und lächelte.

Sie nickte, ohne das Lächeln zu erwidern, und kehrte ihm den Rücken zu, riss das Hemd vom Bügelbrett und verschwand damit im Schlafzimmer, dann kehrte sie mit einem scheinbar identischen neuen Hemd zurück.

Die beiden kleinen Jungen sagten noch immer kein Wort. Zwischen ihnen lag eine bei den Comics aufgeschlagene Zeitschrift. Der eine Junge trank vorsichtig einen Schluck Milch und hielt dabei das Glas mit beiden Händen wie ein viel jüngeres Kind.

»Wenn er so groß ist, mache ich es auf eins siebzig.«

Ihr trat der Schweiß auf die Stirn, als sie langsam die Quittung ausfüllte. Er freute sich darauf, die Tür hinter sich zu schließen. Es war kein angenehmer Aufenthaltsort, nicht einmal das Radio lief, vielleicht war die Frau krank. Die Jungen sahen stumm dabei zu, wie sie unterschrieb, als beobachteten sie eine heilige Handlung, alles war so seltsam.

»Aber jetzt müssen Sie wohl das Sägemehl zusammenfegen, ich habe kein Werkzeug dafür bei mir.«

»Das ist kein Problem«, sagte sie.

Er hatte die Tür kaum passiert, als sie auch schon hinter ihm geschlossen wurde. Er zündete sich eine Zigarette an, er würde sie nachher in der Streichholzschachtel ausdrücken müssen, aber das brauchte er jetzt. Er machte mit großer Erleichterung einen Lungenzug und horchte auf die Geräusche im Treppenhaus. Er hörte lautes Lachen aus dem unteren Geschoss, es konnte kaum Zweifel daran geben, über wen sie redeten. Er hatte den Verdacht, dass Frauen ebenso viel an Männer dachten und über sie redeten, wie er an Frauen dachte.

»Salvesen« stand auf dem Schild auf der rechten Seite. Salvesen, wie fromm das klang, naja, jeder nach seinem Geschmack. Aber durch die Salvesentür konnte er immerhin Radiomusik hören, das war ein gutes Zeichen.

Eine lächelnde Frau machte auf.

»Hallo, hier bin ich. Ich bringe Türspione an. Geht im Handumdrehen!«, sagte er.

»Türspione?«

»Geht ganz schnell, nur neunzehn Kronen, die Rechnung kommt mit der Post. Dann sehen Sie, wer klingelt, und müssen nur dann aufmachen, wenn Sie selbst das wollen.«

»Ach?«

»Alle kaufen einen, alle hier im Haus haben einen gekauft. Ja, die, bei denen ich war, meine ich.«

Frau Salvesen schaute rasch zur Tür von Bergs hinüber und dann wieder in sein Gesicht.

»Ja, Bergs. Und alle unten«, sagte er. »Ich muss noch zu denen oben im Haus.«

»Du glaubst also, es gibt Leute, denen ich nicht die Tür öffnen möchte?«

»Es gibt doch so viele Vertreter«, sagte er.

»Du bist doch auch Vertreter«, sagte sie und lächelte wieder.

»Ja, aber...«

»Ich glaube, ich sag Ja. Kann doch nützlich sein, komm rein, junger Mann. Ich wollte eigentlich gerade in die Stadt gehen und Kleider zurückbringen, für die ich deponiert hatte, aber das dauert sicher nicht so lang.«

»Das ist im Handumdrehen erledigt, gnädige Frau! Lars Lockert«, sagte er und gab ihr die Hand.

Auch sie war keine Frau, auf die er Lust haben könnte. Sie wirkte zu sehr wie eine Ehefrau, als ob sie wirklich einem anderen gehörte. Und sie war zwar munter, aber sie flirtete nicht mit ihm, er spürte genau, dass er ihr in dieser Hinsicht absolut egal war, auch wenn er so viel Erfahrung ausstrahlte. Verdammt, was war die Welt vielfältig! Wenn er daran dachte, wie viele Frauen es auf dem Globus gab, wie unterschiedlich sie waren und wie vielen er begegnete, es war einfach phantastisch. Und dass Männer es über sich brachten, sich mit *einer* von ihnen zusammenzutun und auf alle anderen zu verzichten. Teufel auch, was sie alles versäumten! Sie konnten glotzen und sabbern, aber keinen Scheiß daran ändern, die armen Trottel.

»Wie groß ist Ihr Mann? Ich muss doch wissen, wie hoch ich den Zylinder anbringen muss.«

»Ach, ein bisschen größer als ich. Vielleicht eins achtzig?«

»Gut. Sie sind mit Nähen beschäftigt, sehe ich?«

Der Küchentisch war bedeckt mit Stoffen und Papieren, das kannte er von den Nähanfällen seiner Mutter in irgendeinem Zimmer zu Hause.

»Bald ist der 17. Mai, dann braucht die ganze Familie neue Kleider.«

»Sie nähen Kleider?«

Seine Mutter nähte Vorhänge und Kissenbezüge und Bettwäsche und Taschentücher und alle möglichen anderen viereckigen Dinge. Das hier würde er ihr wirklich erzählen, dass eine Frau in einem dieser grauenhaften Blocks für ihre Familie Kleider nähte.

»Ja. So schwierig ist das doch nicht. Und man spart sehr viel Geld«, sagte sie.

»Werden die denn genauso schön?«

»Ja, das finde ich schon. Vielleicht sogar besser. Gründlicher. Und es macht doch Spaß, etwas selbst zu machen.«

»Ich glaube, ich fange jetzt mal an.«

Er schaute ins Wohnzimmer, als er von außen durch das frischgebohrte Loch pustete, und entdeckte mehrere liegende Flaschen. Großer Gott, was war das denn nun? Er ging wieder in die Diele, Frau Salvesen kehrte ihm den Rücken zu, er starrte auf einen Arbeitstisch im Wohnzimmer. Ja, Himmel, das waren Buddelschiffe! Sein Großvater hatte auch welche gebaut.

Er brachte die Zylinderteile an und schraubte sie aneinander. Diesen Großvater hatte er nicht kennengelernt, aber der Vater hatte viele Geschichten über ihn erzählt, und mehrere seiner Flaschenschiffe standen bei ihnen zu Hause und im Ferienhaus. Der Großvater war viele Jahre zur See gefahren, deshalb die Buddelschiffe. Und als junger Mann hatte er alles Mögliche versucht, um Geld zu verdienen, ehe er als Immobilienhändler Erfolg gehabt hatte. Unter anderem hatte er entdeckt, dass in den feinen Hotels kleine Vögel gebraten und »Krammetsvögel« genannt wurden, das waren Leckerbissen, für die die Restaurantgäste teures Geld bezahlten. Also fing der Großvater an,

Amseln zu schießen und sie sackweise dem Hotel Britannia zu liefern. Hm, vielleicht hatte er sein Verkaufstalent vom Großvater geerbt.

»Bitte sehr... jetzt ist das Guckloch fertig und kann ausprobiert werden«, sagte er.

Sie lächelte, als sie hindurchschaute.

»Witzig«, sagte sie.

Er zog den Quittungsblock hervor und zeigte ihn ihr. Er konnte nichts über die Buddelschiffe sagen, die gingen ihn nichts an, das spürte er, es war ein ungewohntes Gefühl.

Ein Mädchen kam zur Tür herein, mit Zöpfen und schottischkariertem Schulranzen.

»Aber du bist zu Hause, Mama? Ich dachte, du wolltest heute in die Stadt.«

»Wie schön, dass du hier bist. Ja, etwas Spannendes hat mich aufgehalten, wir haben jetzt ein Guckloch in der Tür, hast du das nicht gesehen?«

»Nein«, sagte die Kleine und lief wieder in die Diele. »Oh! Ich kann gerade durchsehen, wenn ich auf Zehenspitzen stehe. Und jetzt sehe ich Nina.«

Sie öffnete die Tür, und er hörte draußen Geflüster.

»Du, Irene«, sagte Frau Salvesen. »Ich habe eine Idee. Komm doch mit in die Stadt, wenn ich die Kleider wegbringe, und dann essen wir in einem Café?«

»Aber was ist mit Papa?«, fragte das Mädchen und kam in die Küche, streifte den Ranzen ab und lehnte ihn gegen ein Tischbein.

»Der muss heute lange arbeiten, da kochen wir ihm doch lieber etwas Gutes zum Abendessen. Was wollte Nina?«

»Nur aufs Klo gehen.«

»Wollen wir fragen, ob sie etwas essen möchte, ehe wir aufbrechen?«

»Sie hatte eine Apfelsine, das braucht sie also sicher nicht. Und ihr Vater kommt ja bald nach Hause, und aufs Klo kann sie jetzt auch gehen.«

»Na gut. Ich fege nur schnell die Sägespäne dieses jungen Mannes auf, dann gehen wir, Liebes. Dann schaffen wir den nächsten Bus.«

Er verabschiedete sich, indem er ihr noch einmal höflich die Hand reichte.

»Tausend Dank«, sagte sie. »Mein Mann baut diese Blocks, eigentlich müssten alle Türen mit so einem Guckloch geliefert werden, und wenn ich mir das überlege, werde ich ihm das auch sagen!«

Er verließ die Wohnung mit einem Mädchen, das seine Apfelsine in der Hand hielt. Er erkannte sie an dem kleinen türkisfarbenen Aufkleber. Das Mädchen sah ihn nicht an, stieg aber hinter ihm die Treppe zum obersten Stock hoch. Es war seltsam, die Decke da oben zu sehen, dass keine neuen Treppen weiter im Zickzackmuster nach oben führten. Er hätte sich gewünscht, dass sie ins Unendliche weitergingen wie bei der Geschichte von Jack mit der Bohnenranke, die seine Mutter ihm vorgelesen hatte, als er noch klein war.

Scheiße, Scheiße, Scheiße, sie wollte es ihrem Mann sagen! Scheiße! Vielleicht würde Henriksen doch Recht behalten?

Dreißig Kronen hatte er jetzt. Dreißig, dreißig, dreißig...

Er seufzte und sah sich die Türschilder an.

»Heißt du Foss oder Karlsen?«, fragte er das Mädchen.

»Karlsen, aber da ist noch niemand zu Hause.«

»Niemand zu Hause? Aber du bist doch hier.«

»Ich habe keinen Schlüssel.«

»Ach so, nein.«

Verdammt. Aber wie hätte er auch ahnen sollen, dass sich hinter einer Tür in einem hässlichen und fast neuen Block die Frau eines der Männer befand, die solche Blocks bauten? Er hätte gedacht, dass die in einem Villenviertel wohnten. Verdammte Pest. Das konnte er Henriksen nicht erzählen, der würde doch auf der Stelle einen Herzanfall bekommen.

Das Mädchen setzte sich auf die zweitoberste Treppenstufe, wo bereits ihr Ranzen mit dem verschmutzten Pepitakaro lag zusammen mit einer Zeitung, bevor sie den rechten Daumen in die Apfelsinenschale presste. Ihre Finger waren dünn und mit Tinte verschmiert. Das ganze Mädchen sah aus wie ein Stöckchen, nicht breiter als der Strich eines Bleistiftes. Er fragte sich, wie viele Jahre sie wohl brauchen würde, damit mehr aus ihr wurde als das hier. Sie sah aus wie eine Miniaturausgabe der Frau seines Juristenbruders, vielleicht gab es Frauen, die niemals mehr als dünne verdorrte Stöckchen wurden – igitt – , so erwachsen sie auch sein mochten.

Unter ihnen wurde eine Tür geöffnet, er hörte Wasser, sicher machte Frau Berg nach dem Bohren Ordnung. Und noch eine Tür und die Stimme von Frau Salvesen, die jetzt über eine neue Erkenntnis verfügte, die seine gesamten Geldpläne ruinieren könnte: »Wir können ins Café Neptun gehen, was sagst du dazu, Irene? Guten Tag, Frau Berg.«

Und Frau Berg, mit fast unhörbarer Stimme: »Guten Tag.«

Das Mädchen auf der Treppenstufe, er hatte ihren Namen vergessen, hatte aufgehört seine Apfelsine zu schälen, sie saß still da und lauschte.

»Wo hast du die gefunden?«, fragte er. »Vielleicht eine Stufe weiter unten? Du hast sicher geglaubt, die sei nur aus einer Einkaufstasche gefallen, was?«

Das Mädchen legte den Kopf auf die Knie, sie verhielt sich

wie ein kleines Baby, verdammt, was war das denn? Und sie sagte kein Wort, kein einziges.

»War nur ein Witz«, sagte er. »Die Apfelsine gehört dir. Nur dir. Ich habe auch wichtigere Dinge zu bedenken. Und zu Hause hab ich genug davon. Und Äpfel und Birnen und Trauben. Ich wohne nämlich nicht in einem Block.«

Er drehte sich zur Tür von Foss um und klingelte. Jetzt musste er sich wirklich durchsetzen.

Als Erstes sah er nur ein halbes Gesicht und witzigerweise ein nacktes Knie.

»Hallo, hier bin ich. Ich bringe in den Türen ein Guckloch an. Das geht im Handumdrehen.«

»Du meine Güte.«

»Nur neunzehn Kronen, die Rechnung kommt mit der Post. Dann sehen Sie, wer klingelt, und brauchen nur aufzumachen, wenn Sie auch möchten.«

Er merkte, dass ihm von seiner eigenen Stimme fast schlecht wurde. Wenn er nur noch eine rauchen könnte.

»Ich mache allen auf. Also brauche ich eigentlich wohl keins.«

»Das sollten Sie aber nicht. Man weiß nie, wer vor der Tür steht«, sagte er.

»Da hast du eigentlich recht«, sagte sie.

»Viele Vertreter verkaufen Dinge, die Sie gar nicht wollen.«

»Du kannst ruhig Du zu mir sagen... Aber man muss ja eigentlich aufmachen, um zu erfahren, was sie verkaufen«, sagte sie. »Gerade habe ich das ja gemacht.«

»Alle nehmen eins. Du bist die Vorletzte. In diesem Treppenhaus, meine ich. Du kannst mal durch eins schauen, dann verstehst du's«, sagte er und fischte einen Zylinder aus der Tüte an seinem Werkzeuggürtel.

»Ich muss nur schnell etwas überziehen, einen Moment«, sagte sie und schloss die Tür.

Er roch etwas. Es roch nach Schnaps. Er schaute das Mädchen an, das jetzt in seine Apfelsine vertieft war. Sie aß im Rekordtempo, der Saft tropfte von ihren Fingern.

Schnaps? Reinigte Frau Foss etwas mit Alkohol, oder soff sie? Am helllichten Tag?

Das war doch nicht gut. Angezogen war sie auch nicht gewesen, jedenfalls nicht ausreichend, da sie sich »etwas überziehen musste«. Konnte es Menschen geben – erwachsene Menschen –, die noch länger im Bett lagen als er selbst?

Er drehte den Zylinder zwischen den Fingern und hätte so gern eine geraucht, aber das hätte zu lässig und unprofessionell gewirkt. Vielleicht sollte er einfach gehen. Wenn sie soff... Eine alte Frau von sicher über fünfzig in einem der neuen Blocks unten in Buran hatte versucht, ihn im Badezimmer einzuschließen, als er nach der Montage die Toilette benutzt hatte. Sie war betrunken und wild gewesen, in einem dunkelblauen Trainingsanzug, ohne Hintern und ohne Brüste, sie hatte behauptet, viele Gucklöcher in ihrer Tür zu brauchen für unterschiedlich große Leute. Sie hatte ihm schmerzhaft hart in den Schritt gefasst und ihm ihre Fahne ins Gesicht gepustet, ehe er fliehen konnte.

Nun öffnete Frau Foss die Tür.

»Dann hereinspaziert, junger Mann.«

Oh, verdammte Hölle, die Frau war doch die pure Bombe! Er schaute rasch weg, hatte aber doch alles mitbekommen. Es war unglaublich, wie schnell die Augen reagieren konnten, wenn es darauf ankam. Er hatte das Gefühl, dass eine samtweiche Faust ihn im Schritt getroffen hatte. Seine Hose war zwar weit, aber doch nicht so...

»So ein Guckloch ist gar nicht so blöd, ich habe darüber gelesen«, sagte sie und ging in die Küche, während er in der Diele stehenblieb und den Messingzylinder in der Hand zerquetschte. Er könnte sagen, ihm sei schlecht geworden, und einfach weglaufen.

Unter dem Morgenrock schauten ihre nackten Beine hervor, die Zehennägel waren knallrot und die Waden blank und sonnenbraun. Man konnte durch den Stoff ihre Brustwarzen sehen, der Kragen des Morgenrocks schloss tief zwischen den Brüsten. Ihre Haut war überall braun, die Haare wunderbar verwuschelt und schulterlang, die Fingernägel ebenfalls knallrot und lang, und jetzt zündete sie sich eine Zigarette an.

»Lars Lockert«, sagte er und zog den Quittungsblock hervor, während er ihr halbwegs den Rücken zukehrte und vorgab, in seinem Werkzeuggürtel etwas zu suchen, einen Kugelschreiber vielleicht.

»Peggy-Anita«, sagte sie. »Du kannst gern rauchen, das hast du sicher nötig, wo du in allen Wohnungen hier im Aufgang zu Besuch warst.«

»Das ging sehr gut«, sagte er.

Es wäre doch total idiotisch, wenn er fragte, ob er ihre Toilette benutzen dürfte, wo er gerade erst zur Tür hereingekommen war. Er konnte auch nicht so tun, als ob er unten etwas vergessen hätte, wo sollte er sich denn verkriechen, während er seinen Ständer in Ordnung brachte? Hier waren doch, verdammt noch mal, überall Kinder, das wäre ja was, als Exhibitionist ertappt zu werden. Jetzt hatte er Probleme, verdammte Scheißprobleme.

»Du willst also eins?«, fragte er und wagte nicht einmal das Teil bei Namen zu nennen.

»Ein Guckloch, ja? Klar, leg los.«

Er registrierte alles aus dem Augenwinkel, als er den Bohrer vom Gürtel nahm. Alle Wohnungen hatten Linoleumboden, aber ihr blauer Küchenboden wirkte blauer und blanker als in irgendeiner anderen Wohnung. Oben in der Ecke unter den Fenstern stand ein Staubsauger, rot wie eine Wunde, der Schlauch lag auf dem Boden, und der Stecker war herausgezogen, als ob sie eben damit gearbeitet hätte.

»Ich hoffe, ich habe nicht gestört«, sagte er und feilte abermals an der Bohrerspitze, ehe er ihn auf den Boden legte. Verdammt, er musste doch zuerst messen, hier ging wirklich alles durcheinander.

»Nein, ich kann machen, was ich will.«

Herrgott, war sie allein? Unverheiratet? Das konnte doch nicht möglich sein.

»Die Höhe des ... Gucklochs ist wichtig, je nachdem, wer es benutzt und wer da wohnt«, sagte er.

»Aber, aber, nicht so förmlich, Lars Lockert.«

Er sah sie kurz an. Doch. Oh ja. Auf der Anrichte stand ein großes Glas, dessen Inhalt wie wässriges Malzbier aussah. Ein Cognac-Soda. Wie sein Vater ihn trank. Er hatte nicht gewusst, dass auch Frauen so etwas tranken. Seine Mutter erlaubte sich ab und zu ein winziges Gläschen von etwas, das sie »Kapitänleutnant« nannte, das war Sherry mit Cognac.

»Das ist meine Arbeit«, sagte er.

»Ich bin eins zweiundsechzig, und mein Mann ist eins achtzig.«

Seine rechte Hand zitterte, als er bei eins fünfundsechzig ein Kreuz machte. Jetzt musste sie seinen Ständer doch sehen, er konnte ja fast hören, wie der Hosenstoff knisterte. Konnte sie denn nicht ins Wohnzimmer gehen oder so? Frauen wie sie kannte er nur aus Zeitschriften und er hatte nicht geglaubt, dass es sie im wirklichen Leben geben könnte, jedenfalls nicht in Norwegen. Er räusperte sich.

»Alle Wohnungen haben genau den gleichen Boden«, sagte er. »Die gleiche Farbe für das Linoleum.«

»Ach, wirklich? Ich war noch bei keiner hier im Haus. Die sind so *muttihaft*. Findest du nicht auch? Du warst doch gerade erst bei ihnen.«

»Ich würde nicht sagen...«

»Doch, das würdest du, Lars Lockert.«

»Aber das ist eine sehr schöne Wohngegend, dieses Ungdommens Egen Heim.«

»Die, die hier wohnen, sagen das aber nicht so.«

»Nicht?«, fragte er, hob den Bohrer und hoffte das Kreuz zu treffen.

»Man sagt, Egenheim. *Eeegenheim.*«

»Ach ja?«

»Möchtest du danach einen Cognac-Soda trinken?«

»Was? Nein, ich...«

»Fährst du vielleicht?«, fragte sie und lachte.

Verdammt, wenn er nur antworten könnte, ja, mein Motorrad steht unten vor dem Haus.

»Ich bin mit dem Rad.«

»Wie alt bist du denn?«

»Neunzehn.«

»Wenn du so alt bist wie ich, kannst du den ganzen Tag Cognac-Soda trinken, wenn du willst. Vor allem, wenn du dich zu Tode langweilst und nur gute Musik aus dem Radio hören willst, während du ein wenig im Haus herumpusselst.«

»Das Radio läuft doch gar nicht«, sagte er.

»Da kamen Nachrichten. Ich hasse Nachrichten. Das hier ist eine Vietnam-freie Zone, Lars Lockert. Mir hat die ganze Chose in der Schweinebucht gereicht. Seitdem kann ich keinen Krieg mehr ertragen.«

»Ach so. Alles klar.«

»Ich halt das einfach nicht aus. Ich bekomme solche Angst vor dem Krieg. So schreckliche Angst.«

Er traf das Kreuz und bohrte sich energisch durch die Tür, dann polierte er von beiden Seiten. Das Mädchen saß noch immer auf der Treppe, sie blickte nicht auf, hielt aber nun ein Schulbuch auf den Knien. Ja, so wollte er es machen: Wenn er sagte, sie könne durch das neue Guckloch schauen, würde er gleich fragen, ob er das Klo benutzen dürfe. Dann würde er sich da drinnen in Ordnung bringen und danach in aller Ruhe die Quittung ausfüllen.

Er drehte den Zylinder von beiden Seiten fest und zog mit der Zange nach, dann schloss er die Tür und sagte: »Dann kannst du es jetzt ausprobieren. Kann ich so lange das Klo benutzen?«

Natürlich musste er warten, bis sie ja sagte, ehe er ins Badezimmer ging, aber sie sagte nichts, sie trat nur dicht an ihn heran, mit ihren vielen Gerüchen und ihren Haaren und ihrem Nagellack, und legte das rechte Auge ans Guckloch. Er konnte sich nicht bewegen.

»Ich glaube nicht«, sagte sie.

»Was ... was glaubst du nicht?«

»Dass du aufs Klo gehen solltest. Und den da ruinieren.«

Sie berührte ganz leicht seinen Schritt, den Stoff über dem Ständer, er schloss die Augen. Das hier war doch wie in den Zeitschriften, den verbotenen Zeitschriften! Wie zum Teufel konnte ihr der Mann, der bald von der Arbeit nach Hause kommen würde, so egal sein?

Er drehte sich langsam zu ihr um, zu ihrem Geruch nach Schnaps und Schweiß und Parfüm und Rauch.

»Ich habe zu viel getrunken, das weiß ich«, sagte sie.

Ihr Gesicht befand sich gleich unter seinem, die Lippen sahen aus wie rote feuchte Larven, die aufeinander balancierten.

»Ich habe zu viel getrunken, Lars Lockert, weil ich mich zu Tode langweile und nicht weiß, was ich mit diesen vielen Tagen anstellen soll, die einfach kommen.«

»Aber dein Mann...«

»Der ist fast nie zu Hause. Heute ist er in Mo i Rana. Sieh mich doch an!«

Er tat nichts anderes, aber sie meinte wohl ihre Augen.

»Küsst du gut, Lars Lockert?«

»Ich weiß nicht.«

»Versuch es.«

»Ich muss doch...«

»Das spielt keine Rolle. Du bist jung. Du hast ihn in zehn Minuten wieder hoch. Wenn du willst. Wenn *wir* wollen. Willst du?«

»Ja«, sagte er.

Er presste seinen Mund auf ihren, packte sie zugleich um die Taille, spürte nicht einmal das Gummi einer Unterhose, sicher war sie unter dem Morgenrock splitternackt. Sie zog ihr Gesicht und ihren Mund weg von seinem.

»Nein, küssen kannst du nicht«, sagte sie.

»Was?«

»Ich zeig es dir.«

»Ich kann mich hier bald nicht mehr auf den Beinen halten.«

»Das wird dir dann erspart bleiben, armer Lars Lockart.«

Die Schlafzimmerwand war bedeckt von Fotos, die offenbar direkt auf die Tapete geklebt waren. Er schaute ab und zu hoch, während sie ihm immer weiter zeigte, wie man küsst, den Kopf in unterschiedlichen Winkeln gehalten und mit Zunge und Lippen in variierendem Tempo mit abwechselnder Heftigkeit. Und er sah die Fotos an, während sie ihm half, die Wartezeit von zehn Minuten beträchtlich zu reduzieren. Die Vorhänge waren geschlossen, aber er konnte erkennen, dass fast alle Fotos von ihr waren, abgesehen von ein paar mit einem Typen mit Hut, auf den er einfach pfiff. Sie sagte, er sei schön, schön wie ein

Rassepferd, ausgerechnet, und er sei unglaublich gelehrig, sei phantastisch. Danach duschten sie zusammen, er stand in dem kleinen Badezimmer mit einer Göttin voller Seifenschaum vor sich und in seinen Händen. Er bekam Seife in den Mund und danach einen Cognac-Soda, wo er doch fast nie trank, doch er tat so, als sei so ein Cognac-Soda für ihn alltäglich, und er nippte daran, splitternackt an einen grauen Resopaltisch gelehnt, und sie sagte, jetzt wieder im Morgenrock: »Niemand kann bis in den dritten Stock sehen. Nur die im dritten Stock in den anderen Blocks natürlich, aber die Blocks sind ja versetzt gebaut. Also kann niemand zu mir hereinsehen, weil wir ganz am Ende wohnen.«

Wir. Wir wohnen.

Da war es.

Aber es war ihm so egal. Der Mann sollte sich doch sonst wohin scheren, übrigens war er ja schon dort, in Mo i Rana, er hatte keine Ahnung, wo zum Teufel das sein mochte. Er lächelte sie an, nippte an dem scheußlichen Getränk. Der Aschenbecher war dunkelgrün und groß. Er wusste nicht, ob es der Cognac war oder sie, die ihn die Sonne auf ganz andere Weise sehen ließ, er hatte nicht gewusst, dass ganz normale Sonnenstrahlen so teuflisch schön sein konnten, und schon klappte er ihm wieder hoch.

»Du kannst eigentlich nicht mehr so lange bleiben«, sagte sie. »Die Muttis kriegen doch mit, wenn du das Haus verlässt. Du musst jetzt eigentlich gehen.«

»Jetzt? Gerade jetzt?«

»Ja, das ist sicher besser so. Ich…«

Sie brach in Tränen aus, schlug die sonnengebräunten Hände mit dem roten Nagellack vor dem Gesicht zusammen und schluchzte, als ob er versucht hätte, sie umzubringen. Er stand auf.

»Nein! Setz dich!«, rief sie.

»Aber ich will doch nicht, dass du ...«

»Das hier ist nie passiert. Nie im Leben. Du musst jetzt gehen. Sofort.«

Sie steckte sich eine Zigarette an und zog durch die Finger vor ihrem Gesicht daran.

Er fand seine Kleider im Schlafzimmer und zog sich an, schnallte sich den Werkzeuggürtel um die Taille. Der Stoff im Schritt seiner Latzhose war klitschnass und dunkel, hier in diesem Haus konnte er jetzt nichts mehr verkaufen. Weder bei Karlsens von gegenüber noch in einem anderen Aufgang. Warum zum Teufel saß sie da draußen und flennte? Sie war doch gekommen wie eine Rakete, so wie sie gekreischt hatte, mit einem Kissen vor dem Gesicht, weil es hier so hellhörig war, wie sie danach erklärt hatte. Er war ja vielleicht nicht so lebenserfahren, jedenfalls nicht, wenn es darum ging, was sich in den Oberstübchen der Frauen abspielte, aber jetzt wusste er doch so gut wie alles übers Knutschen. Er hatte gedacht, es reiche, einfach die Zunge in den anderen Mund zu bugsieren.

Verdammt, sie hatte ja die Quittung nicht ausgefüllt.

Aber jetzt mit Namen und Geburtsdatum ihres Mannes anzufangen ... Vielleicht keine gute Idee. Das hier entpuppte sich also als das pure Verlustobjekt. Aber andererseits ...

Doch, er konnte sie einfach signieren lassen, dann den Rest erfinden und aufschreiben. Henriksen würde ihm sowieso nie auf die Schliche kommen. Und sie hätte doch keine Ahnung, dass sie eigentlich den Durchschlag bekommen müsste, denn den konnte er ihr ja nicht geben, da der nicht ausgefüllt war. Nie im Leben würde er fünf guten Kronen den Rücken kehren.

Auf dem Küchentisch lag auf einer Illustrierten ein Kugelschreiber. Er griff danach und legte ihn mit dem Quittungsblock vor sie hin. Er wagte nicht, sie anzufassen, nicht ihre Haare und auch sonst nichts. Sie wohnte hier, sie bestimmte. Sie hielt eine neue Zigarette zwischen den Händen, Asche rieselte auf das Resopal.

»Du musst hier unterschreiben.«

»Was?«

Sie schaute zwischen den Fingern hervor, erst zu ihm hoch, rasch und feucht, dann entdeckte sie den Block.

»Ach ja.«

Ihre Stimme hätte auch dem Mädchen auf der Treppe gehören können, wie konnte eine Frau sich so rasch verwandeln? Erst auf Jagd wie eine Tigerin, dann Feuer frei in allen Luken, um dann wie ein Kind zu flennen? Das waren Dinge, von denen er rein gar nichts kapierte. Also war es nur gut, dass sie ihn wegschickte. Er wollte auch gar nicht mehr hier sein. Er wollte nach Hause und seine Mutter mit Geschichten über Knüpfteppiche und Frisiersalons und selbstgenähte Konfirmationskleider unterhalten.

»Dann bin ich mal weg.«

Er schloss die Tür. Das Mädchen auf der Treppe war verschwunden, und durch die Karlsen-Tür roch es jetzt stark nach gekochtem Fisch. Er zog eine Zigarette hervor und steckte sie an.

War er ein Idiot?

Er konnte doch nicht einfach so gehen ohne die Chance, dass es später noch eine Möglichkeit geben würde, um ...

Er drehte sich um und klingelte. Sicher verging eine Minute, ehe das neue Guckloch dunkel wurde und sie die Tür einen winzigen Spaltbreit öffnete. Ihr Gesicht war noch immer nass, die

Augen rot, und das, was er für Wimperntusche hielt, lief in schwarzen Streifen über ihre Wangen bis zu den Mundwinkeln.

»Du musst gehen, hab ich doch gesagt.«

»Ich fahre jetzt sofort nach Hause, ich kann mich ja nirgendwo sehen lassen«, sagte er und versuchte, ein wenig zu grinsen, während er offen seinen Schritt anstarrte. »Aber ich habe ja noch Karlsens von gegenüber. Dann komme ich doch morgen zurück und verkaufe Karlsens ein Guckloch und kann nachsehen, ob deins noch immer wunschgemäß funktioniert?«

Sie schloss die Tür wieder und drehte den Schlüssel um.

Er öffnete das Zahlenschloss am Hinterreifen. Als er das Rad aus dem tiefen Gras hinter dem Müllschacht zog, tauchte eine Ratte aus dem Gras auf, sprang über seinen Schuh und drehte sich einige Male um sich selbst, ehe sie bei der Hausmauer verschwand.

»Aber verdammte PEST!«

Frau Åsen schaute aus ihrem Fenster nur einen Meter über ihm.

»Was hast du gesagt?«, fragte sie.

»Eine Ratte. Oh verdammt…«

»Nein, jetzt redest du aber Unsinn, hier gibt es keine Ratten. Unsere Blocks sind doch ganz neu! Und fahr jetzt langsamer, wenn du die Gehwege hier benutzen willst.«

Und bei der hatte er sich gedacht, sich ihre Brüste vorzustellen, das nächste Mal, wenn er zu Hause unter der Dusche stand. Verdammt, das schien ein ganzes Jahr her zu sein.

Es war ein Glück, auf dem viel zu niedrigen Rad zu sitzen, als es bergab ging. Sein Schritt wurde eiskalt, endlich wurde sein Schritt eiskalt.

Immerhin. Fünfunddreißig Kronen. Eigentlich gar nicht so schlecht.

Teil Drei

Die Ratten

Aller Wahrscheinlichkeit nach wäre es im Keller kühler.
»Barbara?«, fragte er und klopfte an die Badezimmertür.
»In a minute, honey.«
»Nein, ich will gar nicht rein. Ich geh runter in den Hobbyraum. Und wollte wissen, ob ich da irgendwas reparieren soll.«
»More lampshades? I think we have enough.«
»Nein, keine Lampen, aber brauchst du vielleicht etwas anderes?«
»Ja. Das hab ich dir schon tausendmal gesagt, etwas für under the tiny fridge.«
»Okay.«

Es waren neunundzwanzig Grad im Schatten und es war windstill. Sogar seine Kopfhaut schwitzte. Wenn er sich mit den Fingern durch die Haare fuhr, wurden die Fingerspitzen triefnass. Er konnte sich in seinem Büro unten in der Innenstadt nicht aufhalten, das Fenster ging nach Süden, und es gab keinen Durchzug.

Hier zu Hause stand jedes einzelne Hausfrauenfenster in der Siedlung fast waagerecht im Fensterrahmen, wenn er zum Block gegenüber blickte, schienen alle Fenster ihm eine Grimasse zu schneiden.

Etwas für unter den Kühlschrank also. Einen Kasten mit Fächern. Wenn er Gardinenschnur davor spannte, könnte sie Stoff daran hängen und es wäre ein kleiner Vorratsschrank. Material.

Woraus könnte er etwas zimmern? In einer Ecke des Fahrradkellers am anderen Ende des Hauses hatte die verrückte Familie aus dem Aufgang B Lattenroste und Kopfenden von Etagenbetten abgelegt. Das war doch so typisch für diese Leute. Gratiswohnung und dazu Sozialhilfe und deshalb brauchten sie nicht zu arbeiten und konnten natürlich Sachen wegwerfen, die noch in Ordnung waren, und sich einfach etwas Neues und Schönes zulegen. Sie hatten sich nicht einmal die Mühe gemacht, den Kram in ihren eigenen Kellerraum zu bringen. Sicher hatten sie den Schlüssel zum Hängeschloss verschusselt.

Eins der Kinder war aus dem Etagenbett gefallen und hatte sich die Zunge abgebissen, die Geröllhalde aus Holzstücken im Fahrradkeller hatte vielleicht mit dieser Episode zu tun, aber er wollte sich hier nicht zum Blockwart ausrufen, er wollte sich nur einfach ein wenig Holz holen, um Barbara glücklich zu machen. Er liebte den Anblick ihres Hinterns, wenn sie sich über den Kühlschrank bückte, aber gut, okay, er würde diesen Anblick wegzimmern, da sie sich das wünschte. In den letzten beiden Monaten hatten sie nicht weniger als dreimal miteinander geschlafen, aber sie war keinmal dabei gekommen.

Er schloss die Kellertür auf. Ja, hier war es eindeutig kühler. Er öffnete das Hängeschloss vor seinem Kellerraum, suchte das benötigte Werkzeug zusammen und ging damit in den Hobbyraum.

Dort saß der picklige Sohn von Rudolfs, der, den Susy wohl so oft besuchte. Oder vielleicht besuchte sie seine Mutter in der Küche, er hatte keine Ahnung, jedenfalls bekam sie dann Papierpuppen aus den Illustrierten.

Der Junge saß in der Ecke bei der Steckdose auf dem Betonboden mit der hässlichsten E-Gitarre auf dem Schoß, die er je gesehen hatte, und mit einem Plattenspieler, der neben ihm auf dem Boden stand.

»Aber hallo.«

Es war total hoffnungslos, es kam nichts dabei heraus. Selbst wenn er ganz leise stellte, hörte er doch deutlich, wie übel es war. Er schaffte es einfach nicht. Diese Lieder hatte er tausendmal gehört, er kannte jeden einzelnen Gitarrenklang, wusste genau, in welcher Reihenfolge die Töne hintereinander zu kommen hatten. Er hatte geglaubt, wenn er nur eine E-Gitarre hätte, würde er genau kopieren können und den Plattenspieler sozusagen zur Begleitung seines eigenen Gitarrenspiels laufen lassen. Aber es klappte nicht.

»Hallo.«

Susys Vater war komisch, er hatte keine Ähnlichkeit mit den anderen Vätern. Er wirkte wie ein großer Junge, trug nicht einmal einen Hut. Er ließ einen Arm voll Werkzeug auf den Arbeitstisch fallen und verschwand wieder in den Gang. Aber er hatte hier offenbar etwas vor, und da konnte er nur aufgeben, aufgeben.

»*Bäbi jukke drai mai kar – daidai dai dai-dai...*«

Plötzlich fiel ihm das Rundschreiben der Wohnungsgenossenschaft ein, das auf dem Küchentisch lag. Der Hausmeister brauchte alles alte Holz für das Johannisfeuer in einigen Tagen. Es sollte einfach vor den Block gelegt werden, er würde es dann auf einen Anhänger laden. Da konnte er gleich alles hinausbringen, was er nicht brauchte, und der Gemeinschaft einen Gefallen tun. Es war arg eng hier im Fahrradkeller, auch wenn Herrn Moes Motorrad jetzt in den Hobbyraum gebracht worden war, wo es offenbar repariert werden sollte. Das Wrack hatte nun schon seit fast zwei Monaten unberührt dagestanden. Es gab daran mehr als genug zu tun. Der Lenker war gewaltig verbogen, der Tank verbeult, die Fußstütze abgebrochen und der Auspuff einfach abgerissen. Aber Herr Moe hatte wohl keine Energie, um das Motorrad zu reparieren, jetzt wo seine Frau im Krankenhaus war. Alle wussten, dass es sich um eine Nervenklinik handelte, da eine von Barbaras Kundinnen eine Schwägerin hatte, die dort arbeitete. Über solche Dinge sprachen Barbara und die anderen Frauen beim Frisieren, wie er nun wusste. Und es hatte ja große Aufregung geherrscht, als es passiert war. Das war ja klar. Was für eine Mutter, die nicht merkte, dass ihr eigenes Kind langsam verhungerte! Offenbar hatte Herr Moe das Kind gefunden, als sie eines Sonntags lange geschlafen hatten gleich nach seinem Motorradunfall. Sie hatten lange geschlafen, und seit dem Vorabend hatte das Kind nicht gemuckst. Barbara sagte, es habe weniger gewogen als bei der Geburt, als es tot dalag. Er hätte gern gewusst, wie lange es nach so einer Katastrophe dauerte, bis die Nerven wieder gesund waren. Barbara überlegte sogar, ob sie es darauf angelegt hätte, da sie nicht glauben konnte, dass eine Mutter so blind sein könnte, und wenn sie noch so jung und frischgebacken war. Er neigte dazu, ihr Recht zu geben.

Er suchte sich das Holz aus, das er brauchte, und trug den Rest vor den Block, schwitzte wie blöd, seine Augen brannten von dem salzigen Schweiß.

Als er wieder in den Hobbyraum kam, räumte der Junge gerade alles zusammen, schob eine LP in die Hülle, klappte den Lautsprecher über den Plattenspieler und ließ auf beiden Seiten die Verschlüsse zuschnappen.

Der Junge tat ihm plötzlich leid.

»Wolltest du gerade üben? Ich habe dich vielleicht gestört?«

»Spielt keine Rolle, ich schaff es ja doch nicht.«

»Was übst du denn?«

»Nur ein paar Beatles-Lieder.«

»Die Beatles gefallen dir?«

»Die Beatles sind die besten, die allerbesten.«

»Welche Platten hast du denn?«

»*Rubber Soul* und *Help*. *Help* ist ganz neu. Und ich habe auch eine Menge Singles. Oben in meinem Zimmer.«

»Aha, so. Und die Gitarre vielleicht gerade erst bekommen?«

»Vor einem Monat, ich habe sie von meinem Konfirmationsgeld gekauft, eine neue konnte ich mir nicht leisten. Scheißgitarre. Und der Verstärker taugt auch nichts. Aber ich habe neue Saiten aufgezogen.«

»Und dann übst du hier unten.«

»Geht oben ja eigentlich nicht. Da kann ich keinen Strom einschalten. Und sie stehen vor der Tür und hören zu.«

Es war leicht, mit ihm zu reden. Das kam bei Erwachsenen selten vor. Nun wurde an die Kellertür geklopft, Susys Vater öffnete, er hörte Susys Stimme.

»Du hattest doch den Schlüssel zur Kellertür, Papa«, sagte sie. »Ist Rickard hier unten?«

»Ja.«

»Hallo!«, sagte sie und lächelte. Er hatte keinen Nerv, das Lächeln zu erwidern, auch wenn ihr Vater ja wissen müsste, wie oft sie ihn besuchte.

»Ich bin jetzt fertig mit Üben«, sagte er.

»Deine Mutter hat gesagt, dass du hier unten bist, ich wollte zuhören.«

»Da gibt's nichts zu hören.«

»Kannst du ›I should have known better‹?«

»Nein. Noch nicht.«

Es machte ihn wahnsinnig, dass sie so gut Englisch sprach. Er klemmte sich Platten und Plattenspieler unter den einen Arm, hängte sich die Kabel um den Hals und nahm mit der anderen Hand Gitarre und Verstärker.

»Ich kann dir tragen helfen«, sagte sie.

»Nicht nötig.«

»Soll ich trotzdem mit raufkommen?«
»Nein, ich muss... etwas lesen.«
»Etwas lesen?«
»Bis dann.«

Er fing an, die Bretter abzumessen, während Susy zuschaute. Der Kühlschrank war sechzig Zentimeter breit.
»Was soll das werden?«, fragte sie.
»Eine Art Schrank, den Mama unter den Kühlschrank stellen kann, damit sie sich nicht mehr so oft zu bücken braucht.«
»Wirklich?«
Barbara hatte nichts gesagt, aber er hatte begriffen. Und er freute sich *nicht*. Natürlich würde hier in der neuen modernen Wohnung alles viel leichter werden als bei den Geburten von Susy und Oliver. Und er würde sich eben ein anderes Büro suchen müssen, wo er sich wohler fühlte, damit er jeden Tag von hier entkommen könnte. Aber finanziell würde Schmalhans herrschen, für eine ganze Weile nach der Geburt würde sie nicht viel arbeiten können. Und wenn er daran dachte, wie chaotisch es bei ihnen zu Hause ohnehin schon zuging, dass sie niemals alles rechtzeitig fertig bekam...
Er musste schon einmal üben, froh auszusehen, für den Tag, an dem sie entschied, es ihm zu sagen. Vielleicht würde er sich auch eine andere Arbeit suchen müssen, Übersetzungen wurden erbärmlich bezahlt. Er könnte zum Beispiel als Lehrer anfangen. Oder Fernkurse geben und nebenbei übersetzen.
»Blöd, dass die Kellerfenster nicht auf sein dürfen«, sagte Susy. »Es ist so warm.«
»Nein, das geht nicht. Dann sitzen wir plötzlich mit einer Ratte im Nacken da.«
»Igitt! Im Nacken, das klingt aber eklig. Ich finde sie eigentlich ein bisschen niedlich.«

»Niedlich? Aber niemand will, dass ihr denen vom Balkon aus Futter zuwerft, das muss ein Ende haben«, sagte er.

»Aber das macht solchen Spaß. Und wir wollen doch nur sehen, wie weit sie sich auf den Rasen hinauswagen«, sagte sie und lachte dermaßen, dass sie sich am Tisch festhalten musste. Seine Kleine, ihrer Mutter so unglaublich ähnlich.

»Ja, ja, jedenfalls ist das die Sache der Genossenschaft«, sagte er.

»Die fressen gar kein Gift. Ich glaube, die sind ziemlich klug, Papa.«

Jeden Tag kippte der Hausmeister rosa Rattengift in alle Löcher an der Grundmauer, und davon gab es viele. Bisher waren sie der einzige Block, der von Ratten geplagt wurde. Das Gift durfte nicht auf dem Boden verteilt werden wegen der vielen Kinder und der verlockenden Farbe. Aber es half auch nichts, es gab immer nur mehr Ratten. Und alle wussten jetzt, dass die Haustür immer geschlossen sein musste und Babys nicht draußen im Kinderwagen schlafen durften. Dass die Kinder die Ratten aber fütterten, das war ein Unding. Nach zehn Uhr abends kamen die Ratten aus ihren Löchern, um im Gras nach Essensresten zu suchen, wenn die Frauen sich den ganzen Tag draußen gesonnt hatten mit Kaffee und Limonade und Broten und Waffeln und Keksen.

Tagsüber waren die Ratten nicht zu sehen, dann zogen sie das hohe Gras vor, deshalb wurde jetzt überall gemäht. Und wenn die Ratten aus den Löchern krochen, saßen die Kinder bereit, es waren Schulferien und keins wollte ins Bett, solange es die Ratten nicht gesehen hatte.

Er sah sie selbst auch an. Es war unglaublich, woran man sich gewöhnte. Er saß auf dem Balkon und rauchte und sah sich alles an. Einige Kinder bewarfen sie mit kleinen Steinen, und die

Ratten fielen darauf herein und hielten auch das für Futter, und die Kinder lachten. An einem Abend konnte er vom Balkon aus vierzehn Ratten zählen. Bei dieser Hitze waren sie in ihrem Element. Und der Hausmeister hatte gesagt, dass in der Gegend das Grundwasser hoch stand. Vermutlich hatten sie sich in der Tiefe Schwimmbecken und erfrischende Trinkwasserquellen angelegt.

»Er heißt also Rickard, der Junge, den du ab und zu bei Rudolfs besuchst. Worüber redet ihr denn dann?«

»Wir lesen nur Zeitschriften und so. Aber es ist geheim, dass wir befreundet sind, Rickard will nicht, dass irgendwer davon erfährt.«

»Ach?«

»Ich weiß nicht so recht, weshalb. Ich geh mal ein bisschen nach draußen.«

Herr Åsen spritzte draußen den Bürgersteig ab. Er hatte die Kreidestriche vom Himmel-und-Hölle-Spiel weggespült, das sie und einige Mädchen aus Treppenhaus C früher an diesem Tag gezeichnet hatten. Aber das spielte keine Rolle, es war ja doch zu warm. Frau Åsen lehnte sich aus dem weit offenen Fenster und redete mit ihm.

»Ich bin sicher, dass das geht«, sagte sie. »Ich habe darüber gelesen, das war in England, und es hat gewirkt.«

»Ich rede jedenfalls nicht mit ihm«, sagte Herr Åsen.

»Das kann doch der Hausmeister tun, das ist ja nicht deine Aufgabe. Aber du kannst es dem Hausmeister doch einfach vorschlagen, sage ich doch, Egil.«

»Das kannst du doch machen? Wenn du ihm mal begegnest?«

»Er kommt doch jeden Abend mit dem Gift, und dann bist du zu Hause. Auf einen Mann hört er sicher, auf mich hört er nicht, und dann kann der Hausmeister gleich Herrn Rudolf fragen.«

»Mal sehen.«

Irene und Nina kamen heraus, Irene hatte Gummi zum Springen dabei.

»Machst du mit Susy?«, fragte Irene.

»Ich kann stehen, ich will jetzt nicht springen, es ist so heiß.«

Nina sah anders aus als sonst, ihre Augen wirkten froher, und sie trug ein gelbes Frotteekleid, das ganz neu aussah. Sie stellten sich am Ende des Blocks in den Schatten neben einen hohen Bretterstapel.

»Wir verreisen morgen«, sagte Irene.

»Ich auch«, sagte Nina.

»Ach, wohin denn?«

»Ich fahre mit Mama in die Sommerferien zu Oma und Opa nach Innerøya«, sagte Irene.

»Und ich fahre nach Rissa zu Oma und Opa«, sagte Nina.

»Mama hat das Kleid für Nina genäht«, erzählte Irene. »Ich hab auch so eins, aber das ziehe ich erst morgen an, ich will nicht, dass es schmutzig wird.«

»Das spielt keine Rolle«, sagte Nina, sie stand am anderen Ende des Gummis. »Meine Oma kann es waschen, sie ist lieb, und ich habe ein Geschenk für sie.«

»Nina fährt allein, ihr Vater hat jetzt eine Freundin«, sagte Irene und sprang über das Gummi hin und her, ohne auch nur einen Fehler zu begehen.

Nina lächelte. »Das ist so fies.«

»Es ist doch nicht komisch, deine Mutter ist ja tot. Jeder Mann will eine eigene Frau. Erzähl Susy von dem Geschenk«, sagte Irene.

»Das hab ich von Peggy-Anita Foss«, sagte Nina. »Es ist eine Flasche Parfüm, das heißt 4711, und es ist nicht einmal geöffnet.«

»Das war ein Geschenk von ihrem Mann«, sagte Irene. »Aber ihr wurde so schlecht, dass sie den Geruch nicht ertragen konnte.«

»Und jetzt hab ich die Flasche«, sagte Nina. »Sie hat sie mir ganz einfach geschenkt.«

»Sag, was sie gesagt hat!«, sagte Irene.

»Dass ich die kriege, weil ich so lieb bin«, sagte Nina.

»Aber sag auch das Komische, was sie gesagt hat«, verlangte Irene.

»Das weiß ich nicht mehr so genau«, sagte Nina.

»Doch. Sie hat gesagt, dass es ihre Schuld ist, dass ihr kein Guckloch in der Tür habt und dass es ihr sehr leidtut.«

»Papa ist sauer deswegen«, sagte Nina. »Er ärgert sich, wenn Leute klingeln.«

»Außer wenn es seine Freundin ist«, sagte Irene und blieb ganz still auf dem einen Gummi stehen. Eigentlich war es ein zusammengebundenes Hosengummi, der Knoten lag hinter Ninas Knöcheln.

»Meine Herren die Lerche, das ist ja vielleicht heiß«, sagte Irene. »Blöd, dass du nicht gefragt hast, wie sie das meint.«

»Ich hab es Papa nicht gesagt«, sagte Nina. »Der wäre sicher zu ihr gegangen und hätte gefragt.«

Fast alle wollten offenbar verreisen. Es wäre schön gewesen, nach England zu Nana und Grandad zu fahren, aber das konnten sie sich nicht leisten. Frau Berg war mit den beiden kleinen Jungen, die fast nie ein Wort sagten, mit dem Zug in den Norden gefahren, Herr Berg war allein zu Hause und schlechter gelaunt denn je. Aber Rickard würde zu Hause bleiben, sie bekamen im Juli Besuch aus Deutschland, und Herr und Frau Åsen waren fast an jedem Wochenende irgendwo auf einer Hütte. Aber der Sommer war trotzdem schön, denn Oliver durfte länger draußen bleiben und sie musste ihn nicht jeden Tag holen gehen.

»Ich hab keine Lust mehr auf Springen«, sagte Irene. »Vielleicht können wir Herrn Åsen fragen, ob er uns ein bisschen mit Wasser bespritzt?«

»Mich nicht«, sagte Nina. »Nicht, wenn ich mein neues Kleid anhabe.«

Herr Åsen stand vor dem Eingang mit dem Hausmeister zusammen. Der Hausmeister hatte an seinem kleinen Auto einen Anhänger, darauf lagen einige Küchenstühle und Regale und eine weiße Kommode, der eine Schublade fehlte. Herr Åsen hatte das Ende des Schlauchs unter der Hecke in den Boden geschoben, das Wasser blubberte und schäumte da unten, wo die Düse im Boden verschwand. Der Hausmeister nahm seinen blauen Stoffhut ab, den er immer trug, und fuhr sich mit der Hand durch die klatschnassen Haare.

»Das ist eine gute Idee«, sagte er. »Und wir müssen wirklich alles probieren, diese tropische Hitze soll doch noch wochenlang anhalten.«

»Fragen Sie ihn also«, sagte Herr Åsen.

»Das mache ich sofort«, sagte der Hausmeister. »Und ich habe jede Menge Sackleinen, den Keller voll davon, ich habe ja früher Holz ausgefahren und konnte es doch nicht über mich bringen, die guten Säcke wegzuwerfen.«

Der Hausmeister ging ins Haus, sie lief hinterher wie auch Nina und Irene. Der Hausmeister achtete nicht auf sie, Erwachsene interessierten sich immer nur für ihre eigenen Kinder. Er ging nach oben und klingelte bei Rudolfs, Frau Rudolf machte auf.

»Muss wohl mal kurz mit Ihrem Mann reden«, sagte der Hausmeister.

»Sind Sie das?«, fragte Frau Rudolf.

»Ja, das haben Sie ja wohl gesehen durch Ihr Guckloch«, sagte der Hausmeister und grinste. »Bei uns war er noch nicht, dieser Verkäufer.«

»OWE!«, rief Frau Rudolf.

»Ist das ein Vertreter?«

»Nein. Der Hausmeister.«

»Wir stellen uns vor deine Tür«, flüsterte Irene, »und tun so, als wären wir mit irgendwas beschäftigt.«

Herr Rudolf kam an die Tür und schaute kurz zu ihnen herüber. Er hatte nackte Füße in seinen Pantoffeln, und seine Haare waren strubbelig.

»Wir haben eine Idee«, sagte der Hausmeister. »Und jetzt versuchen wir alles. Diese Ratten…«

»Ja, die verdammten Ratten«, sagte Herr Rudolf. »Nachts kommen sie sogar auf meine Ladefläche.«

»Und ich dachte da gerade an Ihren Lastwagen«, sagte der Hausmeister.

»Ach?«

Aus Rickards Zimmer erklang laute Musik.

»RICKARD! LEISER!«, rief Herr Rudolf. »Den Lastwagen?«

»Auspuffgase«, sagte der Hausmeister. »Wir dichten alle Löcher bis auf eins ab und blasen dann das ganze Rattennetzwerk mit Auspuffgasen voll. Ihr Auto ist perfekt dazu.«

»Vielleicht, ja«, sagte Herr Rudolf. »Vielleicht, ja. Hm.«

»Ich kann jede Menge Sackleinen holen. Und ich habe noch Gummischläuche, die können wir an Ihr Auspuffrohr anschließen.«

»Was? Jetzt? Heute Abend noch?«

»Warum nicht? Wäre doch nett, sie vor Johannis loszuwerden, ich liege, verdammt noch mal, nachts wach und denke an die Scheißratten. Nur eine Frage der Zeit, bis die auf die anderen Blocks übergreifen, und ich bin für die ganze Siedlung zuständig und habe fast nie frei. Und das Rattengift hat ja offenbar keine Wirkung.«

»Aber niemand darf sich im Keller aufhalten, während wir

das tun, falls die Grundmauer nicht überall dicht ist«, sagte Herr Rudolf.

»An sich müssten wohl alle in der frischen Luft auf dem Balkon stehen. Nur für alle Fälle. Wir können die Mädchen hier herumschicken, damit alle gewarnt sind. In einem Stündchen können wir so weit sein. Ich habe zwar ein paar Schnäpse getrunken, aber die Karre muss ja nicht weit gefahren werden. Mädels! Sagt allen im Haus, dass sie auf den Balkon gehen sollen.«

Endlich passierte etwas. Er zog die Pantoffeln aus und holte seine Sandalen, von denen Karin seltsamerweise behauptete, sie sähen vorn aus wie ein Katzengesicht. Warum fiel ihm das gerade jetzt ein? Er spürte seinen Puls, der ihm in den Ohren schlug, als er die Schnallen schloss. Auspuff. Konnte es so einfach sein?

»Rickard!«
»Ich hab doch leiser gemacht! Herrgott, also ...«

Das Mädchen von der Treppe hatte geklingelt, Nina. In einem gelben Kleid, das ziemlich neu aussah. Sie war froh darüber, dass sie ihr das Parfüm geschenkt hatte, obwohl Steingrim nun schon mehrmals gefragt hatte, ob sie es jetzt benutzte.

»Alle müssen in einer Stunde auf dem Balkon sein. Wir pusten die Ratten mit Auspuffgasen voll und bringen sie um, aber die Gase können auch ins Haus kommen, deshalb müssen alle auf dem Balkon stehen. Herr Rudolf macht das.«

»Wir wollten gerade einen kleinen Ausflug machen, aber dann bleiben wir hier. Das kann doch spannend sein.«

Sie hatte schon leckere Brote geschmiert und kochte gerade Kaffee, aber sie könnten ja auf dem Balkon picknicken, das hier wollte sie nicht versäumen. Das einzige Gute an diesen Ratten war, dass sie sich trotz der vielen Treppen noch nie so darüber gefreut hatte, im dritten Stock zu wohnen.

»Papa! PAPA!«

Er öffnete die Kellertür.

»Du musst nach oben kommen. Hier unten kann es Auspuffgase geben. Wir bringen die Ratten mit Herrn Rudolfs Lastwagen um.«

»Du meine Güte. Ja, ich bin auch gerade fertig, es fehlt nur noch ein Stück Gardinenschnur, dann…«

»Dann komm schon! Komm!«

Sie schenkte Kaffee ein. In einer kleinen Vitaplexdose lagen die Zuckerstücke, die sie mit auf ihre Ausflüge nahmen. Die Brote hatte sie auf einen Teller gelegt, der kleine Balkontisch war ziemlich voll.

»Aber… machen wir denn keinen Ausflug?«, fragte er, als er nach einem langen Nachmittag im Bett frischgeduscht in ihrem Morgenrock aus dem Badezimmer kam. Sie selbst trug Unterwäsche. Eigentlich hätte sie Lust auf einen Cognac-Soda. Sie würde es ihm sagen müssen, und er würde sich so freuen, sie musste vorbereitet sein. Morgens hatte er sie gefragt, ob etwas nicht stimmte, wo sie nicht gekommen war. Obwohl sie seit diesem Tag bestimmt zehnmal die Betten frisch bezogen und die Matratzen ebenso oft gesaugt hatte.

»Hier geht's gleich rund. Die Ratten sollen mit dem Auspuff von Herrn Rudolfs Lastwagen vergast werden. Das dürfen wir uns doch nicht entgehen lassen«, sagte sie.

»Aha, alles klar. Ratten. Gut, dass wir im Dritten wohnen.«

Vor dem Block wimmelte es nur so von Leuten.

»Komm. Wir schnappen uns die Ratten. Allesamt!«

Kinder und Erwachsene rannten mit buttergelben Jutesäcken umher. Die Kunde dessen, was bevorstand, hatte sich schon verbreitet, sie erkannte Kinder und Erwachsene aus dem Block gegenüber. Er nahm sich lächelnd eine Scheibe Weißbrot mit Zervelatwurst und gekochtem Ei.

»Ich hätte eigentlich lieber einen Cognac-Soda als einen Kaffee«, sagte sie.

»Gute Idee«, sagte er. »Wir können doch beides haben. Das scheint ein richtig schöner Ausflug zu werden. *Und du hast Zuckerzeug bekommen und du hast Scho-ko-lade*, meine Süße. Aber ...«

»Ich mixe uns schnell was«, sagte sie und ging mit den Gläsern hinaus.

Was, wenn sie es nie wieder genießen könnte? Als die Rechnung für das Guckloch mit der Post gekommen und an Helge Foss adressiert gewesen war, hatte sie es mit einem Witz abtun und behaupten können, der Verkäufer habe sich sicher verhört, als er die Quittung ausgefüllt hatte, und es komme ja trotz allem auf den Nachnamen an. Sie trank einen halben Cognac-Soda in einem Zug und füllte nach. Dann blieb sie ganz still stehen, um zu spüren, wie der Alkohol ihren Magen traf, und steckte sich eine Zigarette an. Jetzt traf er. Sie musste es an diesem Abend sagen. Bald. Am besten jetzt sofort.

Sie stellte die leere Seltersflasche in den Ausguss. Wenn sie eine Tiefkühltruhe hätten, hätte sie die Gläser mit Eiswürfeln krönen können. Wenn Toros neue Verkaufsoffensive für die Großküchen gelang, würden sie sich vielleicht eine Tiefkühltruhe leisten können. Aber wo sollte die stehen? Jetzt würden sie doch auch das kleine Schlafzimmer benutzen müssen. Sie hielt die Zigarette unter den Wasserhahn und warf sie in den Mülleimer, ihr war schlecht.

»Wunderbares Mädchen. Jetzt fehlt nur noch, dass du Brot bäckst. Aber wie gesagt, ich möchte lieber deine langen roten Nägel haben.«

»Uns fehlt wohl auch noch etwas anderes, mein Held.«

»Denkst du wieder an die Tiefkühltruhe? Ja, aber ich glaube schon, dass wir bis zum Jahresende genug zusammenkratzen können, um...«

»Ich denke an... ein Kind.«

»Ein Kind? Aber Peggy, wir...«

»Ich bin schwanger. Ich erbreche mich jeden Morgen, und meine Brüste tun weh. Deshalb konnte ich nicht... du weißt schon.«

»Aber großer Gott, stimmt das? Stimmt das denn wirklich?«

Sein Gesicht strahlte so sehr, sie musste sich abwenden.

»Aber ich dachte, dass wir nicht...«

»Da hast du falsch gedacht, Steingrim. Wir haben es geschafft.«

»Komm her.«

Sie zwängte sich am Balkontisch vorbei und setzte sich auf seinen Schoß, versteckte ihr Gesicht in seiner Halsgrube und wollte weinen, traute sich aber nicht. Dann fiel ihr ein, dass man ja auch vor Freude weinen kann. »Mein Mädel. Frau meines Lebens. Wir werden Eltern. Weinst du?«

Er drückte sie an sich.

»Ich bin doch so froh«, flüsterte sie.

»Ich glaube fast, ich muss meine Weihnachtszigarren aus dem Barschrank holen«, sagte er.

»Die hole ich«, sagte sie. »Ich muss ohnehin aufs Klo.«

Er erhob sich langsam, mit tiefer Ruhe im Leib, legte die Unterarme auf das Balkongeländer und schaute nach unten. Herr Rudolfs alter Lastwagen war auf den Rasen gefahren worden, und die Ladefläche war besetzt von johlenden Kindern, während Herr Rudolf den Motor hochjagte. Die Ratten würden keine Chance haben. Die tiefstehende Abendsonne ließ das Gras aussehen wie einen grünen Pelz. Hier wohnten sie, hierher gehörten sie, er und Peggy-Anita. Plötzlich fiel ihm ein, was sie gesagt hatte, als er ihr den Antrag gemacht hatte.

Ich werde dich so glücklich machen, Steingrim.

Genau das hatte sie gesagt.

Und jetzt hatte sie es getan.

Anne B. Ragde

Die Nummer-1-Bestseller-Serie aus Norwegen!

Ein Schweinezüchter, ein Dekorateur, ein
Bestattungsunternehmer. Was haben die drei gemeinsam?
Nichts – außer einer Mutter, die im Sterben liegt. Und einem
Vater, der endlich reinen Tisch machen will …

Eine furiose Familiensaga aus Skandinavien.

Das Lügenhaus
Roman, 336 Seiten, *btb* 73868

Einsiedlerkrebse
Roman, 336 Seiten, *btb* 74022

Hitzewelle
Roman, 320 Seiten, *btb* 74161

»Nach dem Rezept für einen Bestseller gefragt, hat die
Norwegerin Anne B. Ragde gesagt: ›Du darfst auf keinen Fall
über drei Brüder auf einem Schweinzüchterhof in einem Kaff
bei Trondheim schreiben.‹ Sie hat gelogen.«
Brigitte